U0473390

康奈尔·伍里奇黑色悬疑小说系列

黑色幽会

[美]康奈尔·伍里奇 著
张雅君 译

上海文艺出版社
Shanghai Literature & Art Publishing House
上海故事会文化传媒有限公司

序　言

你见过妻子为丈夫的情妇洗冤吗？见过杀手恋上自己的谋杀目标吗？还有弃妇嫁给死人、员工携带老板爱妻逃亡、富豪邮购致命新娘，等等。所有这些令人心颤的诡谲事件，或者说，诞生在西方资本主义世界的怪胎，都来自康奈尔·伍里奇（Cornell Woolrich, 1903—1968）的黑色悬疑小说。黑色悬疑小说，又称心理惊险小说，是西方犯罪小说的一个分支。它成形于20世纪40年代，在50年代和60年代最为流行。同硬派私人侦探小说一样，这类小说也有犯罪，有调查，然而它关注的重点不是侦破疑案和惩治罪犯，而是剖析案情的扑朔迷离背景和犯罪心理状态。作品的叙事角度也不是依据侦探，而是依据与某个神秘事件有关的当事人或案犯本身。伴随着男女主角因人性缺陷或病态驱使，陷入越来越可怕的犯罪境地，故事情节的神秘和悬疑也越来越强，从而激起了读者的极大兴趣。

康奈尔·伍里奇被公认是西方黑色悬疑小说的鼻祖。他出生于美国纽约，幼年即遭遇父母离异的不幸。在前往父亲工作的墨西哥生活了一段时期之后，他回到了出生地，同母亲相依为命。1921年，他进入了哥伦比亚大学，但不多时，即对平淡的学习生活感到厌倦，并于一场大病之后退学，开始了向往已久的职业创作生涯。1926年，他出版了长篇处女作《服务费》，接下来又以极快的速度出版了《曼哈顿恋歌》等五部长篇小说。这些小说均被誉为“爵士时代小说”的杰作，尤其是《里兹的孩子》，为他赢得了《大学幽默》杂志举办的原创作品大奖，并得以受邀来到好莱坞，将小说改编成电影剧本。1930年，“事业蒸蒸日上”的康奈尔·伍里奇与电影制片商的女儿结婚，但这段婚姻只维持了几个星期便因他本人的恋母情结和同性恋倾向而告终。此后，康奈尔·伍里奇一度意志消沉，创作也连连受挫。一怒之下，他销毁了全部严肃小说手稿，转向通俗小说创作。1940年，他的第一部黑色悬疑小说《黑衣新娘》问世，顿时引起轰动，他由此被称为“20世纪的爱伦·坡”和“犯罪文学界的卡夫卡”。紧接着，他又以自己的本名和笔名陆续出版了17部国际畅销书，其中的《黑色帷帘》《黑色罪证》《黑夜天使》《黑色恐惧之路》《黑色幽会》同《黑衣新娘》一道，构成了著名的“黑色六部曲”。其余的《幻影女郎》《黎明死亡线》《华尔兹终曲》《我嫁给了一个死人》，等等，也承继了同样的黑色悬疑风格，颇受好评。与此同时，他也在《黑色面具》等十几家通俗杂志刊发了大量的中、短篇黑色悬疑小说。这些小说同样受欢迎，被反复结集出版。然而，巨额稿费收入并没有给他带来精神愉悦。他依旧“像一只倒扣在玻璃瓶中的可怜小昆虫”，徒劳挣扎，郁郁寡欢。自50年代起，因酗酒过度，加之母亲逝世的沉重打击，康奈尔·伍里奇的健康急剧恶化，他的一条腿因感染未及时医治而被截除。1968年，康奈尔·伍里奇在孤独中逝世，死前倾其所有财产，以母亲名义为母校哥伦比亚大学设立了一项教育基金。

康奈尔·伍里奇的黑色悬疑小说引起了众多作家的模仿。最先获得成功的是吉姆·汤普森（Jim Thompson，1906—1977）。他的《我心中的杀手》等小说以破案解谜为线索，表现罪犯的犯罪心理，从多个层面反映小人物的重压。稍后，霍勒斯·麦考伊（Horace McCoy，1897—1955）和戴维·古迪斯（David Goodis，1917—1967）又以一系列具有类似特征的作品赢得了人们的瞩目。20世纪50年代至60年代，黑色悬疑小说层出不穷，代表作家有查尔斯·威廉姆斯（Charles Williams，1909—1975）、哈里·惠廷顿（Harry Whittington，1915—1989），等等。同康奈尔·伍里奇和吉姆·汤普森一样，这些作家注重塑造处在社会底层、具有人性弱点或生理缺陷的反英雄，但各自有着独特的创作手法和成就。

康奈尔·伍里奇的黑色悬疑小说还引发了战后西方黑色电影浪潮。自1937年起，依据康奈尔·伍里奇的长、中、短篇黑色悬疑小说改编的电影即频频出现在美国各大影院，并进一步成为好莱坞电影制作的主要来源，尤其是1954年，阿尔弗雷德·希区柯克(Alfred Hitchcock，1899—1980)执导的电影《后窗》赢得了爱伦·坡奖，将这种改编推向了高潮。据不完全统计，20 世纪 40 年代至 60 年代，共有 35 部康奈尔·伍里奇的作品被改编成电影，其数目远远超过达希尔·哈米特（Dashiell Hammett，1894—1961）和雷蒙德·钱德勒（Raymond Chandler，1888—1959）。不久，这股康奈尔·伍里奇作品改编热又延伸到了南美、德国、意大利、土耳其、日本、印度，尤其是《黑衣新娘》和《华尔兹终曲》，在法国持续引起轰动。80 年代和 90 年代，康奈尔·伍里奇作品又被西方各大媒体争先恐后改编成电视连续剧、广播剧。与此同时，新一波电影改编热又悄然兴起。直至 2001 年，美国著名影视剧作家迈克尔·克里斯托弗（Michael Cristofer，1954— ）还将《华尔兹终曲》改编成了电影《原罪》，广受好评。2012 年，《后窗》又被改编成百老汇音乐剧。2015 年至 2019 年，作为好莱坞经典保留剧目，电影《后窗》再次在美国各大影院上映，引起轰动。

这套丛书汇集了康奈尔·伍里奇的 18 部黑色悬疑小说，包括 16 部长篇和 2 部中短篇，是迄今国内译介康奈尔·伍里奇的品种最齐全、内容最丰富的一个系列。这些小说既有爱伦·坡和卡夫卡的印记，又有硬汉派侦探小说的风格，但最大特色是制造了紧张的恐怖悬念。作品大多数以美国经济萧条时期的大都市为背景，着力表现人性的阴暗面和人生的残忍、污秽、挫败以及虚无。譬如《黑衣新娘》，描述一个神秘女子伪装成不同的身份和外表对多个男性疯狂复仇，起因是多年前那些人枪杀了她的丈夫，从那时起，她就誓言血债血偿，其手段之残忍，令人咋舌。而《黑色幽会》则描述一个男子的未婚妻被五名男子的空中抛物致死，其心灵被疯狂滋长的复仇欲望所扭曲，并渐至迷失本性。在难以言状的病态心理驱使下，他将这五名男子最心爱的女人一个个杀死。与此同时，他也成为可悲的社会牺牲品。

同这类以罪犯为男女主角的小说相映衬的是另一类以受到陷害、孤立无援的无辜者为男女主角的作品。《黑色帷帘》和《幻影女郎》堪称这方面的代表作。在《黑色帷帘》中，男主角脑部遭受重击丧失记忆力，过去的生活片段如梦魇般在内心煎熬。他渐渐回忆起自己曾被人陷害，是一起谋杀案的疑犯。而要洗清嫌疑，他必须恢复记忆。伴随着支离破碎的回忆，他极度害怕自己就是真凶。无独有偶，《幻影女郎》中的男主角与妻子吵架负气出门，在与陌生女郎约会之后，发现妻子被杀，自己则被控告行凶，判处死刑。本可以证明他清白的神秘女郎，却仿佛人间蒸发一般，而那晚所有见过他的人，都不记得他曾与女郎在一起。随着行刑日期接近，所有寻找女郎的努力都以失败告终。即便他本人也开始怀疑，是否真有这样一位女郎存在。

为了增加作品的悬疑，特别是中、短篇小说中的悬疑，康奈尔·伍里奇也会仿效一些传统侦探小说的写法，描述一些出人意料的谋杀奇案。如《死亡预演》描写身穿宫廷裙服的女演员突然被烧死，警方必须弄清楚罪犯（伴舞者中的一个）如何在一大群伴舞者中放火杀人。而《自动售货机谋杀案》要解决的则是罪犯如何利用自动售货机毒杀三明治购买者。除了一些常见的布局手法，暗示超自然力量的存在也是康奈尔·伍里奇解释某些罪案发生的方法之一。《眼镜蛇之吻》述说一个离奇的印第安妇女能将毒蛇的毒液转移至其他物品。《疯狂灰色调》描述一个坚持要解读出“乌顿”（一种巫术）秘密的乐师。《向我轻语死亡》则以一个先知谶语来展开叙述。面对通灵师预言女孩的叔叔将在两天后被雄狮咬死，警察该如何阻止这场事先张扬且没有罪犯的命案？被预言逼得精神失常的叔叔又该如何保护自己？所有人是否能在死亡期限之前揭开阴谋面纱？诸如此类的谜底，将在“康奈尔·伍里奇黑色悬疑小说系列”中一一找到答案。

黄禄善

Contents

分　离

他们幽会于每晚八点，无论阴晴雨雪，无论月满或亏。幽会不是什么新鲜事，它就是那么自然而然发生的，去年是这样，前年一样，大前年也一样。不过那样的幽会——八点见面，十二点告别——不会持续太长时间了。再过不久，一个或两个礼拜之后，他们的幽会将会变成永久性的，一天二十四小时的。就在离现在不久的六月。可是他们都觉得今年的六月来得太慢了，仿佛永远都不会来了。

有时候，他们看起来似乎一生都在等待。好吧，的确如此，绝无修辞夸张之言。毕竟你看他们第一次见面的时候，她七岁，他也不过八岁。而他们第一次坠入爱河的时候，他八岁，她也不过七岁。有时候事情就会像那样发生。

他们本该在更早之前就结婚的：在上一个六月，上上个六月，或者是他长成一个男人而她也是一个成熟女孩的那个六月。但是为什么没结呢？有什么超越其他任何事情一直阻碍着他们呢？是钱啊。一开始是没工作，后来则是薪水微薄不足以支撑一人的用度开支，更不用说供两个人的生活了。

接着他的父亲在十月去世了，在无数个浪费掉的六月过去之后的那个十月。他父亲是经过他家那里的铁路上的制动员，因为一个开关的故障而失去了性命。虽然他并没有为此索赔，但铁路公司定是担忧他会这么做，为了省些钱，他们几乎是飞速地，甚至可以说是热切地赔偿了他一笔钱，他们担心一旦他心血来潮想要索赔，那么他要求的金额一定远远大于他们先行赔付的这个数目。于是，他们便抢先一步了。

不过对于他和她来说，这仍是一笔巨额财富。律师经手后转交给他们八千美元，而原本的赔款有一万五千美元，他们的律师说他的同行大多数都会直接从赔偿金里抽走一半，而他并没有这么做，说明他是个体贴仁慈的人。不管怎样，他们都可以在接下来的那个六月结婚了，而这也是他们唯一在乎的事情。婚礼必须在六月，她也想要定在六月。如果是在五月或者七月举办的话，那就完全没有婚礼的样子了。她所有的渴求，他统统都支持。对于他们来说，任何超过五百美金的数字都没什么真实感，一千和八千没什么区别，八千和一万五也没什么差距。即使你手里正抓着这支票，当金额大到如此地步时，一切都变成了理论上的数字。

而这些钱都是属于他的，属于他们的。他的母亲在他幼时便去世了，所以没人会和他们分这笔钱。天啊，六月为了到这里真是花了不少时间！看起来它好像故意逗留了一会儿好让其他月份在轮岗之前就先上岗似的。

他叫约翰尼·马尔，长得也像约翰尼·马尔——和他的名字如出一辙，像是这世上任何一个地方、任何一个年龄的约翰尼一样。人们即使碰到他数百次，也难以清晰描述出他到底长什么样，就像普通人一样，他的成长平平无奇。她倒是能瞧出些别致来，那也许是因为她有双发现他的独特慧眼。这世上和他年纪差不多的小伙子大都千人一面，他也是那茫茫人海中的一员，你在哪里都能看到他们，你看到了他们却并不能分辨他们——当然也没办法描述他们，“头发泛着沙色，”他们可能说道；紧接着又会跟一句“棕色的眼睛”，然后他们便放弃直接描述什么外貌特征了，而是将话头不引人注意地滑到了“是个不错的、轮廓分明的年轻人；沉默寡言；再不能对他有什么别的看法了”。接着他们在这一方面的描述也趋于窘境。不过从这个六月开始，他也许会渐渐地从她身上汲取一些色彩，他等待着他人生之圆被完美衔接的那一刻，他并不是有意停留在他原来的样子的。

她叫多萝西，是个可爱的姑娘。你也不能准确地描述她，但和不能描述他不是同一个原因。你不能轻易地描述什么是光，因为它到处都是，但又不以它的本来面目示人。她就像光一样。比她更漂亮的姑娘有的是，但比她更可人的却寥寥无几。她的可爱源于她的内心，也源于她的外在，浑然一体，楚楚动人。她是所有人眼里的初恋，当男人们回首她的身影时，只会更加肯定这个想法。她像是一开始对每个人许下的美好承诺，但是没人能把这美好带到最后。

嫉妒的人看到她经过难免会酸言酸语道：“怎么了，她不过是另一个漂亮女孩儿而已，她们大都一个样。”但是他们对这些事情是一无所知的：她走路的样子，她说话的样子，下一次幽会开始时只对他绽放的细微笑容，抑或是幽会结束往回走时漾起的相似笑意——这些只有约翰尼·马尔能看到。于她，他也有双独特的慧眼，和她对他一样。

他们总是在广场的一家杂货店外面幽会，在那里有一个被橱窗展灯点亮的小角落，那是属于他们的——若你站在橱窗之前，则会背倚着流光粉末和胭脂香水。这地方不是堆满了巧克力的角落，被包裹在猩红银白交错的缎带里，也不是那个像蜂巢一样叠放着香皂的角落，像彩色复活节蛋似的，气味浓郁。不，不是那样的地方，而是在远远的尽头有流光粉末和胭脂香水的角落——一个浅浅的壁龛，像是一道刻痕，形成于杂货店和相邻商店之间那高出一截的整齐砖块。那就是他们幽会的地方，就在那里。橱窗上的玻璃反射出的光又在各种瓶瓶罐罐间游走，而后变成了琥珀色、金色和黄绿色。虽不是有意为之，这些盛着彩色液体的玻璃罐就像是为了呈现出这样光彩夺目的效果似的被放在这杂货店的橱窗里。这橱窗、这角落、这位于杂货店之前的广场，都是他们的。多少次还没到八点，他就站在那儿了，眼里什么都看不到，只望向星空吹着口哨，脚轻轻地敲着节拍，倒不是出于不耐烦，而是在对着这大地吟唱他的情歌。

吉蒂杂货店旁边，是他们相聚的地方，也是他们幽会开始的地方。不是出于什么特殊原因，就那样子约定俗成了。不管他们要做些什么——喝杯饮料、看场电影、跳个舞、或仅仅是散个步——他们都会从这里出发。

现在你了解他们了。

一天晚上——这个月最后一天的晚上，他到那儿有些迟了，不过顶多一两分钟的样子。他急匆匆地往那儿赶，不想让她站在那里等自己。因为他总是比她早到一些，这是他应该做的。但是他几乎可以确定今晚她早到了，所以他加快了脚步。

这是今年以来第一个像是春天的夜晚，虽然看日历上的日子倒还离春天已有些日子，天上挤满了星星。事后，他记起那时一架飞机正从空中掠过，嗡嗡声持续了一两分钟才消逝，一切才又恢复沉寂。不过他并没有抬头去看飞机，实在毫无精力，他的视线是为她保留着的，当他走过广场，想要一眼就看到站在杂货店外面的她。

当他终于转过最后一个街角走到广场上，却发现人群蜂拥在一处，他怎么样都没办法看到她。他们像蜜蜂一样堆挤着嗡嗡着，像是杂货店发生了抢劫或是火灾那样的事故，人群簇拥在跟前，中间勉强留了条缝。怪异的肃静笼罩在上空，他们沉默着，静默地站在那里，绝不多说一个字。这么多人站在那里不发一言实在是太古怪了，就好像他们被冻结了，被刚刚看到的事情震惊得一时半会没办法缓过劲来。

无论发生了什么，事情都已经过去了，这只是惨况后的余波而已。

他穿梭于人群中，推搡出一条路来，首先他去了她应该等着的地方——在他们的角落，正在那亮着光的橱窗前，她的背后应是流光粉末和胭脂香水的地方。但是她不在那里。有好多人在那里站着、徘徊着，可那其中没有她的身影。

也许她是走开了，在等他的过程中混入人群，去看这不知所谓的热闹了。他踮起脚尖，试图去辨认他眼前的无数个脑袋。他还是看不到她。于是他自己也挤入了人群，不时地用手肘顶开周围的人，四下观望寻找。

突然，他移动到了人群的边缘，之前被坚固而密集的人群遮蔽住的视野，现在反倒变得开阔许多。他们的聚集结束在车道边，人们被一个警察拦在了警戒线之外，马路上视野清晰开阔，像是一个巨大的空旷广场。也有其他被派做代表的人们来帮忙维持秩序。

有个什么东西横在那个巨大的空旷广场里。像是一个碎布包着的娃娃或者是诸如此类的软绵绵的东西躺在路上。一个像人那么大的娃娃，你却只能看到腿和扭曲的身子，头被报纸盖着，报纸上却浸着些什么别的东西——黏糊糊的，黑黢黢的，像是汽油，或是……

参差不齐的玻璃瓶碎片洒落得到处都是，看上去是个黑色的玻璃水瓶，瓶颈则完整无缺地躺在几英尺之外。

有些人从房间的窗子里伸出了脖子想要一看究竟，有些人沿着屋檐向上看，另一些人则循着那飞机引擎先前轰隆隆的声响看得更高了。

约翰尼·马尔终于可以稍微挪动他的步伐了。他抬起脚，颤颤巍巍地走下大街边缘，孤零零地走向了那块空地，和横在空地上的那个东西。

警察马上走向了他，按着他的肩膀阻止他继续前进，并强迫他转过身来。

约翰尼·马尔喃喃道："能把报纸挪开一点吗？我——我想看看那是不是我认识的谁——"

警察弯下身去，卷起了那被浸湿的报纸最外面的一角，然后又迅速放回去。

“噢，怎么样？”他低声问道，“认识吗？”

“不，”约翰尼虚弱地说，“我不认识。”他说的是实话。

躺在那里的不是他要娶的姑娘，他不会和那样的“东西”结婚的。即将要嫁给他的姑娘绝不可能长那个样子，不会有人长成那样的！

他的帽子掉了下来，他们捡起来交还给他，可是他却呆愣着，看起来似乎不知道该怎么处置这帽子一样，最后还是有人帮他把帽子扣在了脑袋上。

他转身离开了，像是根本不认识她一样。当他试图在人群中挤出一条出路时，人们主动让开了一条缝给他，在他走后又自然地合上了那空隙，于是他被吞没在了人潮之间。

他重新回到那个属于他们的角落——在杂货店的橱窗边上，伴着流光粉末和闪烁着琥珀色和浅黄色的润肤露瓶子，这是属于他们的小小天地。他斜靠在那里，身子中风般地颤抖不止。

没人再多看他一眼，所有人都把头转到另一边，看着车道的方向。

一辆来自地狱的灵车闪着红色的前灯冲了进来。各式各样的东西被塞进去：一些没用的、不受宠的、被抛弃的东西。车子后门被“砰”地关上，车灯的红光意外刺眼，来来回回扫视着人群，将人们的身影染上了可怖的猩红，像是在独立日发射失败的火箭，没能升空，反倒火花滋啦滋啦地洒了一地，接着伴随一阵哀鸣飞到了远处。

他还在这里，他不知道他还能去哪儿。他没别的地方可去了，世界这么大，他却只能待在这儿。

一开始对这事情，他并不感到十分震惊，他感到更多的反而是一种麻木，外人看不出来有什么不同。他只是安静地站在那里，时而轻轻地摇晃着，像是跟随微风不停摇摆却少有人察觉的风向标。他只有站在身后的橱窗和身边砖块的凸起之间，才能强撑着直立起身子。可是伤痛啊，却被他埋得那么深，深得好像这痛永远都不会被人发现，深入骨髓，深入理智。深得好似一场再也无法痊愈的大病。

不过他马上抬眼看向了空中，好像那记忆里的嗡鸣和头顶上空掠过的死讯都飞速地在他已经失灵的感官里重新上演一般。

他握紧了拳头，一拳又一拳地挥向天空。收起、冲出，收起，又冲出。似是希望忘掉那心中无法平息的郁愤。

在那样的希冀中，黑暗包裹了他。

广场边上,教堂尖塔上的钟声响了十二下。人群早已四下散开，广场上除了他再没什么人。车道上空无一物，只余着几张零落的报纸，上面被浸染得黑乎乎的，像是屠夫用它来卷了生肉一样。

虽然今晚她迟了几分钟，但还是来了。女孩子嘛，可能是在最后一刻才穿上了连裤袜，又或者是临出门才发现发型出了问题。在任何幽会中，你都需要多给女孩子一点时间。从现在起，她可能随时会从广场对面跑过来奔向他，就从她来时总是经过的那边，一如往常地，一边过马路一边向他挥手。可能是哪里出了故障，今夜的路灯没能亮起，对于八点来说，这夜也太暗了一点。不过不管明亮或是黑暗，从现在起每一刻她都有可能会出现。

尖塔上的钟就是个骗子，它已经坏掉了，应该找个人好好修理一下。刚刚报时它竟然多响了四下。他低头看看手表，发现手表也一样背叛了他，胡乱地指着时间——向前多跑了几小时，这多出来的时间杀死了她，也折磨着他。他把手表从手腕上撕扯下来扔到地上，抬起脚带着恶狠狠的冲劲猛跺了好几脚。接着他又捡起手表，把指针拨回它们原本的位置：差一两分钟八点。

他把手表放到耳边，侧耳倾听，可是什么都听不到，指针暂停了。她现在是安全的，正在赶来见他的路上，可能就差最后一个转弯就能出现在他的视线里。没有任何事情能伤害到她，她不会像之前某个可怜的陌生女孩一样惨遭横祸，他会替她当心这些危险的。只要还没到八点，她就是在路上的。她整晚都活着，一直一直都活着。

从此，他的手表将会永远停留在八点，连带着他的心和他的思绪。

有个好心人过来向他搭话：“你住在哪儿啊？我送你回家吧，

你该不会想一直站在这儿吧？”

约翰尼·马尔四下望了望，天已经亮了。清晨的阳光正窥视着这片广场。

“我大概是到得太早了，”他支吾道，“得等到今天晚上才行啊。我——我记错了时间，多可笑啊我。”

他任由其他人过来搀住他的胳膊，领着他离开那里。他低柔地说着什么，语气含糊。他嘴边甚至挂了一抹浅浅的微笑。

“……五月的最后一天，这个月的三十一号……”

“没错，”好心人应和道，以为他是喝高了，“但那是昨天了。”

“一年一次，”约翰尼·马尔继续咕哝着，“对他们来说也是一年一次。”

好心人没听到他在说什么，或是听到了却不知道他是什么意思。

“……总有一个女孩或早或晚地出现在他们的生命里，每个男人的生命中都会有那么一个女孩，死的不是他们，而是他们的女孩。当你死了，你就什么都感觉不到了。可他们活着，他们会知道失去挚爱是个什么滋味……”

“你怎么了，老兄？”搀着他的男人带着有些粗鲁的善意询问他，“你这副样子是在干啥呢？你在这丢了啥？”

约翰尼·马尔只说了一句话。

“每个人都拥有他自己的女孩，”他的五官痛苦地纠扯到一起，抗议道，“为什么我不可以？”

现在开始每天晚上，都会有一个一动也不动的男人孤零零地站在杂货店橱窗边上的壁龛里，窗子里摆放着润肤露和胭脂香水。那个男人有双包容的眼睛，似乎时时刻刻在追寻着什么，但又布满了阴沉与孤寂。他等啊等，等八点的到来，等一个永远也不会到来的八点。以一个长及一生的伫立姿态，永远等待。等啊等，从芳香浓郁的六月，雷雨交加的七月，到夜晚繁星满天的八月和九月；过了狂风扫落叶的十月，一直到了刺骨寒风刮过的十一月，他把大衣领子一直扣到了脖子那里，继续等待。

注视着，等待着，为着那个永远不会来的人儿。他时不时地看看那只已经坏了的手表，从此获得一些慰藉——总是差几分钟才到八点呢。代表着永恒希望的八点，代表着变得枯槁死寂的曾经鲜活的爱。

他等啊，直到身后橱窗里的灯都熄了；直到杂货店店员锁上大门扬长而去；直到那永远不会变的八点在现实中渐渐滑入了深夜。

接着这个可怜的小伙子拖着脚步渐行渐远，浸入一片夜色之中。“明天晚上她会来的。就是明晚八点。说不定她是故意躲着我，女孩子嘛，总是想要逗逗我，让我急得团团转才罢休。”他的脚步声渐渐消失，随着他的身影没入一片悲伤。

没人知道他从哪儿来，又将去往哪里，也没人在乎这个。这不过是又一个人而已，世上多得是这样的人们。他不再住在他原来住的地方了，房东也不让他住下去了。他们摸摸脑袋点头示意。他也不在原来的地方工作了，老板也不让他继续干下去了。

不过你总能在广场的杂货店那儿看到他，在赶赴一场永远不会成真的幽会。

许多人因为总是见到他的身影所以记住了他，即使是一些之前并不认识他的人也是如此。不过后来认识他的人总是会在经过他身边时稍作停留，想要知道他们能帮上什么忙吗？“别看了，可怜的约翰尼·马尔又在等待他死去的女孩了。”

很多人都在用一种奇怪而随意的方式对他表达善意。人类总是如此有意思。某个晚上,有个他以前认识的年轻人经过他身边时，什么都没说，只是在他手里塞了一包香烟后又离开了，看起来似乎是为了让他的等待显得不那么孤独。

某个尤其阴冷的夜晚，杂货店店员突然走出大门，塞给他一杯冒着热气的咖啡后便沉默地离开，在他喝完时又不声不响地帮他续了杯。这事只发生过一次——以后再没有过第二次。

人类啊总是如此有意思。他们是那么的残忍,又是如此的善良；他们是那么的硬如铁石，又是如此的柔情似水。

他成为了一个地标，一台固定装置，一个香烟商店招牌上的印第安木头人——不过是个在坚硬外表下奔流着热血的木头人。

另一个晚上，有个好心的中年妇女走过来同他搭话，她不认识他，也没听说过他的故事，只是刚从隔壁不远处的电影院出来而已。

“抱歉打扰了，年轻人，你能告诉我现在几点了吗？我怕我待在这里的时间太长了。”

他沉静地瞥了一眼手表，回道：“差三分八点。”

“怎么可能，你一定是搞错了！”她喋喋不休地反驳，“不可能是这个点儿，我进去看电影的时候就已经快八点了，而且我已经在里边待了两个半小时了，告诉我时间能给你带来多大麻烦——？”

话没说完她就住了嘴，下巴惊得都快掉了。他脸色之中说不清的意味吓得她心都在颤抖，她一步接着一步地后退，直到他俩之间有足够的安全距离。然后她突然掉转头，用她最快的速度踉跄着跑开了，边跑还边不住地回头看看他是不是跟了上来。

她刚刚是被活人眼里死气沉沉的眼神给吓着了。

她是个聪明人，也是个看得懂警告的人，于是她及时地逃跑了。

后来的一个晚上，广场上的警察换了人，之前的警察大概是年纪太大了，或是调班去了别的地方，也可能是自己离开不干了。新警察上任三把火，总是显得过于认真，爱管闲事，不过哪个新来的警察不是这样呢。

新警察沿着广场巡逻，约翰尼站在那里。他沿着广场返回时，约翰尼还站在那里。在他第三次也是倒班前最后一次巡逻时，他停下来向着约翰尼走了过去。

“这是个什么情况？”他说，“你怎么这么烦人？在这儿足足待了三个小时，你是过来装饰这广场的吗？我才不管西蒙斯为什么受得了你，现在是我说了算！”说着他用警棍戳着他的屁股试图让他动起来。

“我在等我的姑娘。”约翰尼说。

“你的姑娘已经死了！”警察粗鲁地说，“他们告诉我她已经入土为安了，此时此刻正躺在山那边的墓地里！我甚至还亲眼看过她的墓地，我都能告诉你那墓碑上面写了些什么——”

约翰尼猛然抬起双手捂住耳朵，显得无比绝望。

“她不会来了！”警察说，“仔细想想这话吧，别在我跟你说事儿的时候摆出这副神情，明白吗？现在赶紧走吧，别让我再在这儿看到你。”

像是刚从深度昏迷中清醒过来的人，约翰尼踉踉跄跄。警棍戳他一下，他迈出一条腿；再戳他一下，又迈出另一条腿。于是警察不停地用警棍戳他，他才顺势迈开步子自己走了起来。警察站在那里，看着他，直到他走出自己的视线。

就从那一天起，突然间他再也不站在那个相同的地方了，也没有人再看到过他。

起初还有些人好奇他去了哪里,变成了什么样子。然后渐渐地，他们忘了对他的好奇，也完全忘记了这个人。

零星有人声称就在他被赶走的第二天，他们看到他站在火车月台上，身上带着打包好的行李，准备乘火车离开。不过没人知道这是真是假。

或许那警察该让他等在那里的，不理他就行。毕竟直到那时，他还没有伤害过任何人。

三洲航空公司对他们的雇员约瑟夫·默里的工作表现非常满意，他入职成为档案管理员大概有三个月了。借由这份工作，他得以接触到大型公司运营过程中积累下的巨量材料，诸如航班日程表、预订名单之类的。看起来他似乎对他的工作抱有极大的热情，总是一刻不停地翻找着各种文件、查阅相关的老旧资料、浏览陈年的旅客名单。他甚至自愿留下来加班，一干就是好几个小时。不停地，不停地去翻阅过去的资料。蓦地，他对一切都丧失了兴趣。

他本来是有望加薪的。在干满第一个六个月后，雇员可以获得小幅的加薪，这是公司的政策。可是，他突然就不去上班了，更别说去拿更高的报酬。他没有辞职，连个停职的信儿都没给。就那么走出了公司的大门，再没回来。某天早晨，他还在那里上班，可是在同一天的下午，他就消失了。

公司的人本还等着他回来工作，可是再没见过他的身影。他们还循着他留下的地址找上了门，但是他也早就离开了。谁都不知道他去了哪里。

他们百思不得其解，但是也不能停下手头工作去替他担心。很快有新的人接替了他的位置，可却远没有他那么勤奋和谨慎，到不得已的情况下才去整理那些文件。

自由航空公司对他们的雇员杰里米·迈克尔的表现也非常满意。和约瑟夫·默里一样，杰里米一刻不停地整理着文件、挑拣着资料、记录下日期，还花好几个小时去研究飞机起飞与降落的时间，在相关地图上标绘出航行路线。然后他也突然消失了，头天他还在那里工作，转眼他就不在了。

大陆运输公司也遇到了相似的情况，还有伟东航空和水星航空，每一个公司都遇到了这么一个地勤雇员。

接着小型航空公司也开始撞上这离奇古怪的事，一个接一个，所有航线上的公司均无一例外，连那种只有六架飞机、航班不固定的航空公司都遇到了。没有固定航班的公司是指它们名下的飞机并没有既定的飞行时间表，即是按需飞行——由个人或团体包机。不过法律规定这样的公司仍然得保留客户与航班记录，为了获取营业执照或是缴税等诸如此类的目的。

彗星旅行就是这么一家小本经营的航空公司，只有名头响亮。公司的总部只有两个隔间，雇用了不过两个工作人员，还有一些十分破败的勉强通过安全检查的飞机。所有一切都是由两位忧虑重重、焦躁厌烦的合伙人费力经营的。不过他们还是保存下来了一些档案文件。

那两个雇员中一个名叫杰斯·米勒的在查看一份文件时嗤笑了一声。另一个雇员是个女孩儿，她正和他一起在这间布满灰尘又破旧异常的办公室里工作，闻声她四下望了望，问道："怎么了，杰斯？你病啦？还是发生什么事啦？"他没有回答。他没说过一个字。只是将一份黄色文件卡从档案袋里撕下来。

"嘿！你干吗呢！老大准会发一通火的！"她喊道。

文件柜还没合上，办公室的门也敞着，他离开了。

他甚至没能来得及把放在衣架上的帽子拿走，它在那儿又挂了好几天，直到被公司的人扔掉。和帽子一起没能拿走的还有他半个星期的薪水，一共六块两毛五美元。信不信由你，不用付这钱对于彗星旅行来说简直算得上是福利。

她把他的所作所为都告知了老板，于是老板过来查看文件，试图找出他撕下了哪张文件卡。可是他失败了。所有文件都是很久之前的，乱成一团，他根本分不出来。

不过，除了弄了一袖子灰之外，他还从中想到一个好主意——收拾起这散落一片的文件，一股脑地全扔进了垃圾箱。

"这些文件应该有点年头了，"他说，"多亏他提醒我，不然我都不知道它们还在这！"

文件卡上斑驳的字迹显示道：

号码（接着是一串已经没有意义的数字）

预订者：鱼竿与钓丝俱乐部，业余体育组织。

目的地：森之星湖。

费用：$500。

起飞时间：19xx 年五月三十一日，晚上六点。

飞行员：蒂尔尼，T.L.

接下来写着这些乘客的名字，每个名字后面都跟着他们的地址。

格林汉姆·加里森

休·斯特里克兰

布吉·佩奇

理查德·R. 德鲁

艾伦·沃德

在暧昧的灯光下，他一边查阅卡片作为参考，一边拿着铅笔和直尺在地图上仔细地勾勒直线，一端始于航班起飞处的大城市，而另一端终结于此次航班的目的地——是星状般的湖水。这是两处之间最短的距离。乌鸦在空中掠过的途径，火车没有那样的轨道，汽车也没有那样的道路，但是飞机却能沿着那轨迹在毫无阻碍的空中飞翔。

他画着画着，笔尖突然“咯嘣”一声断了，笔杆重重地掉在地图上又反弹开来。他手里抓着地图，狠命而使劲地攥着拳头，五指关节咯咯作响。一瞬间，地图在他那无情的拳头里被蹂躏成了一个满是褶皱的废纸团。

“他死了，”站在门口的女人满脸倦意，她没什么情绪地说，“已经死了两年了。他是我姐姐的长子，幸好死了啊。没有哪个人像他那样，把命吊在脖子上，就为了挣那么几个臭钱。他经常开飞机载那些酒鬼去钓鱼什么的，他自己倒不酗酒，不过听他说，那些乘客们经常带着酒瓶子上飞机。就算规定不允许，他也只能睁一只眼闭一只眼，又能怎么办呢？他要靠这个生活啊。他们从不当他的面拿出酒喝，可是一等喝见底了，就扔得到处都是。他从没亲眼看到他们酗酒，但他们肯定干了那档子事。他们醉醺醺地咆哮、唱歌，可是飞机上连个酒瓶子的影子都见不着。”

“他怎么死的？”

“他们那种人都是那么死的，”她简洁地说，“埋在离他家不过三个街区之外的地下。他在地铁月台上被挤了下去，然后列车把他劈成了两半。”现在的名单是：

乘客：格林汉姆·加里森

休·斯特里克兰

布吉·佩奇

理查德·R. 德鲁

艾伦·沃德

初　会

珍妮特·加里森（原姓怀特）

五月三十一日

格林汉姆·S 爱妻之葬礼

恳辞花篮

——六月二日，《新闻日报》讣告一则

窗子上的百叶窗都合着，门上挂着花环。外面飘着小雨，乔治时期风格的红砖白饰的别墅在其中显得清冷而孤寂。雨水从周围伫立的树木上滴落，比起直接掉落的雨滴来说，经过树叶层层渗透之后的雨滴反而变得更为大颗，这下倒像是所有树木在一齐啜泣哀鸣一般。

缓缓驶来的轿车里也合上了窗帘，它转进被雨水洗刷过的道路，停在门口台阶之前的停车位上。司机下了车，打开后门，停驻在那里等候。

一个男人走下来，脸色肃穆，他转身面向车内，伸出胳膊，准备去搀扶还未露面的那个人。

另一个男人出现了。他的脸色与其说是肃穆，不如说是夹杂着悲伤的崩溃。他攀上那个提供支持的手臂，一步一步艰难痛苦地走向台阶。门已经在他们到达之前敞开，男管家站在门后，眼神沮丧得恰有分寸。

那刚刚发生过死亡的屋内，寂静无言的悲痛盘旋着久久不去。两人离开主厅后径直走向书房，管家颇为识趣地为他们关上了门，让他们自己待着。

一个扶着另一个坐下来。坐在椅子上的男人转过头抬起眼看他，脸上满是悲哀。

“她看起来还是原来的样子，对不对？”

“她很美，格雷。”他的朋友宽慰他，手用力地抓着他的肩膀。一会儿他便转开了头，手也渐渐松开，慰藉的力量仿佛消失于除拍拍他的肩膀之外什么忙都帮不上的无能感中。

“你不需要上楼去躺上一会儿吗？”他问他。

“不了，我还好，我——我会挺过去的。”他努力地尝试着笑了一下，“每个人都会经历的，哀哀怨怨或者痛哭流涕并不会更好过一点。不管怎么样，她肯定不希望我是那样子面对的，我想成为她想让我成为的样子。”

“想喝些白兰地酒吗？”他柔声问道，“这天气太湿了。”

“不用了，谢谢。”

“咖啡呢？你今天一整天都没吃过什么东西，昨天也是几乎什么都没吃。”

“谢谢，但还是不了。至少现在不用，以后我有的是时间，可以用余生去吃吃喝喝。”

“今晚需要我陪你吗？摩根可以为我腾出间客房来。”

加里森伸出手表示拒绝，“你不用做这些的，艾德。我真的很好。你家离这儿太远了，况且明天你还得去上班。你回去吧，睡个觉休息一下，那才是你该做的。你对我太好了，我都不知道该做点什么。谢谢你，所有的所有。”

他的朋友握握他的手，“那我明早再打电话来，看看你怎么样。”

“我一会儿就去睡觉，”加里森保证道，“我先坐这看看一些摩根码起来的慰问信，这能让我想点其他的……”

“晚安，格雷。”他的朋友轻轻说道。

“晚安，艾德。”

门关上了。

他默默等待，直到他听到朋友离开的声音。他又等了一会儿，直到听到门上的响声，他知道摩根肯定会来敲敲门，提醒他该睡觉了。

当摩根打开房门探进脑袋，他对摩根重复了一遍刚刚跟朋友讲过的话，“你可以走了，摩根。别等我，我只想在这坐一会儿看看这些信。不，谢谢，我不需要任何东西。晚安。”

现在他孤身一人，这也正是他想要的。就算深陷悲伤，一个人待着也好过同其他人在一起。

他先是哭了一下子。像那些从不流泪，抑或是即使从前哭过也次数寥寥的男人一样，哭得微弱而抑制，脑袋埋在胳膊里——仅此而已。他抬起头，眼睛已经干涩。他坐在那里，想了一会儿她。她那在大厅里的笑声，她的声音：当她回到家问摩根，“加里森先生在家吗？”——仅仅是在打开的房门那儿瞥她一眼，都是满满快活的烟火气。“噢！原来你在这儿呀！嗨！你觉得我迷路了吗？”

如此突然，如此强烈，如此敏捷。

回忆比哭泣要痛得多。它从不会停息。回忆会一直这么痛下去，因为他会一直想念她。

他试图赶走这些回忆，至少安抚它们，于是他把注意力放在那些慰问信上。他开始一封接着一封浏览——“致以我们最深切的同情”“我们从心底感到难过”“望节哀”。慰问信中透露着一种单调乏味的陈腔滥调。可是他马上意识到，他们能说些什么呢？

他们又应该说什么呢？

他继续读下去。第四封信开头写道——

他晃了两下，眼睛随即瞪圆。

他坐着，看着信片刻，接着视线离开了那封信，双眼放空，但手还是紧紧地攥着它。然后，他又重新看回那信。

他起身站了起来，但视线仍锁定在那信上。他把它放在桌上，一手压着一边将它抚平。他的脑袋倾斜着，从上方直接凝视着它，神色紧绷。

接着，他很快地做了一个决定，大步迈向门口，猛地将门打开，直接冲到了大厅。他走到电话旁，拿起听筒紧张地快速拨了号码，然后站在那里静静等待。

当他终于开口讲话时，他的声音里掺杂着一份抑制的紧迫感。

“喂，是警察局吗？我是格林汉姆·加里森，住在彭罗斯大道16号。请问能派个人过来吗，一个调查员之类的？是的，就现在，尽快！是谋杀事件，我会和你们派来的那个人讨论的，我不想在电话上说这事。”

他挂了电话，走回书房，走回那放着信的桌子边，对着那信看了又看。

信没有署名。它简单地写着：

现在你知道这是什么滋味了吧。

警局派来了卡梅伦。从那时起，他就对这案子十分挂心。

卡梅伦的到来并不能令人欢欣鼓舞。这大概是因为在这个时候只有他在岗；又或许是因为在他们看来，那种报警电话只值得这样的人来一探究竟；还可能是因为新的选拔制度刚开始执行，于是以前用人的标准规制就多多少少降低了一些。

卡梅伦名叫马凯恩，从名到姓都是他祖上某个奇怪的人起的。不过除了他自己，这奇奇怪怪的名字和其他人倒是毫无关系。他身材消瘦，怕正是因为这个原因，他的脸上总是面露憔悴。颧骨凸出，而脸颊却是陷进去的。他的行为举止像是一连串犹豫不决与急急躁躁的混合体——匆匆忙忙的行动好像疾风般一扫而过，随之而来的是更多的犹豫，就像他已经后悔刚刚才做的动作似的。不管按照何种程序，他总是不按往常出牌，就像是他人生中头一次解决这些问题。就算这些问题是老生常谈了，他老早就该对这些问题烂熟于心。

即使是仅仅穿些还过得去的衣服，他也一定费了很大工夫。不过他做出努力时肯定只有他自己，毕竟谁也不记得他在这个时候出现过。

现在的他穿着一件几天都没换过的衬衫，这一点你不用看就能知道。

“加里森先生？”卡梅伦问道，并向他做了自我介绍。

加里森自我否定般地说：“真对不起我报了警，我想那个时候我一定是疯掉了。”

卡梅伦满脸狐疑地看着他。

“其实，就在我刚刚打完电话后，”加里森承认道，“我就想到了更好的解释，打算回拨过去告诉警局不用费心了。但是我怕这只会让我变得比之前更加愚蠢。真不好意思，让你白来一趟……”

“那么加里森先生，你原来是怎么想的呢？不介意的话请跟我说说吧。”

“没什么大不了的。我只是在错误的时间点突然想到了它——在发生了那么多事之后的今晚。你知道，我有点神经质了，还紧张过度。所以在那一刻，当我第一次拿起它，我有一个非常可怕的感觉……”

卡梅伦等待着他的下文，但他并没有说下去。

“如你所见，今天是我妻子的下葬的日子。”他解释。

卡梅伦同情地点点头，“我进来时看到门上的花圈了。你说你拿起的是个什么东西？”

“是这个。它放在一堆慰问信中间。”

卡梅伦从他手中拿过来信，并仔细研读。

接着，他抬起双眼，坚定地看向加里森。

“当然，这没什么。”加里森还是说道，“就是残忍了点儿，还有些恶俗，或许是有人刚失去了挚爱，在这儿跟我斤斤计较。但是除此之外——”

卡梅伦突然自作主张地坐下了，看样子他打算再待上一段时间。

“我想问问你之前说了一半的事，能请你说完它吗？”卡梅伦说，“你说当你首先拿起它时，你一瞬间有个‘非常可怖的感觉’，这是个什么感觉？”

加里森看起来并不想回答这个问题。“怎么了，嗯……我妻子自然是正常死亡的。但是有那么一瞬间，当我第一次看到这封信的时候，我想可能——可能完全不是这么一回事。我甚至连想都没想，这信听起来就像是有人在操纵一样，对她的死亡动了什么手脚。这么一个可怕、荒谬的念头在我的脑子里一闪而过，仅此而已。”他说完略带歉意地笑笑。

卡梅伦并没有回应他的笑容。“这只是个念头。”他沉静地赞同道，“一个很可怕的念头。但我们要从现在开始着手调查，才能知道你是不是搞错了。”

他再一次拿起那封信，上上下下里里外外地翻了又翻，放在指尖，就像在掂量它有多重一样。当然，令他感兴趣的并不是那薄纸的实际重量。

“我觉得，你给我们打电话可是打对了。”他说。

“我不是来看病的。”卡梅伦跟洛伦兹·穆勒医生的接待员说，“我不介意等，等到医生有空的时候我们再谈。事实上，如果有必要，我之后还会回来的。”

“这里有位从警局来的先生想要和您谈谈加里森太太的事情——”然后她重复了一遍卡梅伦剩下的话。

医生似乎好奇心十足，“你现在就可以进来。”她回复道。休息室里，一群穿着时髦衣服的女人探出她们的黑脸，像是密集的炮火开始攻击似的喋喋不休，她们本来排在他前面，现在纷纷跟着他直到内室的门外。

看样子，医生觉得跟不是病人的人聊聊天是个挺不错的主意，他甚至喜欢跟来自警局的人聊聊天，权当是个新奇事儿。他点燃一根雪茄，也给了卡梅伦一根，然后惬意地斜靠在他的桌子上。

“至少我不需要握着你的手，探员。也不用闻那股子药水的味道。”他对卡梅伦说，“我真希望我也是个警察，你至少大部分时间里都跟健康的人在一起。”

“健康的罪犯。”卡梅伦辛辣地评价，“而且你还赚不到什么钱。”

“但是想想你碰到的那些刺激事。”

寒暄之后，他们开始谈论正事。卡梅伦对这个医生很有好感，并对他的诚实印象深刻。

“是你在治疗加里森太太，对吗？”

“我当他们的家庭医生很多年了，加里森是我之前的同学。我是在——”他查阅了一下，“——五月三十一号的凌晨被叫过去的。我看到的情况不算太好，但我没能马上就确诊。那天不久之后我去了第二次，即刻就把她送到医院了。”他的声音降下来，“我没浪费一分一秒，但是也没什么帮助。晚上的时候，她便过世了。”

“她的死因是什么？”

医生的脸上阴云密布，眼神游离了一阵子，似是不想回答这个问题，“泰特纳斯病毒。”他很快地说。卡梅伦注意到他将雪茄拿开了一会儿，像是那个时候这烟吸起来并不快活。“就算是我最痛恨的敌人，我也不愿让他染上这病。”

“你说你在第一次来的时候没能马上确诊？”

“医生很少那么幸运的。就算我运气够好看出来病因也没什么用。我第二次来的时候就怀疑是了，于是我没等确认就立即把她从家带出来，随后医院的检查结果证明了这一点。”他深吸一口气，“那时再接种疫苗就太晚了，大限已至。你知道的，注射疫苗是有时间限制的，如果你过了那个时间点，即使是天王老子也救不了你。”

卡梅伦觉得背后寒意阵阵。

“她怎么会感染泰特纳斯病毒？”

“进门的时候碰到钉子擦伤了腿。现在的问题是她已经感染了泰特纳斯病毒，而不是她怎么感染的。”

卡梅伦理解地点点头，“我想这就是我们之间最大的不同了。警察研究过去，而医生着眼于未来。”

“可这件事和犯罪毫无关系，所以你的对比并不合适。”

卡梅伦垂下眼睛，好像在质疑："你确定吗？"

"医生，能跟我说说关于这个病的情况吗？最好用大白话谈谈，毕竟我对医学一窍不通，老实讲，我以前甚至从没听说过。"

"噢，其实你听过的。只不过你们并不管它叫泰特纳斯病毒而已。泰特纳斯病毒通过皮肤上的伤口传播，即使是小小的擦伤或针刺，也能成为细菌滋长的温床。当然，幸运的是，这种情况发生的概率非常低，不然人类早就死得七七八八了。举个例子，你指甲边的倒刺或者是旧的伤口，只要接触到感染源，就有可能发展为泰特纳斯病症。"

"那其他情况呢？跟人接触呢？"

"不，人和人之间接触是不传播的。"

人和人之间当然也能传播，卡梅伦在起身准备离开时想，但不是你所想的那种传播方式。

加里森穿着浴衣走下楼，睡裤在浴袍下面若隐若现。

"不好意思打扰你休息了，加里森先生。"卡梅伦站在楼梯下说，"我知道现在是凌晨三点，但我整晚都在四处奔寻，实在没办法再早一点赶过来。"

"没关系，"加里森有些呆滞，"反正我也不知道再睡下去还有什么意义。"

"我来是想问你些问题，"卡梅伦说，"是关于那颗导致你太太死亡的钉子的。”

加里森看上去满是讶异，似是在考虑问这么个小东西是要干什么，“就是个小钉子。”他说。

“能给我看看吗？”

“早就不在了，我把它拔下来扔了。”

“那能给我指指它在哪里吗？”

“可以，这我办得到。”他领着卡梅伦去了前门，“就在那下边，”他边说边指，“你能看到木框上那个小小的凹陷吗？就在那儿，钉在门框外。我们那天到家很晚，我帮她开了门让她先进去，她经过时被那该死的钉子擦伤了。我们都不知道钉子在那是要干什么，明显毫无用处——木头没有裂开到需要钉紧，它就像是被随意钉在那里的。”

“‘随意’？”卡梅伦眉毛上挑，讽刺地问，“你还记得它在门框上有多长时间吗？”

“可能有很多年了吧。不过我们从没注意过。”

“在那晚之前，钉子有擦伤她的或者你的腿吗？”

“不，从没有。我们俩都没被弄伤过。”

“那么，钉子是在那天晚上才出现的。如果它在那晚擦伤了她的腿，那么之前也一定会擦伤的，我是说如果这钉子一直在这儿的话，你们总会注意到它的。”他的语气听起来很沉静，并不愉悦。

他们两个直起身，背部的酸痛让他们再无法保持弯腰的姿势。

“最近有人听到过敲打或锤击的声音吗？”

“最近都没有人会听到，我们周末的时候出门了。周五白天出去，周日晚上才回来的。房子在这两天是被锁上的。佣人们只等我们回来才到岗，那大概是隔天的周一早晨了。”

卡梅伦试了试大门。他先是把它完全合上，又朝里把它推到完全敞开。

“即使是门被紧锁，钉子仍然在外边不受什么影响；门是朝里打开的，钉子并不妨碍锁门。现在我们重现一下当时的情景，你作为男主人会掏出钥匙开门，接着你会侧身一步让她先进去，但是你的手还在门把上，为她抻着门，你的整个人都在她旁边，因此她那边的空间会变得有些挤，所以她只好转到另一边有钉子的地方去。这就是为什么钉子能擦伤她。否则，她就会从中间进去，完全避开这颗钉子。怎么进门是一种习惯，”他解释道，“你从来不会想到它，也从来不会改变它。”他又暗自想：“现在我好奇的是，除了我，谁还能想到这一点呢？”

“你当时就拔下来，”他说，“将它扔了？”

“换成你，你会留着这么一个玩意儿吗？”他反驳道，“我立即把它拔下来，这样以后就不会发生同样的事情了。她疼，我跟着她一起疼。摩根也不在这，所以我拿了钳子自己拔的。你想知道有意思的是什么吗？”

卡梅伦急切地说，“我当然想知道！”

“它钉在木头里的方式大错特错——钉子头陷在了木头里，而尖锐的部分伸在外面。”

“那么它就不是被锤头钉在里面的，一个钉子怎么能以那副模样钉在上面，要么就弯了要么就断了。尖头才能被钉进去，平头是不行的。”

“但它就是那样反着深深地楔在里面的。而且这该死的玩意儿和我的手差不多长。”

“先是用尖利的锥子凿了一个小洞，接着钉子顺势滑入其中、填满它。如果它有你说的那般长，那深度足以紧紧地嵌住它。你拔它出来的时候容易吗？”

“拔了好一会儿。”

“有注意到它的特征吗？”卡梅伦问道，“颜色亮吗？有生锈吗？”

“我很快就把它扔掉了，所以没能好好看上一看。我说过了，我当时胳膊也很疼，就以同一个姿势将它用钳子拔出来，朝肩后那么一晃，钉子就顺势飞进夜色中了。但它飞起停在空中时也确实在我眼前晃了那么一阵，我注意到钉子的圆头上好像有个条状的灰色碎布，也可能是缠在上边的，只有一小点。就像一般被丢弃的钉子上的那种东西一样。不过我不能肯定，它没在我视线里停留那么久。”

“被丢弃的钉子。”卡梅伦重复道，声音一如既往的干瘪瘪。

加里森等着他的下文，但是他什么都没说。

“这些对你有帮助吗？”他终是问道。

“现在什么用都没了。钉子丢了，”卡梅伦语意不明地说，“你的太太也去世了。”

“我不太明白你到底想干什么。”加里森茫然地跟他说。

“答案就在那里，你已经回答你自己了。”卡梅伦严厉地确认道，“和任何人回答的都一样。”

上司递交给卡梅伦一摞修剪整齐的资料。“我把这个交代给你。”他简洁地说。

卡梅伦查阅了一下，嘴巴张得老大，“这是另一个案件，”他说，“不是珍妮特 · 加里森那个案子——”

“结案吧，”上司打断他，“或者这么说，既然这并不是一个案子，那么你就该赶紧停止你现在所进行的调查。噢，我什么都知道。我可不喜欢你们那些个小副业。你在调查谋杀案，你也对谋杀案感兴趣，那我这有一堆谋杀案可以让你忙起来。”

“但是长官，这个女人——”

他的上司手心朝下贴在桌子上，导致他的胳膊肘位于身体两侧，似乎是想站起来，虽然他并没有这么做。

“这个女人死于泰特纳斯病毒。她的家庭医生证实了这一点；他请来的全国知名的专家也证实了这一点；我们法医提供的死亡证明也证实了这一点。这些都还像是证据不足似的，于是我又给了你尸体发掘许可证，结果验尸报告和我们之前所知道的一模一样。如果这里面还有蹊跷，那么我也觉得它有，不过那是生物学上的谜题，该是卫生部门的人来管，而不是我们！即使那会儿你发现了原因，也是早就调查过的。卡梅伦，你可以用一辈子去调查，但你永远也不会搞明白那细菌到底是怎么进到她的血液里的。然而你的工作不是对付细菌，而是两条腿的杀人犯。如果你那么想调查细菌，你怎么不去念医学院？！”

卡梅伦竭力去说些什么，但是这次他连“但是”也说不出来。不过他的上司似乎读懂了他的潜台词，不耐烦地晃了晃胳膊。

“别再跟我提那封信了！每次我们手上有个谋杀案，大概有八十五个人会写信来说是他们干的，你自己也清楚这一点。真正杀了人的是那些没写信的人。我告诉过你了，杀死她的是泰特纳斯病毒。还想说些什么？现在就汇报给——”

“好的，长官。但她有可能是被泰特纳斯病毒谋杀的。泰特纳斯病毒也有两种，一种是偶然得之，另一种则是故意为之。泰特纳斯病毒也有可能成为武器，就像一把枪、一把刀或者一个斧头那样的武器。”

他的上司的声音变得异常轻，把每个字都发得异常缓慢、异常清晰，这话外明显充满了警告信号。

“我——告——诉——你——了——，结——案——。这是命令。”

对于此，卡梅伦为了继续工作有且只有一个回答。“是的，长官。”他轻声说。

加里森拖着沉重的步伐走下了楼梯，仿佛所有生机都抽离了他的身体。他坐在桌边吃早餐，摩根为他拿来了一个半冰的葡萄柚，又把早晨的邮件放在他旁边。

过了一会儿，加里森转过来，开始百无聊赖地一封又一封地查看信件。

那是第三封信，上面写道：“现在你觉得怎么样，加里森先生？”

没有署名。

在那一瞬间，也就仅仅是一瞬间，他从昏昏沉沉的状态中清醒过来些许。他转过脑袋，看向门口，在那旁边放着电话。他甚至想要离开他的座位，起身，然后去打个电话。

可是马上疲倦的神色便悄悄爬进他的眼睛里，他就待在椅子上，噘起嘴巴，对着自己轻轻摇头。像是在说：“我已经被这信愚弄过一次了，我不允许自己再一次被当成傻瓜。”

他把信纸卷成一团扔在桌子下面看不到的地方。接着他又继续吃起葡萄柚来。

再　会

电话响得不合时宜。

他们一起待在屋子里。

比起他，弗罗伦丝率先穿戴完毕，毕竟女主人通常会比男主人早一些换上礼服。她本应下楼去理理最后的安排规划的，怎么说那个时候她也该下去的。但是她却被困在了房间里，手链出了问题，链头的地方卡住了，她得花好些时间才能弄好它。

他们的卧室里有一台电话分机。想到这通电话差一点就被她听到，他就不由地浑身冰冷。电话响起的那一刻，她甚至比他离听筒还要接近，她一伸胳膊就能够到。要不是那手链出了问题，使得她没手去接电话……

“休……”她说，朝着电话点头示意，“真希望不是谁来不了，我可已经把一切都安排妥当了。”

他正在整理领结，“我下楼去接吧。”他说。

电话又响起来。“今晚他们纷纷赶来的时候，你只要确保有一个人能找到这里就好。”如果她成功解开手链，它就会顺着她的胳膊滑到地上，不过她还没能到那一步。

铃声戛然而止。

女仆过来敲门，“有斯特里克兰先生的电话。”

这出问题的手链简直是召唤出了弗罗伦丝所有潜在的固执本性，她一屁股坐在梳妆台边上，用别发针去一一检查，活像是个对着手表修理的技术专家。

“不管举不举行宴会，不修好它我就一直待这了。我计划戴着手链参加宴会，没有它，我是绝不会下楼去的。休，你真该把它送去售后好好修一修，上次也出了这样的岔子。”

他接到了电话。

“喂？”他有些鲁莽地说。

“喂。”一个女高音嘲弄地回应道。

他震惊得像是被人从头给浇了一桶凉水。

还好那时她忙于修手链，没空看他。于是他突兀地转了个身，自己连同电话机都背朝着她。

“你好啊，格兰杰。”他说。

“格兰杰？”女高音嗤笑一声，“从什么时候开始的？罢了，你说你的，我说我的。在你面前我还是可以妙语连珠的。”

如果他此时挂掉电话，情况只会更糟，弗罗伦丝会奇怪他为何如此草率。

“我现在有点忙。”他说。

“我这也是十万火急的事情。这个月你是不是忘了什么？你有点迟了，对吧？已经过十五号了，我等得够久了，但是你知道的，我的花销可是和以前一样的。”

“我告诉过你了，”他简略地说，“从现在起你得自己去处理那些事情，你最好可以自己处理。”

“我不是在跟你讲，你说过什么，你不能就这么轻松地离开我！”

“听着，明天再打电话到我办公室来。”

“噢，你不会接的。我打过了，整整一个礼拜，上个礼拜，还有上上个礼拜。我打不通，你应该是换了号码。所以我才今晚打到你家的。现在我知道我能在哪里找到你了，是不是？我早就该想到的。”

弗罗伦丝终于修好了她的手链，她起身，准备离开房间。行至门口的时候她转身，伸出胳膊，不耐烦地戳戳他，带着厌恶，“噢天哪，休，管他是谁呢，赶紧挂上电话！我需要你跟我一起下楼，他们马上就到了。”

门关上了。不过情况更糟了。她可能在楼下拿起主机的听筒，不小心听到他们两人的对话。

于是他匆忙地想要给对话来个无情残忍的结尾。

“听着，你个贱人，”他狂怒道，“我跟你之间已经完了，我养你养了够长时间了！”

“啊哈，她离开房间了是吗？这个月你欠我一千五百美元，还有上个月你没给我的一千五，你能带着这些钱来我这吗？”

“滚到街上摇尾乞怜去吧！”

“要么你来我这儿，要么我去你那儿。我会直接走进去，在你老婆和她所有宾客面前，告诉大家我们的事情。我等你到九点。”

“我要杀了你！”他狂躁地保证道，“你要是胆敢在这附近露一下脸，我就亲手杀了你！”

她放声大笑，满是嘲弄与鄙夷，随后她自己挂了电话，切断了她那银铃般的笑声。

舞会大概是九点开始的，在夜宴——弗罗伦丝最值得纪念的、也是最无与伦比的夜宴之一——之后。候补名单上的宾客只被邀请前来参加舞会，所以人数直接比宴会上的人多了两到三倍。从任何标准来看，这都是一场精心布置、完美无缺的晚会，甚至雇用了有名的乐队和助兴的卡巴莱歌舞团前来表演。当弗罗伦丝尽情享受的时候，她甩开了一切烦恼和阻碍。

此时他正在跟弗罗伦丝的女性朋友聊天，这位朋友更为成熟，相比而言就少了那么些吸引力。像是执行任务一般，优秀的主人应该有意挑选出那些时时刻刻需要被关注的朋友，他们都是些不怎么引人注目的人，这么做倒也不是为了他们，而是为了他自己的宴会——防止会场上出现社交死角。她在他前面往回走，顶着鲜艳得过了头的红唇，戴着过于密集的宝石首饰，以及挂着那皮笑肉不笑的假面；她迈着小碎步一晃又一晃，简直是1905年那种两步交替式走着的活化石；他跟着她走，宽阔通道缓缓进入视线，舞室露出正面来。

蓦地，他看到她站在那儿。纤细轻盈的身体在白色的亮饰衣服里闪闪发光，即使隔得那么远，他也知道是她，毫无疑问。她正把貂皮披风交给管家，那是很久之前他买给她的，那时他们还彼此相爱。他见过她进房间前的样子很多次了，他懂她动作的方式：在半途优雅地转身，并将膝盖轻轻靠在另一侧；他懂她的笑容，洋洋得意，眼睑半是低垂，像是要故意要激怒别的女人一般，但却又不是有意而为。她现在就在这么做。他懂她的小把戏，抬起前臂，轻轻抚弄她恰好戴到肘部的手链。她现在就在这么做。

不过在他躲着她的几周里，她换了发型。她有一阵子没换发型了，或者说是没有时间，离开他的视线，去趟发廊，可是现在不同了，她有大把的时间。

新发型算不上多漂亮。如今她的一切都难以取悦他，就算是和以前相比没什么变化,也一样不能让他有多开心。他不喜欢她了。

这种不喜欢的冷漠感甚至帮他克服了恐惧、愤怒以及恨意，反而让他变得有些冷静，否则他早就崩溃得惊慌失措了。

他环顾四周，弗罗伦丝正在那巨大房间的最上边。(他们房子的面积异常庞大，用来跳跳舞什么的，这是他第一次庆幸房子有这么大。)她跟随着舞蹈队伍缓缓前进，一时半会儿才能到他现在的位置，在那之前，她都不会看到她。不过一旦她过来了——尽管他们还没碰见，但她不请自来，还跑到了门口。弗罗伦丝对这样的事情一向一丝不苟，所以他一定要先到那里去。

他把他那碍事的同伴推到一旁，空留人家独自站在中间，全然不顾她的羞耻与难堪，只是猛烈而疯狂地走到边上，一声不吭往外走。他只在门口处停留片刻，等门开后便大步流星走向走廊的入口处。他的脸灰扑扑的，但是却像铁石般冷酷无情。胸中全是愤懑，似是被搅蛋器不停搅动翻滚而出的白色蛋沫。

“晚上好，斯特里克兰先生。”她应酬般地说，“真谢谢你邀请我来。”

“我有吗？”他的声音极低，嘴唇没动一分。

她又绽放出她那有名的空洞笑容，双眼半是闭着，“多么美妙的晚会啊，还是我最喜欢的调调呢。我们能进去吗？”

他的嘴唇还是保持不动，“我告诉过你我会做什么。”管家正在他们身后走来走去，“给你一分钟！别蹬鼻子上脸！”

她脑子一直很好使。今晚无论如何她是全靠那笔钱了，也是这笔钱才让她来这儿的。她漫不经心地动了动，把手背放在他的肩头，“非常好，我们先不谈这个。我肯定能拿到它。但你不能指望我在这舞厅里收下它，”她的手向下悄悄贴向他的腰侧，“你正在和我跳舞，是吗，斯特里克兰先生？”

这时管家正背朝着他们，什么都听不到，他才动了动双唇，“你拿不走它的。”他怒气冲冲地说。

她根本没在听。眼神越过他的肩膀，飘向远处。“她真可爱，”她几近认真地喃喃，“为什么你从不对她好一点儿？你一定是瞎了或是怎么样，怎么能更喜欢——”她没说完，有那么一会，她看上去非常真诚，而且是显而易见的真诚。

他草草瞥了眼周围，弗罗伦丝正在舞伴的臂弯里缓缓经过舞厅。在那一刻，她并没有看向他们，可能也就看了这里两三秒的样子。他并不打算究根问底。

他的额头渗出了汗珠。

“钱能解决这一切吗？”他轻轻地说。

她却给出了最奇怪的答案：举起薄纱似的还带着香气的手帕，她轻柔地拂了拂他的眉眼。

“站在这边上一会儿，”他说，“不要跟任何人说话！”

“没有别人介绍，我从不会在宴会上跟人讲话的，”她保证，“呃，告诉我个名字，以防万一……”

“你是鲍勃·马洛里的一个朋友。他现在喝得烂醉，就算走到你面前，他也分辨不出来。”

他把她留在原地然后迅速地一头扎进了书房。他要锁门时才意识到房间里还有人，是一对情侣正紧紧依偎在台灯旁。他们半倒在那里往回扭头看到了他。

“不介意我打扰你们一下？”他急匆匆地说。

“噢，当然可以。”年轻人应道，“我们并不介意谁来这。”说着他们准备恢复到刚才的姿势。

“我的意思是，我能用一下这个房间吗？”

女孩轻轻戳了下男孩的肋骨，用能听得到的声音低语道：“一定是这家的主人。”他们手牵着手往外走，还一起窃笑个不停。

“我们不知道这儿不能来，”男孩莽撞地越过他的肩膀说，“你应该提前告诉我们的。”

斯特里克兰锁上了门。他打开嵌在墙壁里的保险箱，取出了装现金的盒子——里面装着一千美元，他拿起那些钱，双手颤抖地勉强开出那剩下五百美元的支票，是不记名的债券，他知道她只收那种形式的支票。可是他太急迫了，手又抖，第一张支票写错了，只好去再写一张新的。

然后他打开房门，走向她。

她就在原地坐着，还没人发现她的存在。

“给我一下你的小包。”他的话从嘴边挤出。

接着他把钱和支票放进包里，又递还给她。

“现在嘛……”他意味深长地望向门口。

她起身，体态从容而优雅。她的动作那么轻盈，似是只用蜷缩着的脚尖在缓缓移动。管家走过来，交给她那件貂皮披风。

“这本该是场精彩的宴会的，”她对斯特里克兰说，悲喜参半，“我也好好打扮过了呢。”

“哈里斯，”他说，“你能帮这位女士叫辆出租车吗？”

在等车的时间里，他们俩单独站在走廊。

“你再这么威胁我就死定了。”他向她警告，语气清冷可怕。

罗杰斯夫妇离开后，只剩下了怀廷夫妇和德尔沃夫妇。就在他们将要离开之时，弗罗伦丝却过来劝他们再多待上一会儿，她总是对“送最后的客人离开”这样的事焦虑不已，尤其是在今晚如此疲惫的一场宴会之后。

“每个宴会的最后一个环节，你们知道的，那首老歌怎么唱来着？‘最真实的片刻，一切之最美好’。我们去书房吧，喝点儿晚安酒。我已经受够了这火车站一样的地方。”

他们走进了书房，去享用他们的小酒。只有他们六个人。

“听着，我要告诉你们我是怎么想的。”她在沙发上慵懒地伸展开四肢，特意解开凉鞋上的带子，赤着脚在地板上动来动去。

“那么，为什么我们要举办宴会呢？”她问道，“毕竟宴会结束的感觉是多么美妙啊。”

“那就是我们要操办宴会的理由，”有人答，“像是拿着锤头往自己脑袋上敲了一下。”

“斯特里克兰看起来累极了，”另一个女人同情地说。

她甚至没扭过头去看他，“休总是看上去很累的样子。”她的语气中夹杂着一些怒意。

他们永远都不会走了吗？他想要弯下腰掀起桌子，再一拳又一拳地挥向它，直到把它给揍得四分五裂。看他们慌忙起身的身影和惊慌失措的表情，目送他们夺门而出。

但是他做不出来。他想，人总是不能做你真正想做的事情。

他只是低头看着被擦得光亮的桌面，“砰”的一声放下了他手中的玻璃杯。

倒是在不经意之间，这声响完全比得上他刚在脑海里上演的小剧场，爆炸意味十足。

其中一个女人立马站了起来，另一个紧接着也站起来。女人们总是对那些情绪的细微差别感受得更快也更早。

“呃，现在我们必须得走了，弗罗——”

“是的，在我们被轰出去之前。”

谁也没把视线放在他身上，但是他知道屋子里的五个人都清楚地明白他才是这逐客令的始作俑者。

寒暄客套荡然无存。

她还没把客人们送出门，他就率先一步回了卧室。

他脱下外套，换上了一件皮衣。整个晚上他第一次把手垂下来。

他走去书桌那里，打开抽屉，拿出了一把手枪。六年前，就在这个地方，他们被挟持并遭遇了入室抢劫，自打那以后他们便备着一把枪。事后，尽管一切都恢复得七七八八，但对于被黑洞洞的枪口对着的片刻，他们仍心有余悸。

他把手枪放在衣服的内衬里。

她走进卧室，酷而迷人。好像这是晚上八点而不是凌晨三点，好像今晚没有什么宴会，也没有什么不速之客（当然，对她来讲确实没有什么不速之客)。

她带上卧室的门，淡淡地微笑。

“噢，亲爱的——”她甜甜地说。一边迈步，一边手绕到脖子后边去摘项链，“——你觉得怎么样？我觉得这是我们最成功的宴会之一啦，你说是不是？”

“你在说什么？”他说，努力地把注意力回到她身上。

她笑得肆意，“当然是宴会啦，亲爱的。”看样子似乎没什么事能惹恼今晚的她。

噢天哪！那个宴会！他内心抖了两抖。

“你在最后的时候可是不太上心。”

“我的脑袋，”他说，“可真是要疼死了。”

“一片阿司匹林也没——”他准备说。

“你为什么不吃一片阿司匹林？”

她替他说完了剩下的话，“不，阿司匹林也不顶用，对不对？”

他怀疑地看向她，她那么说是什么意思？她知道些什么？

显然，她什么意思都没有，也什么事都不知道，一切都只是他自己的想法而已。她脱下了宴会的礼服，穿上那丝质睡衣，平稳安静。

猛然，他意识到片刻之前她就在书桌和抽屉跟前了，在他意识到这个事实之时，她已经离开走远了。

“你在那里想要干什么？”他尖锐地问。

“怎么了，我放一下东西。”她含糊地说。旋即又咯咯地笑，像是在跟个乖戾的小孩打交道一样。

“我还不能用我自己的衣柜抽屉啦？”

她没注意到那把枪不见了。她本可以就此说些什么，但她没有，甚至连一个字都没提。

她也没注意到他裤子上那个鲜明的条状凸起，就在皮衣的下边。她只顾着她自己，在她自己的小宇宙里，可能正生动重现并细细回味刚才那场宴会。他知道，女人们总是有那样的癖好。

他的手放在门把手上，“我得去外面呼吸呼吸新鲜空气，”他说，“才能让我的大脑冷静冷静。”

她没有反对。

只说："亲爱的，确认一下你带了钥匙，仆人们可都睡死啦，可怜的家伙们。"

"我不会打扰你的。"他沉静地说。

她走向他，十分无害，"那我现在就得跟你说晚安了。"说着，她在脸颊上给了他一个一如往常的敷衍的晚安吻。

太晚了。他浑身僵硬。

她的手指正轻轻搭在手枪的位置上，不过又迅速移开了。他意识到这一点的时候她早就拿开了手。不过她没有使劲按它，只是轻轻地拍了下表面。

她毫无异样。一定是将枪错认成有些大的香烟盒子，他有时会带在身上。他的视线狡黠地越过她的肩膀，看到那盒香烟躺在桌上，明显得像是个在房间里走来走去的大活人。但她看都没看一眼。

她走向床边，轻轻撩起被子。笑意满满，迷人至极，直到最后一刻都是个酷女孩。你会觉得她的客人们都还留在这里未曾离开。

她举起两根手指，在空中挥动，先是碰碰自己的嘴唇，随后又指向他，送给他最后的晚安问候。

他关上门，最后向她瞥了一眼，她正靠着枕头坐着，准备拿起一本书读读就睡觉。床头灯散发出的玫瑰色光晕衬得她的脸庞和玉肩粉嘟嘟的，她那如同妙龄女孩的柔软长发伏在肩上，发尾是厚重的大卷。

她像是十八世纪的公爵夫人，正准备在她的卧室里主持国会的早会。

他飞速地走下缓慢蜿蜒的楼梯（他一向很讨厌这些阶梯，因为总是要花很长时间才能下去），左边的夜灯在楼梯下面的大厅里燃烧着，将他怪异的影子投射在他身旁的象牙白的玻璃板上，微微颤动。像是幽灵般的导师鼓励他签下那魔鬼的契约。

穿过大厅时他留意到了一个奇怪的东西，微不足道，但足够怪异，让人印象深刻。从那场宴会眺望，这东西好像已经待在这里一千年了。墙边的桌上遗留着一杯香槟，一把空荡荡的椅子放在旁边。他恍然意识到，这些东西一定是她的。她就是坐在那里等了一会儿，就坐在那把椅子上。虽然他已经不记得看到她举起杯子，呷一口酒的样子，但是她一定问管家要了一杯，就算不是，管家也会主动给她一杯的。

蓦地，他怀着满腔怒意走向桌边，将杯子举到肩膀的高度，仿若揣着恶意的祭祀品，他又放下它，酒面恢复平静。他刚刚用她自己的酒，对她的死亡致以敬意。

午夜的清冷一闪而过，像是填补大厅的细密针脚，门被“哐当”一声关上，他离开了家。

他没有按门铃，也没有敲门，他犯不着这么做。他掏出很久以前她给他的钥匙，只消一点点声音就打开了房门。

他拔出钥匙，走进去，又关上门。弄出的动静和开门时的差不多。

他知道灯的开关在哪里，甚至都用不着看手就摸到了。咔嗒一声，过分耀眼的桃子色顶灯亮起来，环状的光晕团团聚拢，这是她喜欢的颜色。

他对这地方了如指掌，所有的一切他都很熟悉。毕竟这里曾经是他的第二个家。不，可以说是他的第一个家，而他刚刚离开的那个房子才是第二个家。人的改变可真是有趣。

每件家具、每个物品、每把椅子，都是他过去的一部分。那儿——就是那儿——某个他们刚刚确立关系的晚上，他曾坐在那里，微醺的样子，跟她发誓道他再也不会回到弗罗伦丝身边了；就在那个夜晚，那个片刻，他决定要净身出户，和弗罗伦丝断得干干净净。她呢，坐在他身边的椅子扶手上，好言好语地与他聊天，末了，又温柔地将电话从他紧攥着的手里面拿出来。她顺顺他狂躁的小脾气，了然地眨眨眼，对他说："我们现在挺好的呀，干吗非得给自己找不痛快？来，再喝一杯，就假装你还是个单身汉好了，这东西特别管用。"

选举日那天，他们俩把钱搁在收音机上。他赌民主党会赢，她只好押在共和党身上，毕竟也没有其他候选人了。不过她还没有那么傻。她知道他在测试她，只想看看她会怎么办，而她显然是个不错的选手，不吵不闹，坚持要他收下所有赢了的钱。第二天，她就得到了一件貂皮披风，里面放着她所有输掉的赌金。她怎么就知道那招有效果呢？这就好像是先借给某个人五百美元（再说，这笔钱本来是他的）一晚上，然后第二天得到了一件貂皮披风当利息。好买卖。

路过钢琴的时候，曲谱是打开的。他瞥了一眼，读出歌词时嘴唇卷了起来，“你迟早会来的……”

这次你错了，不会再来了。他一手抓起歌词，揉成皱巴巴的一团，恶狠狠地投掷出去。

装有镜子的卧室门半敞着，他把门拉开，站在门口往里看向她。来自客厅的炫目光线足以让一切都变得分外显著，只是一缕天蓝色的光影让一切都显得非常柔和。

她在床上侧躺着睡着了，后背朝着他，睡得香甜，对自己所作所为毫不在意。他只看了她一眼，就开始感到愤懑不已。

貂皮披风被随意地扔在椅子上，借着椅背形成了一个小小的帐篷。白色的裙子搭在衣架上，不过并没有被妥善地收进衣柜里，而是简单地挂在门背后的挂钩上，裙子顺势贴在了门上。

空气里的香水味十分浓重。她曾告诉过他，这种香叫“幽冥”。（他还在里面加了一个 n ，让他们俩都开怀大笑。）她没说具体的价钱，那时他看了太多的付款账单。不久之前，这些付款账单就统统停止了，在真正的施压和勒索开始之前就停止了。

他站在原地盯了她一会儿，试图平息他的怒火。

他深思熟虑，沉稳而冷酷，缓缓解开他皮衣的双排扣，里面装着颇有分量的手枪。他脱下皮衣，沿着领子的方向叠起来，按着那个样子挂到身后的椅子上。

接着他走过去，锁紧窗户，这样就只会有一点声音或者根本没有声音——就算外面有声响——传出去或传进来。他回到原处，背对着她起伏的身影，解开他的皮带扣。他将皮带整根抽出，握着腰带扣准备把它当鞭子使。

他伸出手，把她身上轻薄的被子一把掀开，带起了波浪般的抖动。丝质的被单铺展开来，发出嘶嘶沙沙的声音。现在，她像一尊雕塑般躺在那里，单薄的后背到腰部都若隐若现。

他面目狰狞，满是恨意，举起皮带的手超过了头顶，像是抓住了一条蛇，这条蛇在脑袋上方不停地扭动。对付这种女人就该这样！这都是她们活该！这是她们唯一可以理解的惩罚！

皮带抽下去的声音像是间隔规律而缓慢的鼓掌声。一下，一下，又一下；加速、加速、加速，越来越快。时而抽打在她的蝴蝶骨上，时而抽打在她的屁股上，时而又抽打在她的大腿上。白色的屋子开始沉没于黑色的阴影中，好像这重击只荡起了这里那里的灰尘一般，随着每一下的抽打，它们翻滚、跳跃，然后又重新安定下来。

可是，那就是唯一的动静了……

那股蒙蔽他双眼的恨意突然褪去，他才意识到她没有惊叫，也没有疼得跳起来，更没有滚来滚去试图避开这些抽打。但是，她早就该这么做了。

他停下来把皮带窝成环状，俯下身去，他拉扯她的头发，试图将她的脑袋拽向他。脑袋不费力气地就跟了过来，可是跟来的也只有脑袋，因为她的脖子被掐断了。

过去几分钟里，他一直抽打的，不过是一具尸体而已。

此刻，他沿着那设计得曲曲折折的阶梯上楼，一路上飞也似的逃开墙面玻璃板上那追逐着他的光影。但是随着阶梯不停的旋转，影子无情地追上他，碾压他，跑到他前面去，当他爬上楼时，又似是责备地与他对峙。他下意识防护般地眯起眼睛，又伸出一只手来遮挡刺眼的光，随后一头扎进那难以名状的蓝色光芒里，摸索到门和它之后的卧室。影子没能一直跟着他进去，但是它就等在外边。

他浑身战栗，深吸一口气，随后转动钥匙打开了房门。

她正在沉睡，或者说看起来像是在沉睡。玫瑰色的光晕已然熄灭，比起他刚离开的时候，她的脑袋在枕头里陷得更低了些。她的双眼沉静地闭着。日光穿过威尼斯式百叶窗的缝隙，投下了一块块铅条般的阴影。

他把枪放到一边，从头到尾仔仔细细将她看了一遍。她连睫毛都没能颤动一下。

进了浴室，他有些心绪不宁，反射弧才绕回来，他甚至啜泣了一小会。很快他就用毛巾擦干眼泪，呆坐在浴缸的边缘处，慌里慌张却又毫无悲切之感。片刻，他仍坐在那里，脱掉了几件衣服——脱掉了外套、领带，解开了他的衬衫和皮带，也就到此为止。

睡吧，睡吧。他必须得睡觉，只有这样他才能摆脱这一切，逃避这事的方法只有睡上一觉。他轻轻地用手腕敲打着自己的脑袋，像是在哄它入睡一样。但睡眠从不以那样的方式侵入大脑，脑海里是噩梦与梦醒之间的相互较量，一片狼藉。

他打开壁橱，拿出一瓶安眠药。倒出两粒，又倒了一粒。手掌屈成勺状正准备往嘴里塞时，他突然一挥胳膊将它们全部扔掉，脸上满是忧愁。如果就那么睡过去的话，他就只能把整件事锁在自己的脑子里。

他不可能一个人撑过去的。也不能就他一个人知道这件事。他必须得说出来，他得跟她谈谈。

无论如何警察也会找到这来的。他需要她的帮助。

他又走进了卧室，此时铅色已经变为了银色。再过不久，日光就会变为金色，当然还不是现在。

在上床之前，他发现她睡醒了。一定是刚刚才睁眼的。

“弗罗伦丝——”他喘息道，“弗罗伦丝——”

“你有什么事要说？”询问的语气过于微弱，以至于好像这不是个问句似的，倒像是个陈述性的发言。不过他现在没工夫去分辨她语气当中的那些细小差异。

“对的，对的！你仔细听我说。”

他挨着她在床上坐下。但是又立马起身，绕到了另一边——她心脏那边。

“你现在醒了吗，可以听懂我说的吗？”

“足够清醒了。”她的话有所保留。

“那个女人——”他顿住，思考要怎么继续说下去，“今天晚上有个女人来这儿。我不知道你注意到她没有——”

她笑意盈盈，嘴角略显嘲讽，“让我想想，穿着白色的海蒂·卡内基的裙子，一百五十美元，噢不过我觉得应该是打折的时候买的，等当季过去之后。可是又问——某人索要了正价的价钱。意大利佩鲁贾制作的鞋子，5A 的鞋码，不能比那再大了。所有东西的品位都很好，可以说是棒极了，只不过——”她摇摇头，皱起鼻子，“她的底妆看上去很廉价，这一点她也无能为力，什么都能看得一清二楚。她实际得有三十五岁了吧，但本来可以装作二十八岁的。”

“她真的只有二十八岁。”他本是不假思索地辩驳，可是他马上自我确认了一下，或许她确实是三十五岁呢，只不过他不知道而已。

“她的香水闻着像幽冥牌的，甜腻腻的。”

他瞠目结舌。

“噢是的，休，我想我知道你说的是谁。”

她点燃了一支烟，像是给他点时间缓缓，甚至还递给他一支，不过他拒绝了。

“我——呃，弗罗伦丝，我不知道该怎么说。有个麻烦你可能不太清楚——”

再一次，她嘴角扬起嘲讽的笑容，“我也要帮你摆脱这个麻烦吗，休？”

她把烟灰弹进了台子上景泰蓝样式的唱片机里，恣意享受着缭绕的烟雾，转转眼珠，好像在整理她现在所获悉的一切真相，好给他提供最大可能的帮助一样。

“她叫爱思特·霍利迪。住在法格拉特大街16–0–4号，门牌号为D–7。每个月的租金有一百五十美元。电话号转机号7176。她走进你的生活——噢或者应该说是你的身体——大概有四年了，粗略地来说。已经稍稍结束了那么一阵子。我不是个明察秋毫的人，休。我说不出你们俩相遇的具体日子，也说不出是哪个月。这些东西我想不起来。我只能告诉你是哪年的哪个季节：是1943年的春天。‘春天到了，一个老男人幻想——’噢，我不应该太沉溺于我的战争作品。”她像是做了个附加说明，食指劝告般地向上伸了伸，魅力十足又毫无严肃之意，“你爱了她三年，但是过去的一年半里，你不爱了，但你又没有任何决心去做个了断。”

他几近崩溃。好像是个松开了绳子的木偶，摇摇欲坠。“你知道的，你什么都知道。”

“我知道好多年了。”她不客气地说。她抽够了烟，将它放到一边，反正它也只是用作话引子的，为了让他打开话匣子。

“那么，现在，这是怎么了？是什么让你——在这样一个时刻坦白一切？不是我不欣赏这份坦诚，小恩小惠而已，但是你懂的，聊胜于无。”

“弗罗伦丝，我去那是要——要——”

这一次她让他自己说出口。

“要杀了她。”

“我知道。”

“噢，弗罗伦丝。”他终是说道，踉跄地跌坐下，似是已经厌倦了想要告诉她什么她不知情的事。她让他的自白变得毫无意义。

“这显而易见，”她说，“上面穿着皮衣，下面是你晚宴时的裤子。大衣下面凸起的块状。抽屉里的手枪不见了。你知道的，你还没有那么精明。”接着，她加了一句，没有任何感情色彩，“你杀了她吗？”

他注视着她，满眼惊恐。

“我只是顺着你给我的提示一步步走的。你表现出了你每一个意图，你又是这么凄厉地看着我，当我——”

“可是你有必要这么冷淡吗？”他的恳求颇为心酸。

“原谅我，”她说，“不好意思。”听起来她很懊悔，“暴力离我的日常生活太远了，你知道的。我会学习怎么丢掉我在娱乐室里发过的呆。”

他的脑袋垂得更低了些，她只能看到他头顶的头发。他双手掩面，一边瓮声说着。声音像是被掐住了脖子。

“她早就死了。我发现她躺在床上的时候，她已经死了。有个人——我不知道是谁——我只知道她不是我杀的。”

她捧着他的头，轻轻地拍他的后脑勺，像是妈妈。

“当然不是你杀的啦，这是当然的。”

他抬起头，变得有些警觉，像是突然回忆起了什么，“我有证据的。我能证明那不是我干的。等等，它在哪儿——！”他发现找不到他的大衣后，一下子变得很惊慌。他跳起来，冲进了浴室，拿着大衣又走了回来，“这儿呢，在这儿！我在房间里发现了它！”他递给她一张纸条。

她大声地读道：“现在你感觉怎么样，斯特里克兰先生？”

她总是比他先想一步，“你应该把纸条留在那里的，”她立马说，“那才是它该待的地方，那个人放的地方。而不是这里，警察们可是看不到的。”

“但是我不想和这事有任何瓜葛——”

她突然又转变了想法，“或许这样更好。是的，也许你是对的。但是不管你做什么，你都得保管好它。确保你拿着它。如果必须的话，你就把纸条拿给警察看。不过你也看到了，你已经破坏了它最大的价值。你不能证明，你是在那屋里发现它的，你也不能证明，又是你拿走它的。你能证明，或许警察们也可以，那上面不是你的字迹。但是你可能是在其他任何一个地方发现这纸条的，不过现在太晚了。”她看到这话让他的眼里多了些绝望，于是又补充，“不过就算没这纸条，你也足够安全了。当你真的没做这事的时候，警察也不能强行给你扣上帽子。那是对正义的亵渎，那样的事情绝不该发生。”

“但是警察会找上门来的。他们肯定会来，再问些问题……”

她略带歉意地点头，“他们会调查她的过去，而与之有关的调查又是——那么的长。”

“弗罗伦丝，你得帮我！不管他们知道了什么过去，那都不能算数，至少我们不能让他们知道今晚的事！你还不明白吗？你今晚举行的盛大宴会，规模是多么庞大，那么多人，他们都能证明我整晚都待在这里。弗罗伦丝，今晚我们的客人离开后，我可没离开我们的家！我一直都在这儿，你明白吗？弗罗伦丝，你不会背叛我的，对吧？你能站在我这边吗？你是我唯一的希望啊。”

她只说了一句：“我是你的妻子，休。你忘了吗？我是你妻子。”她对上他的视线，眼里柔情四溢。

他把头埋进她的怀里，心里落了块石头，呜咽地喘着大气，其实更像是声音响亮的哭泣。

她顺着他的头发，温柔地，安慰地。全世界只剩下她贤妻般的关怀和忧虑：什么都原谅，也什么都理解。

她死于星期二到星期三的那个晚上，星期三白天什么都没有发生，星期四也什么都没有发生。那张纸条平淡又冷漠，冷冰冰的打印样式，白纸黑字。他无时无刻不在屏住呼吸。星期五的时候，纸上的东西终于跳了出来，幻化成一个站在他家门口的人。

“带他进来。”他对哈里斯说。

接着他审视了下屋里的情况。“不，请稍等。”他试图在桌边摆个造型，假装浏览一些文件什么的。不好，那样子看起来不太对，这又不是办公室。他又尝试坐在那只巨大的皮革椅子里，整个陷进去，跷起二郎腿。接着他起身，从书柜里取出一本书，从雪茄盒里掏出一支烟，又重新坐回椅子里。

“好了，现在让他进来吧。”

进来的男人平平无奇。他个子高大，却骨瘦如柴，脸颊凹陷。他的行动十分迟疑，像是一个新手，衬衫也好几天没换了，规整的拉夫领磨损出根根线头，飘向手腕处。

他说：“很抱歉打扰你，斯特里克兰先生。我是从警局过来的，可以问你几个问题吗？”

斯特里克兰说：“请坐。噢当然可以。”

那男人坐下来，身子向前倾得太远，袖口的布料被拽上去，露出一大截手腕。他四下看了看屋子，满脸敬畏。他看着斯特里克兰，也是满脸敬畏。像是他从没想过会有人住在这样的房子里似的。

“请抽支烟，”斯特里克兰说，想要让他放松一点，“打火机在那儿。”

他先是错误地看向了墨水瓶。

“不，是在你旁边的那个东西。”

就算他拿起了对的打火机，他也不知道怎么用。

“按一下就行，轻轻戳一下。”

不过他已然放弃，转而拿出自己的火柴用起来。

可是他又不知道该怎么处理用过的火柴了，只好用手指捏着。

上帝啊，他在害怕什么？斯特里克兰想。

“想问点什么？”他催促道。

男人这才开始，似乎忘记他之前说了什么。“哦对——是的，呃——你认识一个女人——女士——叫爱思特·霍利迪吗？”

“我认识。”斯特里克兰立马说。

“嗯？”

“就是男女那点事。”他抢过了话头，又接着说，“不过那是很久之前的事情，我们一年半以前就已经结束了。”

男人捏着香烟坐立不安，他压根不敢朝对方看。你会觉得他是回答问题的人，而斯特里克兰才是问询的人。

“你知道的，她死了。”

“被杀死的，”斯特里克兰纠正道，“我从报纸上知道的，所有的一切。”

“你最近都没见过她是吗，斯特里克兰先生？”

“是的。”

“最后一次见面是什么时候？”

“要我说得是六个月前了。”

“噢。”然后他说，“那么——”接下来的话就和一块生姜似的干瘪无趣，“这样的话——”他也不知道还能再说些什么，只好站起来。

斯特里克兰也站起来，他正好把书搁在桌上，他的身边。

男人变得局促不安。他尴尬极了，不知怎么优雅地结束这场对话，然后从容地离开，只好在小事上插科打诨。

“新书吗？”

“恰恰相反，”斯特里克兰给面子地说，“很老了。”

“噢，我这么想只是因为有些书页还没分开……”

“我还没看到那么后。”这么做只是为了尽可能快地回答他的问题，像是射出的子弹般让他来不及继续提问。

卡梅伦茫然地用大拇指分开了一页，是第一页。接下去的第三和第四页也黏在上面。

接着他合上书，不再多想，转身离开了。

那天晚上，他们正在准备床铺。他坐在床沿，已经穿上了睡衣，但是他不情愿，也不能够躺下来休息一会。他的后背酸痛，双肩坍塌；手无力地握着拳头，双目忧愁地盯着地板。

与他正相反，她正坐在梳妆台前边。脑袋不知怎么也垂着，不过是在忙一些事情，倒不是像他那样子大脑空空。她在把指甲修成好看的锥形。

她终于开口说话了。

“她的手怎么样？她的，你懂的。”

他懂。他的五官皱起来，抬起手边擦了擦嘴角，好像在拭去什么糟糕的味道。

“你很困扰吗？让你想起她。”她精明地问。

“没有，”他一声叹息，“反正我也在想这件事。整日整夜地想起。她的手——噢，我觉得和别的女人的都一样吧，比男人的要细软白润。”

“不，我的意思是她的手在哪儿？它们怎么样？你说过，你说过是她的脖子断了。”

“啊。”这次他明白了她的意思，“它们就像这样抬起来。”他演给她看，“想要护住她的脖子，让自己得以喘息，她的手僵得像爪子，你知道，每个人都会那样的。”

她用自己的手模仿那个姿势，并在镜子里细细观察。

“那么她一定对他的手又抓又挠，留下了什么痕迹。”

“我猜也是。那是她唯一能做的事了。”

此刻，他听她没再继续说下去，抬起头问道：“为什么那么问？”

“就是一些有联系的想法而已。我刚刚正在看我的手，于是我就想到了她的，不好意思如果我——”

“没什么。”他说，头又垂了下去。

她按下梳妆台上两只丝饰台灯的开关，灯灭了。然后她起身走向了第二张床。她脱下睡袍，顺手抖了一抖，丝绸发出柔柔的低语。可她又停下来，手里的睡袍也停在手肘的高度，她转过来担心地看着他。

“你能睡着吗？”

“我尽力。”

“好，可是你能成功吗？那才是关键。”

“别担心我了，你关上灯就好。”

“好的，但是你不能整晚就坐在床边上。”

“我怕我一躺下那场景就再次浮现在我眼前。昨天它折腾了我一整夜。每次我刚刚小睡，就大汗淋漓地醒来。毕竟，那场景实在太可怕了，我这辈子还从没见过那种场面，居然还被它拖住了……”但他还没能告诉她，真正令人折磨的是：他用皮带鞭打了她。

她轻轻用食指蹭了蹭嘴角。

“今晚你不能再让它折磨你了，”她说，“再这么下去你得去看看医生。我想我知道我们该怎么做了。”

她重新穿上睡衣，走去了浴室，出来时手里拿着一瓶安眠药。

“试试这个，”她说，“直到惊吓劲儿过去再停药。”

他顺从地伸出手，像个乖巧的孩子。

她轻轻地晃动瓶身，两片药片滚落在他的手心里。她把瓶子放正，读起了说明，“正常剂量是两片，我觉得按你的情况来讲得三片。”她又晃出第三片，把瓶子拿好，问他，“你会害怕吃四片吗？”

“不会，”他说，“只要好过——”

她又倒出第四片，合上了瓶子。“我给你拿些水。”她说。

她回来时，他正吞着药片，和着水从喉咙咽进肚子。他把所有的药片都吞下去了。

“现在，躺下吧，”她说，“别和睡意抗争啦，你想让我摸摸你的头吗？”

他微笑着，略带倦意，“不用了，谢谢。”他说。他快速看了她一眼，满脸愧疚，“你对我真好，弗罗伦丝。”

“那你想让我做什么呢？”她问道，充满爱意地眨眨眼。

“毕竟，她曾是——”

“那件事已经彻底结束了，”她说，“真遗憾它结束得这么冷酷。不过对你我来说，木已成舟，没什么要紧了。”

她给他整了整枕头，甚至还帮他把被单拉到肩膀。然后她关上了灯。

“谢谢你，弗罗伦丝。”他小声啜泣道。

“嘘，”黑暗中，她轻柔地说，“睡吧，只管睡觉就好。”

过了片刻，他才睡着。

有好几次他都在缴械投降的边缘，但他紧绷的神经像迸发的喷泉一样，把他的意识拽了回来。随后他又深深地沉入黑黢黢的水中，什么都不记得，也再没有被惊醒。

倒是有个梦，好像一小块漂浮在水面的油渍，朝他漂来，用它微微的光芒照亮了他，不一会，又漂走了。

早晨，他发出一声凄厉的惊叫，于是她冲到浴室，想看看到底怎么回事。

他双臂垂直放着，眼睛盯着手背。

“看！我浑身都是。我对自己做了什么？我从哪儿搞的这些伤？我开水的时候才注意到它们，就在刚刚。”

她快步走到他身边，抬起他一只还在微微颤抖的手，细细检查。手背上满是红红的、密密麻麻的伤痕，长短不一、深浅不一。

“别害怕，”她劝道，“这些肯定是你睡觉的时候自己划的。”她又抬起他的另一只手，仔细盯着。她啧啧两声，语气里充满了怜悯，“也许你是对安眠药过敏呢，可能扰乱了你的血压或者皮肤什么的，让你觉得特别痒。别的地方有吗？”

他卷起袖子，“没有了，就到手腕为止。有些伤痕在手腕上，再没往更高的地方蔓延了。”他看着她，带着一种迷茫的恐惧感，“我现在想起来了，我做了个梦。她在屋子里。所有的事情都在我眼前以另一种方式重演一遍。噢，那太可怕了——”他的身体剧烈地颤抖着，一只手撑在橱柜的镜子上，好让自己不至于倒下去，“她想要我——她试图让我再做一遍她真正遭遇的事情。（你懂的。）

她抓住我的双手，想要我握住她的脖子，她越是努力，我就越是拼命地想要挣脱。在梦里，是我在尖叫，根本不是她。她的双手铁钳似的，有力极了，指甲嵌进我的皮肉里，让我挣脱不得。最后我终于摆脱了那双手，她的脸也渐渐淡去，像是慢慢熄灭的电灯泡一样。”他擦擦额上的汗珠，“还有她——她穿着你的裙子！那是她没错，但是她穿着你的裙子——”

“嘘——”她说，伸出手指放到他唇上，让他不要再出声，“别想了，看看噩梦对你干了什么。稍等，我给这些伤痕上点药。”

她拿出一团棉球，用金缕梅液沾湿，再轻拍到他结痂的伤口上。

“它们看起来还像是新的伤痕，”他有些惊讶，“都过去那么久了。”

“它们会消下去的，”她保证道，“一周后你就看不到它们了。”

警察等着见他。他走下楼梯，碰到了弗罗伦丝。他们互相交换了眼神——她有些担心，而他则是隐隐有所预感。

他们没有说话，他只是对她伸出两根手指，表示这已经是第二次了。

她点点头，咬着嘴唇，好像她自己也对这事局促不安。

终于，她抓住他的手臂，给予他一些无言的鼓舞。在那么做的时候，她突然注意到他的手，那些夜里不知从何而来的伤痕在手背上仍旧清晰可见，尽管它们变成了棕色，像是快要痊愈般地结了痂。

她手指微微捏紧，着急地示意他等在原地，先不要下去。她自己跑下那还剩几节的楼梯，飞速地跑回大厅，他的套装总是习惯性地放在那里。他看到她正在大衣的口袋里翻找着什么。

接着她回来，手里拿着一双他的手套。

“戴上。”她喘息。

“但是他们不会觉得这样很奇怪吗？在家里？”

“可是这些痕迹……他们会觉得是来自……总之不让他们看到会更好。”

他倒吸一口凉气，倍感折磨。“我从没想到这一点！”他喘着粗气，十分惊骇，“噢我的天哪，他们可能会觉得——”

“如果他们不看到这些伤痕，也就不会想到任何事。所以尽量别让他们看到。”

“但这可是在室内！怎么能看不到啊！”

“嗯……那么你刚回家，就像这样。”她又跑下去，这次她拿上了他的帽子和大衣，把帽子塞到他手里，又把大衣挂在他胳膊上，像他才刚脱下来一样。

“但是他们知道我在家。他已经告诉他们了。”

“那么你就是还在准备出门。不过不管你做什么，那双手套必须得待在你手上。”

书房的门突然打开，随之出现卡梅伦向外张望的脸，他想知道是什么拖延了他的脚步。

他们只能按照密谋的那样行动了，不过心里还是虚得慌。他们很快分开了，他继续往下走，而她继续上楼去。可是他们停顿的那瞬间还是被卡梅伦看到了，毕竟还是迟钝了一两秒。而且他们的表现也并不完美，尤其是她，猛然转身的动作实在太过明显。

他走下楼，重新打开房门。刚刚卡梅伦瞥了一眼后又走进去关上了门。

“先生？”他讨好地说。

有三个人在书房里，其中两个是新面孔，一个是那天来过的男人。他不喜欢这样的局面。

他们看到他的帽子和大衣。

“你准备出门吗，斯特里克兰先生？”

“是的，我正准备走。”

“我很抱歉，但你需要优先考虑这次询问。”话倒是说得含蓄，但总归是一句再明显不过的命令。

“好的，”他顺从地说，“就听你们的。”他把大衣放在椅子上，又把帽子扣在上面。

“请坐，你自己舒服就好。”这次是卡梅伦在说话，仍旧非常含蓄，仍旧算是一个命令。

他坐下来。突然他想到她——或者说是她的意见——反而从某种程度上强调了这双手套、这双手，而不是分散他们的注意力。

却正好让它们变得更为显眼。他被手套套住了，他没办法不让人注意到他的手又同时脱掉手套；同样，也没办法让人忽略他的手而继续戴着手套。

“就有几个问题。”还是卡梅伦在说。你可以说，他几乎是从容不迫的，几乎是颇为迷人的。今日的他完全没有往日那种新手的青涩感。

他无可奈何地坐着。小心翼翼地想要脱下手套，还得努力不要引人注目。他想把一只手夹在大腿和椅背之间，另一只则看看能不能滑进他上衣两粒扣子之间的口袋里……

卡梅伦似乎根本没看过他的手，甚至在他开始缓缓滑动手的此刻，他也没怎么注意。他知道，是因为他的眼睛正盯着卡梅伦的眼睛。就在他要成功脱下来的时候——

突然，一份过于明丽的白色包装盒出现在他眼前，“抽支烟吧，斯特里克兰先生。”

他的手先犯了一个错误，伸了出去，可是他又马上缩了回来，“不，谢了。现在——现在不用。”

“噢，来吧。和我们一起。我们都在抽，为了社交嘛。”

“现在不用，我不想抽。”

白色包装盒退了回去，消失在眼前。它失败了，不，它或许办成了什么事。

“有什么原因让你非得在屋子里戴着手套吗，斯特里克兰先生？”

他脸上的血液上演惊天大逆转，血色渐渐消退。“我——我正准备出门。”

“但是你脱了帽子和大衣。”

他突兀地叹息一声，努力让自己傲慢一些。“我戴着手套会让你不舒服吗？”

“倒不会，”卡梅伦亲切地说，“我只是觉得它会让你不舒服，你戴反了。”

每一个环绕手指的缝隙都是那么的厚重。她给他戴上的时候，手套就是反着的。

他的傲气消失殆尽，脸色尴尬。

他们正在等待。现在，他的手有四英尺长两英尺宽，好像正被特写镜头拍摄着。

“你不想把它们脱下来吗，斯特里克兰先生？”如果有哪一刻卡梅伦可以称得上是彬彬有礼的话，那么就是现在。

“如果我不愿意的话，你不能在我家里强迫我脱掉手套。”这是他的最佳辩词。

“是的，那么你一定有什么特别强硬的理由不愿意脱。”

“没有！什么都没有！”他开始冒出了大滴的汗珠。

“那为什么不呢？你看起来很热，比我们都热。”

他一只手拽着另一个手的手指，猛地一拉，手套掉在了地上。

一片寂静中，他的呼吸声清晰可辨，听起来像是横穿沙滩的嚓嚓的脚步声。

“这就是你不想让我们看见的？这些伤是从哪儿来的？”

“我——我不知道。某天早晨我醒来，它们就在那儿了。我——我睡着的时候，一定是……做了个梦……”

他们不发一言。可是嘲弄的意味比说出来的还要浓重，比反复不停的嘲笑声更让人难堪，连他们的卷起的眼皮似乎都在笑话他。

他在梦里也见过这样的眼神。

事实上，他们的问题现在只剩下两个。

“你否认她曾在这里吗？在那晚的早些时候，她来过你家并且想要参加你太太举办的宴会？”

“是的，我否认！”他愤怒地说。

“叫管家来。”卡梅伦不动声色地说，“再拿一下那张照片，就是从她家找到的。管家已经帮我们确认了，我们需要他当着你的面再确认一遍。”

他抬起一只手，摆出了防御的姿势，接着又放下它，他的背深深地弯下去，一副崩溃的样子。

“她可能是来过。我——我并没看到她。”

“我们不能证明你看到了她，毕竟你的视力是你自己的事。我们能证明的，是你跟谁，在家门口说：‘你再这么威胁我就死定了’。

我们还可以证明那个‘谁’就是她。这样我们也能间接地得到同样的结果。”

他们留足了时间好让刚才的话渐渐显出它的侵蚀力。他踉踉跄跄，好像涨潮时沙滩上的沙堡。

接着，第二个问题来了。第二个，也是最后一个。

“那么，关于这个呢？你拒绝承认在同一个晚上稍晚的时候，你曾到过她家？有点像——或许可以说是你的回访？带着某些兴趣的回访？”

“是的，我没去过她家！在宴会上那么多人的眼皮子底下，我一直都在。上楼后就直接去睡觉了！”

“我们当然不能去掌控所有在场的人。不过只需要有一个就可以了。你觉得——”卡梅伦像是在即兴创作一般，把头转向了他的同事，“——那个出租车司机如何？他已经通过他的照片确认过就是斯特里克兰先生本人，他亲自把他送到她家门口的。带司机过来，让他亲自再辨认一遍。”

再一次，斯特里克兰的手颤颤巍巍地伸到了一个防卫的高度，又精疲力竭地垂了下去。他可是支付了他整整一千美元！那如果他收到比一千美元还要多的钱呢？他的大脑麻木地自答着，他从没考虑到这一点。如果是一万五千美元呢，或者仅仅是两千美元，有人在之后付给他叫他都说出来呢？

“你们从哪里拿到我的照片的？”他茫然地问。

他们没有回答。他们的脸上一副古怪神情，叫人难以读懂。他也说不上来到底是什么。

突然，弗罗伦丝被带进了房间，夹在两个人中间。不情不愿，又畏畏缩缩、楚楚可怜。在一群粗糙的男人之间，她是如此的颤颤巍巍，如此的可怜无助。

他起身。“先生们，我反对——你们不能这么做——快点放开我太太！”

他们没有理会，倒是极尽礼貌和关怀地让她坐了下来。她不是一个什么随意的目击人，囿于他们之中，好被诱捕、被戏弄、被抓获。相反，她是个优雅的女士，正从她的高台上仪态万方地走下来一会儿，只是不巧陷入了男人们满是泥泞的世界。

“斯特里克兰太太，你曾说在五月三十一日的清晨，也就是你举办宴会的第二天，你丈夫并没有离开家。”

“准确地说，”她说，“我说的是在早些时候，据我所知我丈夫并没有离开家。”

“你为什么要坚持那么说？”卡梅伦问她。

“你为什么要坚持修改我第一次给出的证言？”她四两拨千斤地回应。

“我们正准备问你，是否介意更正或更换你之前的陈述。”

“不用。”她简洁地说。

“你在耍小聪明，”卡梅伦礼貌地告诉她，“要比聪明，恐怕我们确实比不上，不过我知道你刚刚想做什么。因为我问的是‘是否介意’，而你如实回答了我。‘不，你不介意。’”

“我只能回答你问我的问题，”她迷人地说。“如果我没有如实禀告，那怎样做才行呢？”

“这可是个严肃的事件，斯特里克兰太太。”

她抬头看向他的眼睛，满是歉意，“当然，非常严肃。”

“现在和我们第一次询问你时的情况不太一样了，所以我们又把你叫来，想向您重述一遍我们最近的发现。有个名叫朱利叶斯·格雷泽出租车的司机，他曾指认你丈夫在那天晚上坐过他的车。”他拿出一个信封，“我这有他交给我的一千美元，他声称是你丈夫为了让他不要开口所支付的封口费。我可以理解你对他的忠诚，斯特里克兰太太，但是并没有什么太大作用。现在，我再问一遍：宴会结束后的隔天清晨，你丈夫到底离开家了没有？”

“我必须得说出不利于我丈夫的证言吗？”

“不是的。”

她深深地叹了一口气，垂下头，再没多说什么。

尽管如此，她还是无声地把证言说了出来！

他看到他们彼此传递着胜利在望的眼神，疼痛瞬间暴击了他。是时候该亮出他的王牌了，已经没有东西可以救他了。

“弗罗伦丝，给他们看那张纸条！”他大声喊，“那张纸条，弗罗伦丝！我给你的那张！”

她看向他，疑惑不解。

“弗罗伦丝，那张纸条！”此刻，他已经几近尖叫了。

她迷茫地摇摇头，她心酸地看向他，像是一个渴望提供帮助的人，只要在她的能力范围内，她愿意做任何事，但是现在，她没太明白需要她做什么。

“什么纸条呀，休？”她轻柔地问。

“弗罗伦丝——弗罗伦丝——”他们不得不把他按回椅子里。

她拾起手帕拭泪，好像因为不知道她的丈夫想问她要什么而啜泣不已。“你给我的只有——”

“什么？什么？”他们异口同声地说。

她不经意地瞥向她的手提包，本来想着不要暴露了那东西的具体位置，但她的视线背叛了她。

卡梅伦伸手索要它。她既没有给他的意思，但也没有挣扎着不给他的意思。她如此优雅，以至于都不好做出什么身体上的对抗似的。他把包从她的膝盖上拿过来，打开并检查里边的东西。

一会儿，他发现了一张纸条。

“一张五百美元的支票，”他确认道，“付款给持票人。日期是谋杀案发生的前一天……”

她烧错了东西。她犯了一个巨大的错误。她烧毁了那张可以救他的纸条，而她应该烧掉那张支票的。不过，后果还不是不能挽回，至少支票是给“持票人”的。它能来自任何一个地方，不一定是从谋杀现场找到的。没有什么能让支票和他联系到——

卡梅伦将它翻过来，一字一句地读道：

“背面的签名是，”他说，“爱思特·霍利迪。”

死一般的沉寂。紧接着是斯特里克兰狂怒的吼叫。

“不是！不是！背面还没有签名！我拿回——那不是她的签名！不可能是的！我捡起它的时候她已经死了——那是伪造的！一定是其他人——”

猛地，他对上弗罗伦丝的眼睛。她眼睛里有些什么……冷酷、干了的泪痕。眼睛的深处是笑意，别人看不到的笑意。他不再喊叫，声音戛然而止，像是蓦地按下了开关。他一个字都说不出来。

卡梅伦对他伸出手，又放下。“‘我拿回来的时候，’你刚刚说，‘我捡起它时她已经死了’。她当然死了。你得先杀掉她，才能拿到支票。”

他看向其他人。“这就是我们的案子，先生们。虽然藏得很隐秘，但还是被揭发了，而且证据确凿。”他指指斯特里克兰的手，“就在这儿，那位女士用指甲签下了名字，留下了证据。我们得拍一两张照片，那伤痕很快就会消失不见的。”

他打开门朝大厅里喊：“把斯特里克兰先生的车开过来，他必须得跟我们去个地方。”

他们扶着斯特里克兰站起来。此刻他无论如何也没有力气自已站立了。然而，她仍旧坐在那儿。他看到，或者说是觉得他看到了一个可怖的东西，那东西逃过了所有人的眼睛，毕竟没有谁会比他更了解她。

她坐在那儿，弯着腰，似乎异常痛苦，好像被什么苦难突然袭击了，却不得不忍着哭意，忍住不歇斯底里。她的胳膊肘撑在她旁边的桌子上，双手掩面，藏着她的眼睛。实际上却只是想逃开所有在她上方的视线。但是，从他站的地方，他看得到她的嘴角。尽管那被迫揪扯起来的纹路让她的嘴角变得有些扭曲，也让她的表情看起来很悲伤，但是，他一清二楚，她的表情代表着什么，因为他曾经见过这个表情。那是一种侥幸逃脱惩罚之后的愉悦，是精心报复后鬼魅一般的笑容。胜利的果实尽管有些苦涩，可同时也鲜美可口。

比爱思特·霍利迪那死时狰狞的面孔更为恐怖，和将死之面一样冷冰冰。

他转向卡梅伦，祈求地看向他充满同情和人情味的脸（相对而言），“请让我和我太太再说上一分钟，单独待上一分钟。在我走之前，就一分钟。”

“我们不能让你离开我们的视线，斯特里克兰先生。从这一刻起，你就已经被监禁了。”

“就在这儿，和你们在同一间屋子，只是在那边一点儿——”

“你的手提包，太太。”首先，他们从她手里拿走了包包，以防万一，她会递给他什么自残的工具。不过他们根本用不着担心，他沉闷地想。她，她自己就是那个工具。

她起身站在那儿，稍稍远离他们，面朝墙。默认地等待他走过来。她是那么的冷酷，那么的笑意盈盈，又那么的魅力十足。她整个人就像是在宴会厅里对他说话一样。

“为什么要这么对我，弗罗伦丝？我没杀那个女人。”

她小心翼翼地掌控着自己的声音，以便只让他听到。她的嘴唇几乎动也没动，但他能清晰地辨别出她的每一个音节。（她的发音一向如此美妙。）

“我知道你没杀，休。恐怕这就是你犯的最大错误了。如果你杀了她，也算是补偿了我一些，那么不论艰难险阻，我倒会站在你那边，与你一起抗争到底。可是，你没有。帮我除掉她的不是你的手，那么这就让你欠我的债要变得刺眼许多。而我呢，可是从来不做坏账的。你必须得自己还这笔债，休。我这三年来受到的痛苦和羞辱实在是太多了，太多太多了。”

背后传来金属碰撞的声音，应该是有人已经备好了手铐。

她站在那里看着他，嫣然一笑。那么的冷酷，那么的风情万种，又是那么的不为所动。

三　会

是夜，已然步入尾声的夜。她正安静地躺在那里，十分清醒，绝望地祈祷着，希望这夜可以更长一点。她从没想过，有一天她会希望黑夜变得漫长，毕竟比起黑夜，她一向更喜白昼；比起黑暗，更喜光明。

“就让黑夜再逗留一会儿吧。让白天晚一点再来。您能做到的。我知道白天迟早会来，但是主啊，让它来得再慢一点吧。”

她平躺在床上，嘴里祷念着，眼睛则望向昏暗的天花板，战争之神好像正在她的上方盘旋，就要把她撕成两半。

她一边祷告，一边紧握着另一只手。那是全世界最珍贵的手，是她永远都不会放开的手。

倒不是很漂亮的手。没什么形状，又粗又笨，不过强壮而有力，手掌的皮肤很粗糙……但是，噢，那手！

她转过头来，以唇去碰触那手，一遍又一遍，足足有十五次。

定是哪个聪明人设计了这钟，它有两种调调，一种洪亮，一种轻柔，此时它们温柔地嗡嗡着，她的祷告终是被驳回。机器震动起来要响亮得多，若它轻柔，那么就是到了一点；若它响亮，那么就是两点。她立马拍了上去，闹铃随即停止。

她把那只手放回它主人的胸口上，不情愿地让它待在那里，像是你借了什么东西一定要还回去。她起床，拿起她的裙子、内衣还有裤袜，走进小小的浴室。她想在里边穿戴好，不愿扰了他的美梦。灯光突然亮起来，有些刺眼，但她还是迅速地合上门，光线跟随她一起离开卧室。

她开始放声大哭。哭得声嘶力竭，因为她知道这是最后的机会了，之后，所有悲伤都得结束。政府说，你必须要积极。四十八个州说，你必须要阳光，要信念满满。可是那四十八个州于她而言不过是地图上的几个平面，它们没有心，更加没有血肉。

这十五分钟内，她异常忙碌。在那间小小的公寓里进进出出，却一次都没吵醒他。

此时此刻，一切准备就绪，没什么好做的了。现在才是最艰难的时刻。她深吸一口气，早就看透了自己。现在，帷幕已经掀开。

现在，是她的舞台。

她走到床边，轻轻地放下手。

“亲爱的，”她说，“整个战场都在等你呢。”

他睁开眼睛，大剌剌地笑开，很慵懒。

“啊，”他才想起来，“今天我就要走了。”然后立马跳了起来。

“刮胡刀已经准备好了，就在洗手台旁边，”她说，“我还给它放了刀片呢，都没有划破我的手。”她舔舔大拇指，“好吧，是没有划破太多。你用的那个管子上的盖子掉了，有一小部分突出来，我必须得捏着它才行。我只会做这么多啦。不，别穿那些。椅子那边有一整套干净的等着你呢。”

“反正马上我就会脱掉的。”他说。

“啊，你必须要换掉吗？”她对他们有些轻微的反感。毕竟，那么私人的事情，他们也管不了吧，对吗？

“他们会给你的。”他说。

他刮了胡子，穿好衣服。

“我花的时间是不是太长了？”

“还不够——”她本想说，后来又改了口，“一点都不长。”

“我从没刮得那么快。我的皮肤感觉火辣辣的。”

“你怎么不用你的乳液呢？”

他笑，“我觉得不用会更好，它闻起来太香甜了。”

他们去吃早饭。

“你害怕吗？”他说。

“不，”她露出一个闪耀的笑容，撒了谎，“你呢？”

他耸耸肩。对于这件事，他更真诚。“准确地说，并不害怕。不过还是有一点恐惧的，更多的还是兴奋。就像以前在学校似的，在知道成绩之前，不知道我是挂了还是过了。又像是我们结婚那天，我的意思是结婚之前，而不是之后。”

“今天我不想坐在我的椅子上。太——太远了。我能和你挤在一起吗？要是我——我们能一起坐在你的椅子上吗？”

“那我就要用胳膊环抱住你，以免你掉下来。反正我只需要一只手吃饭。”

“抱紧我。”她低语。

“想听收音机吗？”她支吾道。

他疑惑地看向收音机，“这么早有节目吗？我从没有在这时候收听过电台。”然后，“我们就静静地待着吧。”

她叹了口气。这也是她想要的。

他拿回他的餐巾，“我想我还是……”

“再来一杯咖啡吧。”她抢先一步说。

“你呢？”

“我喝点你的就好。”她把自己的那杯推得远远的。

她又一次祷告起来。在他喝咖啡的时候。他没能听到她在说什么。“请让他一直这么喝下去吧。别让咖啡见了底。最好随便给杯子里填满什么。用魔法还是奇迹什么的，您可以做到的。”

主又一次拒绝了她。

“喝完了。”他终于说道，斜着晃了晃杯子，然后把它放到茶碟上，咔嗒一声，像是结局的预告曲。

他用餐巾擦了擦嘴，也擦了擦她的。

他移开了胳膊，所以她不得不站起来，不然一半身子就会掉下去。他站在她身后。

早餐结束了。永远结束了。再也没有了，再也没有——她很快将那个画面从自己的大脑中赶了出去。

昨天晚上他就收拾好了行李。要带的东西非常少。

“昨晚我们已经检查过所有要带的东西了，所以现在，”他提醒她，“我们没必要再去过一遍了。你拿着我们的两本存折，别弄丢了。绿色的，利息是百分之二；蓝色的，利息只有百分之一点五。所以我寄给你的钱，不管还剩多少，都把它们存在绿色的存折里。”

“绿色，蓝色。我会努力记着的。”可是她的心里早已洪水漫天，两个颜色在她的脑海里纠缠着，一片狼藉。

“这些是你看我用过的支票，每次你用的时候都会扣掉十分的手续费，所以尽量在重要的事情上再用它们，像是房租啦，煤气啦。比现金要安全得多。”

他的声音渐渐弱了下去，十分悲伤，“我在乎什么存折和利息啊——”

“我也不在乎——”

猛然，两人冲挤在一起，像是在地铁上一样。

“现在，不准哭。”亲吻间，他警告道，“你说过的。”

“我没哭。我不会哭的。”

她帮他戴上帽子穿上大衣，递给他要带走的行李。

“我想跟你一起去火车站。”她说。她在最后一刻才提出来，生怕说得太早就会被他拒绝。

“我不是直接去那里的。我得先到征兵局，在那里集合，然后我们再一起过去。”他接着又补充道，好像他们非常慷慨一般，“他们会支付我们的车费。”

“那么，让我送你到征兵局吧。”无论何时说到这个词，她的脑海中总是反复出现同一个特殊的画面：在一片巨大的、种着松树的甲板上，士兵们挨个躺倒，铅笔顺着他们的身形轮廓画出线条。当然这当中排第一个的就是她最熟悉的那个人。

“别的伙计会觉得……”

“让别人知道我爱你这件事，我可一点都不害臊。”

她成功了。“好吧。但是只能待在角落里，不要去征兵局的大门口。”

她关上了门，看也没看身后。她并不想再多看里面一眼。

他们上了公交车，天色还早，但只有一个空位。她把他推向那个座位。“今天，”她低语，“我想让你坐下来，我站着就好。”

“呃，可是所有人都在看着我们——”他提出抗议。

“管他们呢。”她坚定地说。

一个男人起身，摘下帽子，给她让了座。她看了看，摇摇头，“太远了，”她悄悄对他说。隔着一整条过道呢。

到站了。“是这条路。”他说。

她挽着他的胳膊。像是一步步迈向刑场，并且没有什么警卫，全是出于自愿。

他们走到了一旁的角落。“就是这儿了，就在那里。”他说。

那不过是个灰扑扑的大型公寓。她惊奇地发现，征兵局在一层吐纳着人流的时候，向右走的人们就住在其他的公寓里。她甚至透过大楼的玻璃瞥见一个女人在两层楼之上伸出手，挥动着抹布。

“这里要是爆炸就好了，”她祈祷，“真希望此时此刻，我们在这里站着的时候，这座楼会瞬间倾毁。”当然，她又一次被主拒绝了。她想，就算这栋楼爆炸了，征兵局也总是会搬到另一座高楼里的。

现在，他们转过身来面对面站着。看起来，他们似乎不知道还能说些什么。有太多太多的话要讲，反而不知从何讲起。句子们都拥挤在嗓子眼里，陷住了。

“看呐，”她说，指向停靠在附近的一对夫妇，“他们也在告别呢。她也陪他一起到这么远的地方了。”

他抢先一步想要给她一个正确例子，“看到了吗？她可没有哭，你注意到了吗？”

她可能骗过了你，可是她骗不了我。她想，我可是个女人。

一个男人突然快速冲向了角落，向他们跑来。他认出了布吉，显然是因为他们相处过一段时间。他甚至记得他的名字。

“你最好不要光站在那儿，佩奇。”他回头警告似的说，“报到时间是五点五十八分。”

“你没有迟到。”布吉在他身后打趣地说，“让他们等等你呗。”

“没有人来送送他吗？”她好奇地问。

“没有。就他自己，是个可怜的家伙。”

某些女孩儿真是幸运极了，她想，只是她们不知道而已。

“好啦，我要——”他们拥吻着，亲吻了一遍、一遍又一遍。然后他不得已停下来，往后退了一步。

“现在直接回家吧。别在附近逗留。”

“好的，我不会留在这儿的。”

这时她早已向后走到了路边，她从身体两侧摊开双手，像是颇有自尊感似的，她说的最后一句话是：“看吧，布吉。我都没有哭。我说过我不会哭的是不是？现在你看到了吧，我可没哭。”

“我赌你一会儿就会哭。”他强颜欢笑。

“不，才不会呢。你等着瞧——”

可是她话中的意味突然让她卡住了，片刻，她的脸不受控制地皱起来。她转过身去，大步走开，这样他就不会看到了。她越走越快。起初还是小步幅地慢跑，接着她开始跑起来，最后简直是飞奔出了街道。街角那里有一家药妆店，还好它已经开始营业。于是她一头扎进去，径直奔向了在后边的电话亭。那里空无一人。她藏进了其中一个里，跌坐在地上，环抱着膝盖，躲开了全世界。

她号啕大哭。像是从没哭过一样，像是要把未来那些年的眼泪也流干一样，像是要一次性为这场战争啼哭哀鸣一样。

有个男人想要进来，打开门才看到蜷缩成一团的她。他说道："噢！对不起！"接着又合上了门。不过她也毫不在意，只是闷头哭着。

她就站在药妆店的入口，等待着看他一眼，他和他的队友们十五分钟后会经过这里。她知道他们迟早会经过的，公交站牌就在右边的角落里。

药妆店的入口有两层玻璃门，她躲在中间，这儿的地理位置很好，她能够看到他，他却看不到她。

他们背着自己的行李前进，队伍有两排。他在里面那排，倒数第三个。

他正在跟旁边的人讲话。他已经交到了朋友。他扭着身子，正对他说些什么。

她只看到了他的侧脸。可是，天呐！那可是非常英俊的侧脸了！

她伸出手撑着玻璃，想要留住他玻璃上的影像再久一点，可是他早已走了过去，因为他不在她身边，她身边只有一扇玻璃窗。

“再见啊，布吉。”她叹息道，“再见，我的心肝。”

他的侧脸也消失不见了，只剩玻璃门还待在她的身后。然而她并不需要玻璃门，那不是布吉。

他一直带着它，视若珍宝，需要防着全世界才行。他捍卫着它，没人能碰它。他走进士兵宿舍，这时里面空无一人。他拿着它蜷缩在自己的床铺上，没错，蜷缩。他侧躺着，膝盖曲起，快要顶到他的脸颊，形成一个圆圈，带着守护的意味。这是完全属于他自己的，在可怕黑暗世界里，亮起的小小的方块之地，是她写的信。

我亲爱的老公：

在这封信之前，我已经给你写了十一封了。但是你看不到它们，因为我并没有寄。他们总是无孔不入地对我们说：“要鼓舞他们的士气，写些令人振奋的事情，让他们多笑笑。”我知道，我都知道。可是我好累。那根本没什么用。为什么现在我需要骗你呢？我以前从不说谎的。

这个是第十二封。都是真心话。可能会让审查员们皱眉摇头吧，随他们剪掉什么，我不在乎。

我撑不住了。你总是随处可见，出现在我转身的地方，又出现在我走去的路上。上帝大概也不想让所有人都如此悲惨，所以大多数情况下只会出现一次。上帝创造眼睛不是让它哭个没完的；创造心脏也不是让它那么疼的。他不想这样的，不然他就会让它们更坚强点了。

我坐在那里吃饭，你就会在我对面的位置，可是你不说话，你什么都不说。不论我怎么求你，可你还是不发一言。我走在大街上，觉得我的左边是如此的空虚寂寞。冷风吹来绕着角落打旋儿，我却只能直面寒意。我去A.&P.购物，转过身来想要你帮我提一下购物袋，可是转眼你就不见了。我一个人提着它们，站在空落落的楼层上。

还有我从门口取来周日的报纸，第一页上面总会有些漫画图……为什么它们总是在第一页呢？可是又没有人来像往常一样夺走它们，草草翻过剩下的版面，把报纸弄得皱皱的。也没有手来试图阻止这嬉闹，就像我每个星期天做的那样。“等等，你能等等嘛？等等！你多大啦？才十二岁嘛？”拿着报纸走进屋子里。可是现在没人想要什么笑料了，我一个人坐在门口，拿着报纸。一整个早晨，等啊等。没人从我手里夺过它们了，也没有孩子气的咯咯笑响在角落了。所有的一切都藏起来了。我最后只好把它们塞进炉子里，笑料们不应该那样对你的，它们该让你开心。然后我又后悔了。（“他一会儿就会走出卧室的，今天他只是起晚了。”）可是我拿不出来了。我跑下楼去地下室，可是太晚了，我没办法从火炉里把它们拿出来呀。

到处都是你。可我哪里都找不到你。我撑不下去了。我不想做英雄的妻子，我只想做布吉的妻子。可是他们不让我做。我该怎么办呢？我要怎么过下去呢？告诉我，噢，告诉我，亲爱的，快点告诉我呀。我可能坚持不了多久了。

莎 伦

……我接受了你的建议，去找了一份跟战争有关的工作。他们问我会做什么，我告诉他们“什么都不会”；他们问我想做什么，我告诉他们“什么都可以”。我告诉他们，我想要在那些最吵闹、最战火雷鸣、机器和人最多的地方工作。他们没有问我为什么，只是看着我，好像理解了我……

……这是一个陌生的全新的世界，但是它会让我不那么想你。周围的声音如此吵闹，我听不清你的名字。周围的光线如此耀眼，我看不清你的脸庞。这正是我想要的。我们就等着战争结束吧，你和我。我们会熬过去的……

……我现在成了一台机器。没有感觉，也不会思考。我都感觉不到疼。一整天，那些噪声让我麻木；一整晚，疲惫也让我麻木；太麻木了，所以根本不知道什么是疼。我看起来也像是一台机器。黑黢黢的瞪着的眼睛，你都看不到我的脸；戴着铝制的头盔，你也看不到我的头发；戴着笨重的长手套，你也看不到我的手。总之，你看不出来我是个女人。我第一天报到上岗时，他们都嘲笑我，因为我穿了裙子。我可能是整个工厂里唯一穿裙子的人吧。人们互相问着，“以前我是在哪儿见过这些东西来着？”然后，他们说：“那是个女孩，你记得吗？打仗之前，她们都会有那些柔柔软软的玩意儿。”然后，他们又说：“不过，那些东西是为了什么来着？我忘了。”

至少，现在我一点都不痛了。

时间是站在我这边的，站在我们这边的。每一天都是距战争开始更久的一天，但也是离战争结束更近的一天。你不觉得战事已经打到一半了吗？只是没有人注意到它的标记而已？快说是！快说你注意到了！可能是昨天，甚至也可能是前天。

曾经有个东西叫作和平。你还记得吗？记得吗？好久之前，离我们好远啦……

……我的同事也和我一样是个机器了，但她内心却仍旧是个姑娘，很大一部分都是。（我想，她可能并不害怕感到爱情的疼痛。）她还爱着，但是从来不觉得疼。我不知道她是怎么做到的，但她好像就有这样处理感情的机制一般。“就像是穿越一条街，”她说，“快速地迈步，不停地闪躲，如此你当然不会被撞到。”她长着一头深红色的头发，我总是看到它，在街上、在回家的路上，因此人们都叫她“绣红”。要是你呼唤她的真名，她倒会反应不出来，她并不觉得那是她。“我倒很奇怪那是谁，”她说。我给她算过时间。她和每个人的约会都只会持续大概一周。“连商店都给你七天的退货时间，”她说，“我为什么要拖那么久呢？否则就不能退了。”星期三，看来是她“把他们退回去再买一个新的”的日子。别问我为什么，只是每个星期三通常都会有一个“包退换”的新对象出现。在我们午饭闲聊时，她会给我讲她所有男朋友的故事。

现在她又有一个新的约会对象了。她从茫茫人群中走出来时，他就在大门外等着她……

她从人群中看到他，手臂便像绳子一般紧紧地缠住他，将他和其他人分割开来，给他打上属于自己的烙印。其实，她扔给了他一套绳索，等着他自己踏进来，她再慢慢收紧。

“你在想些什么？”他问。不过并不是一个真心实意的问题，因为他并不在乎她是怎么想的。

“你自己又在想些什么呢？”她回复道，也毫不在意他是怎么想的。

他对她行了脱帽礼，过时的，战前某个圈子里流行的问候方式，不过倒是逗乐了她。好像是轻吻了你的手背一样。

她继续往前走，他在旁边快步跟着，跟上了以后便寸步不离。

贤淑端庄是比脱帽礼还要老旧的玩意儿，简直像是女人对你行了屈膝礼一般。

可是再没任何人去取笑其他人了，现在忙得很，你得有话直说。

“要带我去哪儿？”她想要知道。

“你说吧。”

她照做。“好吧，去哈利酒吧，就在广场那儿。”接着，为了不让行程有什么经济上的烦恼，她又补充道：“别为这个事儿烦恼，你要是担心我们可以AA。我一星期可以赚九十块钱呢，我可不想让这该死的玩意儿扫了我的兴。晚上我会把钱都扔在床垫下面。”

“谁说这让我苦恼了？”他说，“我只是在想要穿什么……”

“所有去那里的人看起来都和我们一样。我们该做什么呢，换件衣服？可是这里还打仗呢。”

路上他问，“你朋友今晚在哪里呢？”

她说：“啊，她啊。”然后她接道，“噢，你注意到她了，嗯哼？”

他快速地说：“只是因为她跟你在一起。”

“你约不出她的，”她说，“她就是那些战争寡妇。整晚都待在家里。你真该见见她，她回家的时候甚至还会换件裙子穿。”

他们走进哈利酒吧的餐厅和舞池，奋力挤出一条通往桌子的路。他们必须得跟其他情侣拼桌，不过尽管胳膊肘挨着胳膊肘，烟雾也能直接吐到另一人的脸上，他们还是完全隔离的，拥有自己的空间，好像他们远在彼此的千里之外，完全意识不到对方的存在一样。

他们喝了点暖胃酒。互相道了姓名。他告诉她，他的名字是，乔·莫里斯。

“再来一杯吧。”在热身场已经结束之后，他说。

“你想灌醉我吗？或者，你想让我弄清楚我自己在干什么？反正也不会有什么用，因为就算我知道自己在干什么，我也能随遇而安。”

他们又喝了一杯。接着她说：“让我们热热身，好把酒精咽下去。”

他们起身，走到舞池里去。你能看到灯光偶尔出现在人们的脚下，但只是一闪而过。

十八世纪流行小步舞。十九世纪则流行华尔兹。到了二十世纪四十年代，却兴盛一种酗酒过后的虚假狂欢，这种状态切换自如，完全用不着束身衣和服务员。

他伸展双腿，将她推到另一边，活像一个顺着斜槽溜走的麻袋；接着他一使力，猛地一个停顿，又拉她回来；她呢，则奇迹般地寻到了她双脚，站立在了他的身前。然后他弯下腰去，托她从他的背上翻过去，从左到右，又让她双脚落地。

谁都没有撞到别人身上去。就算撞到了，也不过像一个舞步，你分不清到底是失误还是有意。失误的效果可能看上去更好。

一曲舞毕，他们互相称赞。

“你跳得真好。”她说。

“你也不错。”他说。

他们又多喝了两杯。然后每人吃了一个蘸了酒精的三明治。场地空出来，是他们最后一曲的舞台。他们站起来走出去。他们一起度过了战争期间普通的一晚，有些安详，令人愉悦。节奏有点缓慢，没有纷争，也没有其他。

他送她走回家，一直到她屋子的门口。

在这里他移开了胳膊，留她挽着空荡荡的空气。“我还会来见你的。”他说。

她茫然地看着他。没有不尊重的意思，只是颇为困惑，十分不解。

“那这该死的一晚是在干什么？只是什么姐妹淘吗？”

他花了一些时间才回答她。目不转睛地看着她，好像在预先思索她会如何回应他将要给出的答案。他笑了，真诚和倦意奇妙地混合在一起。

“我想见见你的朋友。”他说。

她关门的声音好像小圆筒外壳爆炸了一样。

他从门槛处撤回一只脚，再没有别的动作了。他好像读懂了她的心，就在几分钟之前的那一瞥里。

门又被重新打开。他仍旧站在那儿。她的笑声划破了夜晚。然后她伸出手，做出一个合作伙伴的同意姿势。

“我生气从来不会超过三十秒。明晚过来，我帮你搞定。”

隔天晚上，大概差一刻八点。她对莎伦说：“快下楼到公共休息室来，我想让你帮我点忙。”她抓着她的胳膊，用了风车制造出的能量，试图推动着她前进。

莎伦问：“什么？”

“我想让你见见我的朋友。”

“她不能来这儿吗？有什么问题吗？”

“那家伙是个男的。”

莎伦往后撤了撤，站稳了脚跟。她没办法再向前推她一寸。

“听着，”绣红祈求道，“我想让你为我做点事情，帮我一个忙。”她伸开双手，极力劝导她。接着她把一把椅子拖出来放到屋子中央，把莎伦按到上面坐着，好像这样能让她更好地听一听她的理由。她又拖了一把椅子过来，放到第一把椅子对面，然后自己坐了上去，和莎伦面对面。

她身子前倾，满是疑惑。手掌放到膝盖上，胳膊肘却竖起来。

“听着，你喜欢我，是不是？”

“是的，当然啦，没错。”莎伦说，有些不能肯定，好像意识到若是她在这时候承认了这一点，那么可能会做出比现在还要多的承诺。

“好的，那么如果我请求你，你难道不愿意为我做一些事情吗？难道你不愿帮我走出困境吗？”为了影响她的回答，她又狡猾地补充道，“如果你请求我，我一定会帮的。”

“是什么样的困境？”

绣红放低声音，已是沙哑的低语。虽然现在和一分钟之前相比，也并没什么隔墙有耳的风险。这都是不过是为了制造更好的戏剧效果。

“我和这个家伙已经约会一段时间了。”她粗声粗气地说，大幅度地摆动双手，“他是个好人，他本身无可指责。只是今晚我——好吧，我有其他的约了。现在他正在外边等我，我不想直接拒绝他。”她握着莎伦的一只手，讨好地轻抚着她的手背，“替我和他约会，就今晚。我和别人有约了，我不能放人家鸽子。如果可以的话，我就放了。可是我不能。”

“你就不能自己告诉他吗？”

“我不想那么直接，不想伤了他的心。你可以代替我跟他出去走走吗？你会帮我吗？”

莎伦起身，站到椅子后边，“我已经结婚了。我不会——”

绣红眯起眼睛，传递出一种不屑的情绪来，“这和结不结婚没有任何关系。因为不是那种约会。不然我不会请求你的。可怜的家伙总是孤孤单单一个人，我们只是朋友。你不用太在意他。你不能为了我去陪陪他吗？半小时后你就可以丢下他回家了。”她举起她的胳膊到头顶，戏剧性十足。

“我不喜欢这个想法。”莎伦说，眯起眼睛表示怀疑，“在布吉离开的日子里，我是不会做那种事的。此刻我也不会开这个头的。

我真不懂我干吗听你的劝——”

“有什么问题呢，难道你不相信你自己吗？”绣红止不住地嘲讽她，一针见血，“好吧，”她说，根本没给她回答的机会，“好吧。”她更为激动地伸出手，这次放到了自己的额头上，像是要赶走什么东西一般，“我们不会再谈这件事情了。回忆之门关闭。这件事我们再不会说一个字了。忘了我的请求吧。”

她将两把劝说用的椅子搬回原来的地方。现在的她完全没了热情，但是又极具耐心，“你倒是看看，”她说，“人性是个有意思的东西。你挑选一个女孩做你的朋友，在工厂你教会她一切，当领班让她滚出去的时候，你帮她说话，你还和她分享房间。你尽可能地帮助她，可是到头来呢，只不过是一个小小的请求——”然后她快速地躲开了任何有建设性意义的缓和，好像根本没有人来为这个论点做什么支撑一样，她总结道，“好吧，算了。忘掉我刚刚讲的话。”

莎伦无助地摇摇头。她深深地叹了一口气。神情古怪地看着她。终于，她上前迈步走到这位可怜人的身后，握住了她的肩膀。

“噢，看在上帝的分上。如果你一定要把这件事说得如此严重——好吧，我帮你，你和你的社交难题。”

一听这话，绣红脸上满是感激之情，猛地开始帮她做出门准备，不浪费一分一秒。“好的，你看这个，还可以吗？或者这个怎么样，你想穿这件吗？”她绕着她转圈圈，努力想要帮上什么忙，“想涂点我的口红吗，那个新色号？”她一边赶场，一边想要给她涂点颜色，但是莎伦却只是轻巧地扭开了脸。

“好了，现在来吧。我领你下去，介绍一下。”她赶在前面把莎伦推出了门，生怕只要一有机会她就会改变主意似的。

他正坐在楼下的休息室里听着收音机。刻意无视了那些也在房间里等待女孩们的其他男人。

他站起来。他长得没有她想象的那么恐怖。

衬着收音机的声音，绣红为他们做了一个简短而迅速的介绍。

“乔·莫里斯。这是莎伦·佩奇。”

“是莎伦·佩奇太太。”她轻声却有力地说道。

他神情古怪地看了她一眼，她觉得他神秘莫测。当然，不管那神情里饱含着什么，肯定不是失望。你或许可以说，那是一种令人害怕的满意。

绣红在他们各自的背后拍了一下，啪的一声，“好啦，你们两个走吧，”她说，“别等我。”

“你想要散散步吗？”他礼貌地问莎伦。

她的态度模糊不清，直到绣红在她身后用力推了她的腰一把才明朗，他并不知道。她没有直接回答，只是转身率先走到大厅里，告诉他，“好的。”

他跟上。绣红则退到了最后。

就在他走到前门时，她悄悄地拽了他一把，并低声又急促地嘘了一下。他走回她站着的地方，站在她面前，两个人挨得那么近，她的额头都快贴上他的脸颊。

“这个忙帮得还不赖吧？”她喘息道。

他什么也没说，只是从口袋里掏出了什么。在莎伦的视线盲区里，他撕开上面的包装纸，塞进了绣红毫无防备的手心里。

她没低下头去看。但她也毫不意外。她握着的手像是一只小型的、贪婪的粉色章鱼，正饥渴地吃着什么一样。

她对他眨眨眼，有些未卜先知的意味。

他也眨了眨眼。

不知怎么地，两人闪烁的眼色都变得有些冷酷。不是令人心神荡漾的眼神应该有的样子。

她亲密地用手背拍了拍他的胸膛。

“别让她夜不归宿。”她冷笑道。

他们走向闪着愉悦灯光的地方。到那儿的时候，橙红色的光芒包裹了他们，慢慢地将他们包裹其中，完全用不着他们自己费力。他们在路边，跟随拥挤的人群缓缓移动，好像走在自行移动的步行带上一样。

她不知道要跟他说些什么，所以什么也没说。他，不知道是不是出于同样的原因，也没跟她说一句话。她决定等着他先开口。

“你想喝点什么吗？”

"我不喝酒。"她说，看都没看他一眼。

"不，我指的是苏打水或者橙汁什么的，我不会给你其他饮料的。"

"不了，谢谢。我刚吃过晚饭。"

他们继续在人群里走着，像是两个不知道如何自处的人。

一个四方的展示框映入眼帘，悬挂在他们的头顶，边框镶满了亮着光的灯泡。

"想看场电影吗？"

"不！"她说，几乎是激烈地，"不——都是关于战争的电影。"

他只说了一句："我懂。"

她有点后悔，只有一点点。"别让我毁了你的晚上。为什么不去哪里做些什么呢，如果你想的话？"

"我就在做我想要做的事情。"他允诺道。

她想不出该怎么接，这话说得理直气壮。

他们继续走着。

"他在前线，是吗？"

"我的丈夫。是的。"她想，那你为什么不在呢？

他说："我知道你刚刚在想什么，'你为什么不在呢？'"

她默认。

"我已经尝试三次了，还能再做些什么呢？"

她什么也没说。

“我也知道你刚刚的想法，‘他们都这么说。’”

这一次，倒不是有意为之，她猛然把头转向了他。还是默认了。

他伸到口袋里。“听着，我会给你看看我的资格卡。”

她摆摆手，示意他不必。又一次，他读懂了她的心，“我知道，你并不感兴趣。”但他还是拿了出来递给她。她甚至没看上一眼，最终他还是把它放回了口袋。

“我得了肺结核。”他说。

接着他露出一个笑容，问她：“现在，你害怕跟我一起散步了吗？”

“不，”她说，“不，当然不怕。”并且出自真心。不过她马上意识到，但并不完全清楚她是如何变成这样的，她被架到了一个尴尬的位置上。如果她现在离开他转身回去，那么所有指责都跑到了她身上，跟他反倒没什么关系。她大部分的人身自由，都在刚才几句看似无害的对话中悄悄溜走了。

即使如此，她还是对他感到有些抱歉。在她自己还没什么意识时，歉意便已经缓缓蔓延。而同情心不可避免的会成为什么意味不明的指向……

“不管如何，”他说，“现在你不用害怕我会做其他什么事了。”

“其他什么事？”

“噢，你知道我指什么的。像我这样的男人，他能自己走走逛逛都是幸事一件，并不会试图去——”他真诚地看着她，甚至有些雀跃。他弯起了嘴角。

所以她也回了他一个笑容。并不是什么丰厚的回礼，只是一个笑容而已。你的心肠不能那么坚硬如石，如果你那么冷漠，就连布吉都会看轻你的。

他们走去了公园，就在对面。

“那儿有个长椅，”他说，“我们走过去坐坐怎么样？”

“我不会走进公园里面的。”她警告他。

“不，我们坐在外边就好，那盏路灯下面。让我们歇息一会儿。”

他是个病人，她想起来。走路必定让他很劳累。坐下来歇歇又有什么大碍？

他们走过去坐下来，头顶的白色灯光略带弧度，像是花洒喷出的针状水柱。

“我一会儿就得回去了。”她告知他。

我三分钟之后就会起身，她对自己保证道。然后倚在椅背上。

“跟我讲讲他吧。”他说。

“你想知道些什么？”

“噢，所有的一切。他做了什么，他说了什么，他长什么样……”

她从画面中抽离出来。“现在几点了？”她充满喜悦地说，“一定快要十点了。”她从没这么开心过，战争开始后，她的内心从没享受过这样的安稳。

他看了下。“已经十二点过五分了。”他轻声说。

他们在那里坐了整整三个半小时。

他正在他们的长椅处等她，现在，他们管它叫“他们的”长椅，他笼罩在令人晕眩的淡紫色弧形光线之下。她急匆匆地走着，穿过街头时甚至小步跑了起来，好能快点到他身边。

他站起来，伸出手，等待着。她的手也伸出来。他们握了握手。

“你好，乔。”

“你好，莎伦。”

他们肩靠着肩坐下来，宛若两位故友。他摊开胳膊，放到椅子背上，但他没有用在她身后的手去环住她的肩膀，只是静静地待在那里。

“今天我又收到他的一封信。”她开心地吐露，“我等不及到这来给你看看呢。”

“读给我听，”他惬意地说，“我来把烟点上。”

她省略了一两个片段，那些太私人了。不过在随后的信件里，她省略的部分越来越少了。

“我对他变得越来越熟悉了。”她读完后，他说，“我开始觉得，我几乎就像是他的一个兄弟。”

“我很好奇，他如果知道我把他的信读给你听，他会怎么说。”

“别告诉他。”他又一次说道，一如往常，“那可能会毁了一切。你我知道这件事并没什么大碍，但是——他的信或许会有些自我意识，从而失去它们美妙的……”他没说完。

“你觉得这没什么错吧，对吗？”

“你呢？”

“对。”她热忱地说，“对。噢，乔，你简直是上帝送给我的礼物。你都不清楚你给我带来了什么。你让时间过得如此——我跟你在一起的时候总是很开心，仅仅是跟你聊聊天、给你读读他的信，都让我觉得离他更近了一点。偶尔我会搞混，会把你错认成他——把他认成你。”她笑起来，有些害羞。

“我跟你待在一起的时候，也很开心。这段时光对我是有意义的，这很难解释，但是通过他，我好像可以分享一些——我自己永远都不会拥有的生活。一个美丽的太太，一段幸福的婚姻，一个需要我去照顾的人……”

“我们真是两个有趣的人，是不是？”她打趣道。

“读给我听，”他说，“我来点烟。”

她撕开信封，展开信纸，拿着它对上光，好分辨上面的字迹。然后，一片沉默。

“怎么了？”他问，“怎么不读了？”

“我不知道。”她无助地说，但还是什么都读不出来。

“有什么东西你不能读吗？他说了一些关于我的事？”

“不是。”她说，“我从没跟他说过我认识你。”

信纸跌落到地上，一页两页分散在她脚边。弧线灯光如此明亮，即使坐在椅子上，信纸上的那句问候还清晰可辨：“我亲爱的老婆。”

“怎么了？”他说，“你怎么哭了？”

一连串的啜泣迸发而出，“因为——突然——我再也不在乎他的信了。我不知道发生了什么！我对读这些信——甚至是收到它们——再也没什么兴趣了。来公园这边，跟你坐在一起，才是——才是——”

“什么？”他催促她，“什么？”

她绝望地把手放在额头上，“我不再爱他了。我爱的是你。噢，乔，我这是怎么了？我总是看到你，我总是看不到他。你们两个交换了位置。有东西出了问题。我不是故意的，但——现在你就是他，他就是你。”她歇斯底里地颤抖着，“我正和我的爱人坐在公园里的长椅上，但我还一直收着陌生人的来信，他穿着制服，住在遥远的军营里。”

他伸出手去环住她不停颤抖的身躯，试图给她一些宽慰。“那我们怎么办？我该马上站起来然后离开你吗？我该走开吗？离你远远的，再也不要靠近你？如果你这么说，我就这么做。”

她警惕地喊出声来，双手紧紧地抓住他。

“不要！不要！乔，别离开我！我没办法忍受没有你的生活。

我现在只有你了。你走了，我就什么都没有了，因为我也失去他了！”

“我不知道自己会做出什么事来。”他窒息般地说，“如果你不帮帮我的话。”

“别挣扎了，别，我不希望你这样。我控制不住我自己——噢，我要——”

他们的唇紧紧相依，这是他们的初吻。他们紧紧地抱在一起，仿若要不是这样，他们就会晕头转向似的。整个夜晚在他们周遭翻天覆地，包括那星星、那弧形的光芒和那一切的一切。

她的脚，踏在地上，在她的渴望和他的爱抚之间变化着姿势，早已把那封信踩得稀碎，碾在了尘土里。可是她无暇顾及。

“我……老婆：”向外凝视着。在她的脚底，被碾碎了。

布吉，亲爱的：

对不起，我上周忘记给你写信了，一件又一件事接踵而至……

真的没有什么新奇事可以告诉你，所有的事情都一如往常、毫无变化……

最近的天气非常可爱，我们似乎要开始真正的休假了……

现在我必须得跑了，公车刚停下来，在等我和绣红。

下次再跟你说，亲爱的。

爱你，莎伦

他奇怪地看着第二封信，是跟着她的信来的。“大兵，”信的开头写着。接着是：

总该有人来告诉你真相。所以我觉得我还是说一下吧。为了不让你觉得是我搞错了，认错了人，我先跟你确认一下，她长着一头棕色的头发和一双褐色的眼睛。有五点四英尺那么高，一百零五斤，连裤袜穿八点五码的；她戴着一个盒式挂坠，是金色的四叶草。现在，这对你来说是有意义的，还是无聊至极呢？

每晚她都在城市公园的长椅上与他见面。你知道城市公园在哪里的，对吧？你肯定知道。每天晚上，她一路小跑赶来见他，几乎是用她最快的速度，快到她小小的腿儿快要承受不住。她有那么快地奔向过你吗，大兵？他们在亲吻。我看到他们坐在那里，整个城镇的人都能看到他们。不过他们根本不知道，他们的眼中只有彼此。

可怜的大兵啊，我真为你感到遗憾。大兵，你正在失去你的妻子。

（匿名）

他发出凄厉的叫声，营房里所有的脑袋纷纷竖了起来，有人在问：“怎么了？谁喊的？一定是有人踩到了大头针。”

在床铺上的一个兄弟离他最近，他问道：“怎么了，佩奇？佩奇，发生什么事了？你把自己盖成那样是要干什么？”

那个裹着毯子的人，几乎全身都在颤抖，他嗓子被卡住似的咳了两声，说：“没什么。”

信总是连着两封一起寄到，总是两封。

……有时候，人是会变的，布吉，你必须以这种方式来看待世界。爱情不可能总是坚固如初，总是像它被刚刚倾注时那样永远稳固。爱情是流动的，一旦有一刻，它在你来不及阻止的时候泄漏一点，它就会完全流走。

当两个人已经发现他们犯错的时候，你不觉得最理智的做法是，一个人不要死死纠缠着另一个人不放（因为这样并不起什么作用，只是在延长错误而已），而是彼此承认然后寻找解决办法吗？我本不想跟你说这些的，可是现在大多数时候，你在最近的信里拼命祈求，问是不是有什么事出了问题……

……大兵，他们不再坐在长椅上了。他们去了哪里？他们又做了什么？我试着为你找到答案，可是我什么都没找到。在八点，她见到他的时候，他们就消失不见了。接着十二点，他又把她带回来，有时是一点。那么长的时间里，他们都去哪里了？

她走了，大兵，走得还很快。走了，走了，已经离开了。从现在起，和你的妻子吻别吧。

（匿名）

指挥官的早饭是腌鱼，那东西从来都不对他的胃口。指挥官的左脚边放着一根玉米。据说今天要下雨。指挥官不太喜欢他的表情，太过愁眉苦脸了。他厌恶士兵们忧愁的表情，实际上，他讨厌带着表情的士兵。实际上，他讨厌士兵。实际上，他讨厌一切。

指挥官十年前被他的老婆抛弃了，从此，他希望世界上所有的男人都被老婆抛弃。他太嫉妒了，嫉妒过着幸福婚姻生活的男人。

佩奇来找他时，他对此倒是显得十分高尚。“当然啦，”他柔和地说，“真开心你能跟我说这些。这就是我们在这里的目的，你知道的。去聆听你们的个人问题。我们希望你们都能开心。我们太开心了，可惜不能为了你，来叫停整场战争——呃，没多久了——让你把个人问题整理好。我相信华盛顿不会介意的，我立马就给他们发一封电报。‘佩奇大兵家有点事需要照料，暂停所有行动。’

两周够吗？还是你需要一个三十天的假期？”

那讥讽的后半段好像打在他脸上的鞭子，噼里啪啦响，“给我他妈的滚出去！请求驳回！解散！”

“是的，长官。”大兵佩奇敬礼，后转，走了出去。然后，他在门的另一边踉跄了一下，只能匆匆抬手撑在墙上好让自己站稳。

清晨，营房的厕所被遗弃在黑暗里，冰一般冷冽，还丝丝地冒着氨气。

他走进来，只穿着裤子和秋衣，把凸起的块状物拿在身旁，十分隐秘。他四下看了看，以确保里面空无一人。接着他撩起上衣，拿出枪放在洗手台的边缘。

他的面前是他呼吸带来的雾气。好吧，想要停止呼吸是件简单的事，非常简单，那可能是第一件会停下来的事。

他掏出被遗弃在口袋里的一支烟，点燃它。那是他为了这个时刻专门留存的。他不停地走来走去，每次走到头都快速地转身，像是被锁在了笼子里。

终于，他受够了。他丢下烟头，从陈旧的习以为常里踏出一步（否则他很有可能会持续更长时间），举起手枪，停止无穷无尽的踱步。

他没有注意到，回转门在更早的时候就轻微地动了一两下，此刻，门突然被大剌剌地推开，他的伙伴鲁宾跳进来冲到他眼前。

他钳制住佩奇举起的胳膊，将它压下，又向背后反手一扭，于是枪跌落到了地上。他把佩奇压制在洗手台上，给了枪一脚，把它踢得远远的。

他们略微搏斗了一番，佩奇的鼻子里源源不断冒出呼吸带来的雾气，这气息最终还是愚弄了他，还是不停地往外跑。

“我就觉得会有什么事发生，”他急促地呼吸道，“我一直在盯着你。”

“给我他妈的滚出去！谁让你插一脚的？！”

“整天坐在床铺的边缘，撑着脑袋，你脸上早就写满了你想要干什么。”

“别多管闲事，你用不着按着我。”

“现在，稳定下来。现在，放轻松。转过身去，用冷水湿湿脸。”

他用力把佩奇的脸按下去，就着凉水给他拍了拍脸。完事后又把他拉起来，让他重获呼吸。

“怎么样？”他想知道。

“很湿。”一句沉静的反驳，“你觉得还能怎么样？”

“我当然知道。”他咯咯地笑，“但是那样能拉你出来。”他握起拳头，假意要挥到佩奇的下巴上，但最后只是轻轻掠过了，“见鬼。我和你一起经历了那么多，可不想再和什么新的人一起。我上哪儿借钱去？也不用还？又上哪儿去借根烟抽？”

“我受不了了，鲁比。我受不了了。我都睡不着觉。”

“好吧。像个男人，到那儿去，找出真相，再摊牌搞定。但是别躺在这行吗？”他耸耸肩，“再说了，你怎么知道的？那也可能是假的。”

佩奇从口袋里掏出皱巴巴的信件，递给他。

……在八点她见到他的时候，他们就消失不见了。接着他又把她带回来……

“是真的。”他愤愤地说。

“无论怎样，你都得去那儿。你的胳膊那儿是什么，睡莲叶子吗？”他抬起佩奇的手腕，又放下，“拳头长在那里是有用处的，对不对？为她搏斗！你必须要握起拳头去斗争！在我看来，要是你不想要你的拳头，你就不是一个好的战斗者，你从一开始就没那么优秀！我也有过相同的经历。在康尼岛的木板路上，有个家伙对我的赛迪图谋不轨，我一拳就打掉了他的下巴，一切都回到了起点。从那以后——”他伸出手，虎口向前，“她再没找过我麻烦，只乖乖地待在家里，教教孩子。”

“我拿不到通行证。”

“什么是通行证？你没有脚吗，啊？外面就是路，是不是？”他伸直了胳膊，戳戳他的肩膀表示疑问，“就问你自己一件事，这才是你需要做的。好吧，帮你省点儿事，我替你问了，你想要她吗？”

“我想要活下去吗？”佩奇回应道。

在他抵达村庄的边缘之前，他先走进路边的一大片树林里，匆忙地换上了普通的衣服。这衣服还是鲁宾想办法帮他搞到的，他把衣服卷成一条一直紧紧地夹在胳膊下面。或者不如说，大部分都套在了现在衣服的外面，毕竟怎么看，那也不像是个正经的外套。他丢掉了他的军用大衣，把它整齐地叠好，埋在一个大石头下边。他在自己的裤子外边套了一层石油工人的紧身裤；上身则穿上了一件油腻腻的短款大衣，好遮住他政府服务样式的上衣；头上戴了一顶破旧的毛毡帽，帽檐异常宽阔，好像雨伞一样遮住了他的脸。

逃跑不是什么容易的事，他在铤而走险。他的鞋子、发型，还有他走路时候摇摆的样子，统统都打上了“军队”的烙印。他很清楚，宪兵都不消看第二眼，就能认出他来。更不用说他里面那身衣服。战争已经打到最紧要的关头了，这时候你很少看到他这个年纪的男人不去打仗，而是在马路上闲逛的。

战争。战争。他痛恨战争。他打心底里诅咒战争。正是战争把她从他的身边夺走了。战争要对付的应该是和它一样庞大的人，为什么偏偏拿他出气？他什么都没做！

他走到村庄里，站在被遗弃的路边，天空开始渐渐发白。这明亮可不是什么好东西，它只会让污秽的护墙板看着比以前还要残破。就连周遭的树都像是觉得难为情似的，想要把它们都遮掩起来。他路过时，公鸡咕咕地打鸣，恶犬汪汪地狂吠。门口台阶处的煤油灯亮了，不过倒不是因为他，只是因为到了起床的时间。

要是他在自己的苦难之外还有什么别的情感的话，他应该会感到遗憾，为那些住在这鸟不拉屎之地的人。他们最好一整天都待在床上，不要出门，不要看到这满目的疮痍。

终于，有列火车驶来，它该停在车站那里。

他等了大概半个小时，车站才开门，他进去。有种不祥的预感。

他身上有钱。他把全部身家都带在了身上。这些钱都是为了让这个男人找回他的妻子，从而抚平他的伤痛。

他走去售票窗口。

“小伙子？”头发斑白的男人唐突地说。

“火车几点钟开？”

“去哪儿的火车？”

“他妈的离开这里的火车！”

“六点。”

“那快到了——”

“今晚六点。”

他又走回高速公路上，这条公路横穿整个村庄。

所有的一切都朝着另一个他逃出来的方向奔去，朝着营地。他的时间所剩无几。不过片刻，有辆从营地开过来的卡车经过，他想让车停下，于是丢了帽子在轮胎前边，司机本能地踩了刹车，他还没来得及确认那只是一顶帽子，而不是什么活人。

“想干什么？你这自以为是的家伙？”

“有没有兴趣大赚一笔？”

“行啊，抓稳上来吧，”司机疲惫地说，“反正你都让我停下了。”

卡车继续向前驶。道路像是过山车的轨道一样扑面而来，越往前行驶，道路越宽阔。

卡车司机机敏得很，他瞥了他一两眼，问：“你从哪儿来的？后边的军营？”

“不是。”佩奇坚决地说，又从他的一摞子钱里拽出一张，递给了司机。

司机看了一眼，把钱塞进口袋里，“你说不是，那我就觉得不是呗。”他说着，对佩奇眨眨眼。

过了一会儿，他说：“你想去哪儿？别担心，我已经收下封口费了。”

“东边。”佩奇冷酷地说，“就是东边，径直往东边去就行。”

飞驰的列车穿过浓浓暮色，好似犁头一般把夜色劈成了两半。窗子里的点点灯光装饰着车上的玻璃窗，好像海边的波浪一样摇摇晃晃，车子经过时，倒像是惊扰了草地似的。

列车随着前进的速度摇摆不定，连接处发出嘎吱嘎吱的响声，好像抱怨威胁着马上就要罢工不干了。谁都不敢在铁路上跑得那么快还能牢牢趴在铁轨上的。可是这样的飞速对于一个人来说还是太慢了。道路是那么的广阔无垠，那么的无穷无尽，好像永远都到不了东边似的。你走得越远，就还有越远的路需要赶。

车厢里烟雾缭绕，车顶的灯穿过这一片迷蒙，照向拥挤在一起的人群，他们正随着列车前进一起摇摇摆摆，不过倒是没有什么东西会掉下来的可能，毕竟也没什么地方可以让它们掉了。纸杯里装着松子酒和玉米汁，大家接力相传，像是处在同一条流水线上的交接器，从遥远的地方传过来，又去了另一个遥远的目的地。有人放声歌唱，有人大喊大叫，有人哈哈大笑，有人开始吵架，还有人昏昏沉沉快要睡着；不过仍有继续举杯痛饮的人，有吹着口琴的人,还有在膝盖上打牌的人。除了几个带着孩子的年轻妈妈，军营里出来的人，肩膀上都有象征着和死神搏斗过的小布块，所有人都对此习以为常。

整车的人，还有另一个没戴着这统一的小布块的人。他缩在角落的座位上，垂下头，帽子的边沿遮住了他的脸，像是已经入睡一般，尽量让自己没那么打眼。他不能被别人看见自己现在这副模样，同时他也看不到其他人。

突然，一双手沉沉地放在他肩上，带着命令般的姿态，意味不明。他不由得颤抖了一下，随即像是被冻住一样全身僵硬。宛若动物嗅出即将被猎获的危险信号，他按兵不动，想要看看哪条路最适合逃跑。

他的手慢慢地举起来，警惕地抬起遮挡的帽檐，从余光中看到那双捕获他的手，做好了看到熟悉的深绿褐色的制服，还有戴着宪兵标志的白袖章的准备。

可是，那袖子是深蓝色的，上边还有亮闪闪的黄铜扣子。帽子下边是个上了年纪的男人的脸，他手里拿的仅仅是一个剪票器，而不是什么棍子。

叫醒他的只不过是个列车员，正在问他索要车票。

“我们什么时候能到？”他问。

“八点十五分。”列车员说。

“你们约的什么时候？”绣红问道。

“八点半。”绣红说。

绣红斜倚在床尾，胳膊肘撑着身体，看着她收拾东西，行李箱被敞开放在她床上。

好长时间里她什么都没说——只是静静地看着。莎伦看起来并没有注意到她的审视。

“所以你是奔着美好的前程去咯？”绣红终于说道。

“美好是个不错的词，”莎伦同意道，“美好是个不错的词。”

“我还能想到另一个词。”绣红喃喃道，听不清她在说什么。

莎伦抬起头，看了她一眼，“怎么，你不同意吗？”

“不关我的事。”

“你的意思是你不同意。”她合上行李箱，“从你嘴里听到这句话，真好。你每晚都出去约会，每次还是不同的对象。”

“当然，因为我知道如何控制爱情，可是你不能。我爱得像个男人，我可能把爱搞得四分五裂，但那是我的身外之物，我从不走心。傻孩子，我从不受伤。睡一觉我还是以前的那个绣红。你呢，就像女人那样去对待爱，一旦倒下了怎么都爬不起来。”

莎伦拿起行李箱，往门口走。

“你为什么不能放轻松点呢？”绣红说道，语气几乎是祈求了。

莎伦打开门：“跟我的心谈谈吧，别跟我说话。我的耳朵听不进去，我的心也已经聋了。”

她用空闲的那只手推开她，做出离别的准备。

“我那份房租放在衣柜上了，你可以把我的钥匙还给房东，和钱放在一起。”

然而，绣红并没有安分地待在屋子里，而是跟着她一起下了台阶。

到楼下时，莎伦扭过头来不耐烦地看着她，好像这离别的长度有些惹恼了她，“你怎么了？今天晚上你没有约会吗？”

“我本来有的——两个，或者三个、四个。不过有意思的是——可能是因为你要走了吧——我突然对约会一点兴趣都没有了。这游戏一点都不好玩儿了。”

“那为什么你不能像我一样，认真一点对待约会，而不要像是游戏似的？”莎伦辛辣地质问道。

“你指我很残忍咯？”

莎伦现在站在了大门口，并没有回答她。

绣红又一次地跟在她身后，甚至伸出手去挡住了门，想要让大门保持闭合的样子，哪怕只拖延那么一点点。

“莎伦，这就是你能给他的最好的分手方式吗？”

“他？谁？”她这才想起，“噢，他啊。”

“我也读过他的几封信。我不是故意的，可是你把它扔得到处都是，而我擦口红的纸巾又正好用完了。他不是用墨水写的，你何必这样糟蹋一个男人的心血呢？”

莎伦“嘭”的一声放下行李箱，深吸了一口气，仿佛在她离开之前，还有最后一关要通过。“听着。我还记得很久很久之前我嫁给了一个陌生人，我也能记得他的名字。可是这些都没什么用了。我脑海中根本想不起他的脸。这就像是在要求我为一个从来不认识的人感到抱歉一样。”

“这些鬼话，”绣红说，紧抿着双唇，“真像是从我嘴里说出来似的。”

莎伦又重新拿起行李箱。

身后的大厅里，电话铃声突然惊悚般地撕裂了宁静，更像是一阵火警警报。

几乎是条件反射般地，绣红双手抓住莎伦，想要再留住她那么一会儿。

她们的身后有个中年女人走出来接了电话，然后她走向楼梯脚，声音洪亮地喊着，活像个火车报站员："费伊·麦肯齐，有人找！费伊·麦肯齐，有人找！"

有人从地毯上啪啪啪地走下来，像是划桨拍击水面的声音。他的声音好像是从肺部直接顶出来的，"喂，乔！"接着又沉入喜悦、微不可闻的喉咙里。

她们又一起转开了脑袋。

"我有个有趣极了的预感。"绣红焦急地说，"别走，莎伦。"她仍旧伸着手拽着莎伦的胳膊，想要阻止她。

莎伦有些嘲笑地说："怎么了？你有什么值得悲泣的惊悚故事吗？"

"听着，你可以为我做最后一件事吗？我之前还没有要你帮过我什么，就当是给我的离别礼物了好吗？"

"如果不是你要我改变我的——"

"再等半个小时。再给他三十分钟。他可能会打电话过来或者怎么样。至少给他足够的机会。别就这样冷冰冰地离开，就三十分钟，你等过公交车，等过星期天晚上的B级电影，还等过一桌脏兮兮油腻腻的饭菜，很久之前你还等过曾经站在你身边的男人。就算是为了旧时光呢，为了公平呢。完了再走也不迟啊。"

莎伦看着她，她迈出脚，把箱子转回来放靠在墙上，就在门里边。“十五分钟，”她不为所动地说，“我不知道是为了什么，我也不知道这么做有没有好处，不过你发抖的声音打动了我。和我一起去休息室吧，我们坐着记录一下，我把表放在膝盖上。”

她转过手腕，摸索着手表的带子。

“十五分钟到了，”她说，“为了那永远不会呼吸的逝去的爱。”

此刻，列车纹丝不动地停在那里。低气压的灯光，缭绕的烟雾，拥挤的人群，都隐藏在深蓝的夜色中。

他们不再唱歌了，没什么力气去唱了；他们也不再举杯痛饮了，没什么多余的酒了。不管是站着的还是坐着的，大部分人都昏昏欲睡。车里面安静得出奇。零星一两句的对话撕开了沉默的口子，声音却被放大了好多倍，毕竟没有别的声音去跟它们一较高低了。

外边什么地方传来持续不停的震动声，它绝不是来自车厢内部的，毕竟车还安静地停着呢。是外部的声响在不停拍打着列车的窗户，摇晃着它的轮子，甚至还震动着铁轨。只在左边，相邻的轨道上，一列接着一列神秘莫测的车飞驰而过，和鬼魅一般。连盏灯都没有。死亡之车。末日之伍。一打接着一打的黑色的车，摇晃着铁轨，摇晃着夜，还摇晃着静止的列车。

世界上所有的火车都好像在奔赴死亡。像倒下的多米诺骨牌。它们看都不看一眼，它们自己装着的成千上万的尸体到底有多恐怖。

战争。战争。整个宇宙都疯掉了。

他的双脚不停地在地面打着节拍，越来越快，越来越快。无望的旅途痛击着他的绝望和愤懑。

“别跺了！”他身边的男人终于忍不住地喊道，“我再也忍受不了了！你已经一直这么跺了好几个小时了，我的忍耐是有限度的。让你的脚安分点儿！”

“闭嘴！”他威胁般地吼道，但还是停下了双脚。

他双手撑了一会头。

突然，他站起来，从身边人的膝盖上挤了出去。其他五个人马上从梦中惊醒，纷纷聚集到他的座位上。其中两个人立马抓住了座位，可是谁也不想放弃它，最后座位被分成了两半，两个人各坐了一半屁股上去。

他拼命地挤出一条到列车的尽头的通道，沿途惊了站着睡觉的人，又扰了女孩的清梦——梦见在家吃着火鸡晚餐又或者是躺在屋子里的床铺上。不过没什么要紧的，梦就是用来被惊扰的。

他扭开门锁，进了列车的前厅。

噪声在那里更为响亮，因为车子的侧门敞着。

“怎么了这是？”他吼道，“还要多久？已经停了四十分钟了！”

“我怎么知道？我只是个列车员。车停，我就停。军队的队伍插在了我们前边，我猜我们得换到另一条轨道上吧。你懂的，他们必须得先到目的地。”接着他又上上下下地打量他，十分轻蔑，看那破旧的帽子、油腻腻的短大衣还有石油工人的工作裤，“你去的地方一点都不重要。你知道的，现在在打仗。”

“闭上你的嘴！”他大吼。挥舞着手就要扇到他的脸上，像是再也无法忍受那剧烈的疼痛一般，再也无法忍受任何事了。

蓦地，他抓紧了扶手，将把手扔到了车外的夜色中，东西很快被黑夜吞噬，消失，然后不见。

“很好，这倒是继续前进的一个好方法。”列车员讽刺地观察着他身边的士兵，“你自己走过去吧。”

推销员黑色的小车在高速路上走着，发出哼唧哼唧的声音，它的顶灯是孤寂黝黑的村庄外唯一的光亮，里边则是一片沉寂。两个男人坐在那里直直地盯着前方，在灯光的映衬下，他们椭圆的脸显得异常惨白。

男人手里握着方向盘，多多少少有点受伤，像是那种刚刚参与一场不太愉快的交谈的人，正在试图避免再提出更多想法。佩奇的脸色坚硬如石，好像是很多年之前就形成的灰色石板，必须得劈开它才能让情绪流露出来似的。

“你就不能再快一点儿吗？”他突然说道，嘴唇一动不动。

“当然能，”是冷冰冰的回答，“但是我并不打算提速。这是我的车，就算是在晚上的乡村，我最快也只考虑开到五十码。我有老婆，还有两个孩子。如果你想开那么快——”他冲着路边相邻的马路晃晃脑袋。

佩奇紧闭的嘴里冒出一阵嘶嘶叹息时出现的白雾，他双臂环胸，很用力，像是在极力控制它们一样。他的双手滑到了短大衣的下边，停在了他服役时用的手枪上。他紧紧地握住了它。

他发誓，这个男人再多说一句话，他就杀了所有人。让他闭嘴：我不想杀人的，我正在控制我自己不要大开杀戒。

司机保持沉默，并没再多说什么。

佩奇的手指渐渐放松，从枪托上滑落下来。

仪表盘里的指针颤抖着，停在五十的位置上。

司机开始哼唱起来，其实他也不知道自己正在做什么，只是低声地唱着曲儿，“有人偷走了我的姑娘——”

佩奇的手又紧紧地握住手枪，一个打颤，又往上移了几分。

他往座位里缩了缩。我正在努力克制自己不要杀了这个男的，他怒气冲冲地祈祷道：我不想杀任何人，我只是想……

“别。”他说，声音那么的微弱，以至于其他人很难分辨出来。

不过，一些微乎可辨的迹象还是让他的邻座起了疑心。他转向佩奇，冒犯地问道：“那是啥？”

佩奇紧紧地抱住胸，“我说‘别’。”

男人质疑地盯着他，又转了回去。“脾气暴躁，是吗？”他含糊地说。

“是的，”佩奇说，“脾气暴躁。”

突然，车子停了下来。

“为什么停车？”

“这是我们将要分道扬镳的地方。你没看见我们前边有一个十字路口吗？要是你去东边，你就得沿着这条路一直往前走。而我要去南边，我的车和我，都得在这儿拐弯了。”

佩奇的手腕颤抖了一下，接着把手枪掏了出来，显得恶意满满。

“滚下来。”他说。

“你——你想做什么？”

“滚下来站好。”

佩奇用屁股顶顶司机，好加快自己的行动。车门开着，男人已经半掉在马路上了，他必须得使劲攀着才能防止自己完全掉下去。

“等等，你想做什么——？我所有的东西都在这呢——！你——你就这么报答我吗——！”

车门又“啪”一声合上，他的手背祈求般地爬上枪口，试着把它压下来。

枪托迅速下压，一声惊叫，他的手背再也不会出现了。

“你可以去南边。但是你的车，和我，我们将会去东边。”佩奇踩下了油门，“还有，师傅，”他补充道，“你不知道你还能活着是多么幸运。”

他握紧了拳头，疯狂地拍着门，不过那重击没能持续太久。门打开了。一个女孩子缓缓地走了出来。她合上了身后的门，站在那里，盯着他。后背斜靠在门上。

她应该是喝了一两杯，而且看上去是在自饮自乐。她叼着一支点燃的香烟，说话时也抿着。剩下的一支别在她的耳朵后边，像是一根铅笔。

“你太迟了。”她直接说道，连开场白都省去了，“她十五分钟前刚走。你错过了她，就十五分钟。”

“你怎么知道我是——”

“你的心都写在你脸上了。”她粗暴地说，“从看到夜色里亮着的车灯起，我就知道是你。你为什么不能早点来？或者不如说，你干吗非得一开始就遇到她？”

“她是我的妻子。她发过誓的，我们一生——他们去哪儿了？哪条路？”

她斜靠着门的身体又向下滑了滑，好像非常疲倦。对整个世界都感到疲惫不堪，“她只说了‘离开’然后就那样走了，‘离开你。’你输了。他们可能还在这镇上的某个地方，又或者在某条路上的汽车旅馆里，准备一走了之——”

他伸向自己的脑袋，狠命地搓了搓脸，表情纠结而痛苦。

“给我讲点什么。”她说道，带着不含感情的好奇感，“感觉很糟糕吗？你的心里和你外表看上去一样痛苦吗？”

她再也得不到一个答案。

他的身影一头扎进夜色里，车子的门咔嗒一声关上了，红色的尾灯消失不见。过了好久，她仍旧站在那里，肩膀斜靠在门上，非常疲惫，对整个世界都感到疲倦。

猛然，她把嘴里的香烟愤愤地扔到地上，火花四溅。

“上帝啊！”她愤懑地喊道，“我恨爱情！”她突然转身进去，“哐”地关上了门。

她一个人在那里。等着他，她开始有些困意，打起了瞌睡。眼前的画面不言自喻。汽车旅馆里的房间灯火通明，许是早先就用她的名字预订了，以便他能赶来和她会合。不过他还没来，她等啊等，就睡了过去。

窗帘拉上了，因为她之前脱了衣服。包包开着，平衡般地挂在椅子的两个扶手上,空了一部分。床单沿着对角线整齐地叠放着。

她坐在梳妆台前的椅子上睡着了，脸趴在臂弯里。她穿着晚上的睡袍，是淡蓝色的。她入睡前用的梳子躺在她旁边，就在她伸手可及的地方。再边上是她从包里拿出来的旅行用的小闹钟，只有嘀嗒嘀嗒声陪伴着她。它似乎正直指现场。指针从五滑向了十一，尽管只有她自己清楚他本该在这个时间里过来的，但她那昏昏欲睡的脑袋还是显示出约定的时间早就已经到了——到了却又迅速地溜走了。

接着，入口门上的门把缓缓地转动起来，寂静得很微妙，好像那股悄咪咪的力量是从外边传来似的。马上，力量又变得松弛，门把恢复了它刚开始时候的样子。

没有脚步，也没有任何声响。来来回回都没有任何动静。过了一会儿，百叶窗合着，在后边，窗户被轻轻地升起，风立马灌满帘子。男人的一条腿稳稳地落在地上，另一条腿紧随其后。

她什么都没听到。她睡得太沉了，而他的动静又太轻了。

一只手伸出来，手上弯曲的手指紧紧地拽住百叶窗的边缘，随即拉紧，将它又重新拉回到那个瞬间的尖锐的凹陷处。

布吉从百叶窗的后边走出来，手里拿着枪。他的眼睛在看着她的时候才是眼睛，在他的视线离开她去扫视周围的环境时，那眼睛不过是两颗石头，又冷又硬，只不过恰好嵌在了他的脸上。

他轻柔地迈着步子，对即将到来的死亡无比温柔。他先是看看浴室，手枪在指头上打着转。他又看向衣柜，她把衣服挂在那里，她到这儿就脱掉的衣服。

再没什么其他地方可以看了。他把枪收进口袋里。那两颗石头瞥向她，又变成了柔情似水的双眸。原谅之眸。他把她挂在衣架的衣服拿下来，抱着它们走到开口的包旁边，又放了回去。就算只和它们在一起——那些她的贴身物品在一起，因为是她的，所以他极尽温柔。他先是把衣服叠好，这样它们才能放进去，不会褶皱或被弄脏。

只留了一件大衣和裙子，他把它们留出来，好让她穿着跟他一起回家，家？是的，家。尽管已经没有一间房子在等待着他们，也没有一个屋顶可以庇护他们，可是只要他们在一起，那就是家。

他拉上了包，把它放在地上，准备帮她拿着。

甚至，她连那个声音都没听到——合上拉链的声音。

他走向她，想要叫醒她。

可是在她身后，他又停下来，站在那里，注视了她片刻。如果她待会看到他的脸，她就会知道，她根本不用害怕会从他嘴里听到任何关于这件事的责难。没有质疑，也没有责备。只要能重新拥有她，就已足够。

他弯下腰，在她的额头轻轻落下一吻，想要唤醒她。

“莎伦，”他轻柔地在她耳边低语，“莎伦，醒醒啦。我来带你回到我身边。”

她的脑袋沿着胳膊轻轻地转动，和将醒之人没什么两样。接着，她会笑意盈盈地抬眼看他，靠向一边（他现在可以看到她的侧脸了）。如此淘气，又如此魅惑。

可是她的双眼仍旧带着睡意——

他的手猛地伸向梳子，在她身前。可他抓起的倒不是梳子，而是压在它下边的，以便能好好待在位置上的东西。

纸条上用铅笔写着什么。

你现在可以赢回她了，大兵。

别说我没给过你任何东西。

他溃然倒下，先是一个膝盖，而后是另一个，跪在她身边。他试着把她搂进怀里，可是每一次他拉她，她都摇晃地朝着相反的方向而去，和他的拥抱背道而驰。直到最后，她大剌剌地躺在地板上。仍旧对他笑意盈盈，那么淘气，又那么魅惑。

他孤身一人，绝望的无助感扑面而来，他摸索着他的身体两侧，想要找点什么，什么都行，只要是能帮她的东西。至于是什么，他不知道。

然后，他的手停了下来，因为一只手摸到了那把枪。

他对着她轻哼，声音破碎不堪，因着痛苦而嘶哑无比，“我也不想这样的，莎伦。我也不想这样的。如果它这么对你的，那么就让他们得逞好了。”

他俯下身去，直到触碰到她那备受折磨的、扭曲的双唇。他亲吻她，像是每个丈夫会做的那样，每个丈夫应该做的那样。

“谢谢你，莎伦。爱着你真好。”

子弹让他俩都为之一震，她已经死去的身体，和他仍旧活着的。

他们的吻只重复了一次，当他的唇落在她的唇相反的地方，停在那里，幻化成了永恒。

一次偶然的机会，警察 A 和警察 B 在商店的对话被记录在案：

……让我想起不久之前我们办的一个案子。发现一张纸条上写着“现在你知道这是什么滋味了吧。”我们永远都解不出来，毕竟他们俩都死了。是谁写给谁的……?

一次偶然的机会,警察B和警察C的对话(三周后)被记录在案:

……像是A不久之前告诉我的那个案子。他们发现一张纸条上写着“现在你知道这是什么滋味了吧。”就是那样的东西，我记不清了……

一次偶然的机会，警察C和中尉D（卡梅伦的长官）的对话被记录在案，六周后：

……B告诉我他听说过一个那样的案子，纸条上写着同样方式的话，所以我刚刚才想起来。他们没有对那纸条大惊小怪，只觉得是同一个怪人做的……

中尉D写给在总部和他官位一致的A（两个半小时之后）：

……马凯恩·卡梅伦毛遂自荐，将会临时在你的工作小组里协助调查有关大兵布吉·佩奇和他的妻子莎伦的死亡……

中尉A给中尉D的回信（二十分钟后）：

对于你的推荐真是乐意之至，派他过来。

卡梅伦和他的长官又转回目击者，“就一个问题，思莱丝……”

女孩坐在椅子上，跷着二郎腿，晃悠悠的一只脚踩到地上，急促地跺了一下。她的手勾在腰带上。另一只手捏着香烟，熟练地弹了弹烟灰。

“又来了你们！你们怎么能期望我知道你们在和谁谈话？我只是觉得你们在和别的什么人在讲话，就在我身后！绣红才是我的名字！你们觉得我是啥，一个娘娘腔？”

卡梅伦和长官交换了一下神情，“不好意思，不是有意伤害你的感受的。”长官枯燥无味地道着歉，“只是要让我们这群老古董接受，‘现在绝不能用女孩的名字叫一个女孩’，还需要点时间。好的，绣红。”

“现在好多了。”她慷慨地原谅了他们，“现在，我能为你们做什么吗？”

“莎伦·佩奇有一个小盒式的挂坠，就是她挂在脖子上的一个玩意儿。我们想问问你这挂坠的事情。”

“好啊，问吧。”

“她经常戴着它，对吗？”

“一直戴着。只有她擦脖子的时候才会摘下来，不过马上就又戴回去了。”

“这就是我们想要问你的部分。她是怎么戴着它的？你能告诉我们吗？给我演演？”

“好吧，假如这是她裙子上的脖子。”她抻开她自己的上衣的领子演给他们看，她指着，然后她的手指消失在了缝隙中，“看到了吗？就像这样，在衣服下边。一直都在这儿。”

“从来没戴在外边？”

“从来没有。听着，那又不是什么装饰品，只是个人的纪念品，我之所以知道它在那儿，是因为在她穿衣服之前我看到了。”

“不过，如果是在大街上擦肩而过的路人，或者是跟穿着衣服的她聊天的人，也看不到挂坠在那儿？”

“那只有X光线能做到了。”

“谢谢你，我们就问到这里。思——绣红。”

她起身准备离开。她的手撑着墙沿路行走，火柴头上突然星火四溅。

“听着——请你——”长官结巴地说，多少有些无助，“不要在我们的墙上。”

“你们的墙这么金贵吗？”她温和地说，“用来灭火柴再合适不过了。”

门在她离去的身后关上。

“你没注意到我想指出的关键点吗？那封致死之信不是别人写的，正是那个男人写给这个丈夫的，那个杀了她的男人！就在他引诱她离开佩奇时，他还将这引诱的过程和即将要发生的事情一五一十地告诉了佩奇。不论发生什么，都给他实况转述。在他的一封信中，他为了证明自己引诱的女孩确实是佩奇的妻子，就用到了那条挂坠，所以，佩奇的心里确认无误。街上的路人看不到挂坠，她穿着衣服的时候没人能看到它。他是唯一可以寄出那些信的人。”

“他为什么要告发自己？简直是疯了。”

“确实是疯子一样的残忍，不过不是一回事。那是一种残忍的病态。他想让他被折磨，他也的确让他痛苦不已。你也听到鲁宾证实了那一点。”

“好吧，不过我们现在手里有什么？能证明什么？”

“证明他感兴趣的并不是佩奇的妻子，也不是爱上了她，或者是想杀了她。他杀她并不是因为他哪里讨厌她，纯粹只是因为他想要报复佩奇。丈夫才是目标，妻子只不过是用来击垮他的武器而已。”

长官试图摇摇头，反击这样的想法。

“就回答我两个问题。”卡梅伦说，“她痛苦了多久？”

“十秒，或者二十秒。就结束了。”

“那他又痛苦了多久？”

“好几周，我猜。鲁宾这么说的，好几周的痛苦，饱受折磨。”

卡梅伦摊开手。“哪个才是他真正想要惩罚的？”

“这个，”长官沉闷地说，“倒是个新花样。”

卡梅伦不得不直接去了塔尔萨，到了塔尔萨又径直奔向了狄克逊大道，到了狄克逊大道就一头扎向了街道的尽头。即便如此，在此番行动之前，还得进行数周耐心的问询和调查工作，才能确定他不得不去的地方是哪里。

他曾经通过很多方式到达那里：火车、公交车，然后是塔尔萨的出租车。

接着他踏上一条石板路，按响意料之中的门铃。片刻之后，一位十分引人注目的主妇急匆匆地赶了出来，她的气质阳光活泼，举止也十分友善。

“格林汉姆·加里森住在这里，对吗？”

“是的，”她乐意地说，“他是我的丈夫。”

“问问他还记得卡梅伦吗，”他巧妙地说，他不想吓到她，告诉她他是个警察。她身上有股东西是如此的阳光可人，让人不由自主地愿意信任她。

她先是对着自己重复了一遍，是那种小姑娘对待委托给她消息的方式，好确定一切无误。“问问他记不记得卡梅伦。”然后点点头，表示自己记住了，才回到里边传话去。

她走到门口来报告消息，那坦白的语调异常迷人，“他说他不记得了，不过他说你还是进来吧。”

卡梅伦想着她，决定不要为难加里森再婚的事，或者说是再娶了这么一位小小的可人儿。一旦认识她，他的好奇心就被全然熄灭。他觉得，每个人都有追求幸福的权利。而在卡梅伦看到加里森的第一眼，他的神情就告诉卡梅伦他现在很幸福，那是他之前从未有过的幸福。

他在听棒球比赛的广播。是个星期天的下午。他礼貌地关上收音机，成功地掩盖了他错过比赛的遗憾之情，不过卡梅伦知道得一清二楚。

“你是公司东部办公室的人？”他说，“我们在哪里见过？”看到卡梅伦对他的话语很迷茫，又补充道，“是斯坦达德石油公司。”

“不是。”卡梅伦说，“我们不是因为公事见面的。我不知道你记不记得，但是——”他四下看了看，只有他们二人，她去做一些家务事了，显然那比她丈夫的事情更值得她关心。

加里森的记忆像是突然迎面给了他一拳。他在座位上坐得笔直，咔咔掰弄着手指，接着伸出一只指向了卡梅伦。“噢，现在我记得了！你是那个来找我谈了好几次的警察！就在珍妮特去世的那段时间里！”他满意的神情很明显，尽管更多的是出于他成功地翻出了他的记忆，而不是卡梅伦的出现，他催促道，“快坐下。”并递给他一支烟，询问他想要喝点什么。

卡梅伦则起身，关上了门，警惕地说：“我们可以单独谈谈这个事情吗？”

“是很糟糕的事吗？”加里森问。

“我不想让你太太也听到。”卡梅伦说，才认识她四十五秒，他就变成了她的忠实护卫。“这结果可能并不是那么愉快。”

“几个小时内都没什么事情能让她过来的，”加里森信任地说，那宠爱的光芒笼罩了他的全身，熠熠生辉，“她在做她的第一顿周日盛宴，大厅后面的粉笔记号搞得我都不敢轻易跨过去。”

“你真是个幸运的男人，加里森先生。”卡梅伦情不自禁地脱口而出。

“我也有我的孤独。”加里森告知他。

卡梅伦又重新坐好。“听着，我必须得来找你，”他解释道，“我也不喜欢这样，和你一样不喜欢我这么做。我讨厌重提往事，你现在已经放下了，它已经远远超出你的关心范围了。但是你可以帮我。你是唯一能帮我的人。你是唯一还存在的联系。”他又补充，“活着的联系。”

“听起来真是毛骨悚然。”

“噢，那确实是的，毛骨悚然。”他从口袋里掏出了什么，他带来想要给他看的东西，“你认识一个叫休·斯特里克兰的男人吗？”

“那个混蛋？”是加里森回答“认识”的方式，“他们判了他坐电椅，我完全理解。他死得还算好，是吗？我知道他会走到那条路上的。”

“换句话说，你很了解他。”

“倒不是很了解，珍妮特去世之前我就不怎么和他联系了。她到最后也不想要和他有任何瓜葛。毕竟，弗罗伦丝·斯特里克兰是她最好的朋友之一。我不是什么清教徒，不过当一个男人如此公开那种事……”

卡梅伦巧妙地避开了这件事的道德问题，毕竟那不是他关心的事情。“恐怕有两件事情我们没能达成一致。”他说，“但是就算我们意见相左，你仍旧可以帮到我。也不会更改事情的一丝一毫。第一个，是关于第一任加里森太太的死亡的——”

“噢，你还是认为珍妮特的死——不全是自然原因。”

“我依然这么认为，并且我一直都会这么认为。”

“我不这么想。”加里森说。

“这一点完全不妨碍我们。第二个可能会让你惊讶，不过我觉得斯特里克兰先生并不是杀害霍利迪小姐的凶手，虽然他还为此坐了电椅。”

加里森的表情看上去不仅仅是惊讶，还有为他说这种话生出的责备。

“我和他谈了谈，当然是非官方的，在他被处死前几周的死亡囚室里。他又重复了一次我们第一次拘留他时我们就听过的说辞——有张纸条在她尸体旁边放着，以一种怀恨在心的，却沾沾自喜的姿态。当然，他拿不出来那张纸条，也根本救不了他自己。”他特意往前倾了倾，大拇指指着自己的胸口，“我却真的相信确实有这么一张纸条。为什么？因为你恰好能抓着这么一个古怪的、不可能的小细节，甚至你可以说有些令人怜悯，这岂会是一个想要自救的男人扯的一个谎？他从没说过在他到那儿的时候，看到一个隐约的身影翻窗出去，没说过类似的话。仅仅是，而且一直是，坚持说他在她尸体旁边发现了一张纸条。他对我发誓说他发现了。他还能说出上面的话，从第一次到最后一次，他的引言从来没变过。而且，我又正好知道，虽然这一点他从头到尾都不得而知，当一年前你妻子去世的时候，你自己收到过差不多的纸条。另外——在他死掉的一年后——第三张这样的纸条出现了，在别的地方，是第三例了。现在你明白为什么我来找你了吗？”

加里森点点头，很讶异。

“现在，让我们继续。”卡梅伦说，“你认识一个叫巴克的人吗，或者是布吉 · 佩奇？”

加里森起先试探地摇了摇头，接着又深深思索了一番，变得越来越肯定。

“根据他的出生证明，我查到并确认，”卡梅伦想要帮他想起什么，“他真正的名字应该是巴克林。密歇根州兰辛市的资料上是那么记录的，他一九一九年出生在那里。”

“不认识。”加里森坚持说道，“不认识。”他又对自己说了几遍好做更深的确认，“佩奇。布吉·佩奇。我不认识。”

“你确定吗？”

加里森有条理地说：“呃，我不知道这个名字。这是我十分肯定的。我可能通过偶然的机会见过这个人一两面。”

“好吧，我们来试试另一个方法。这里，看看这个。请仔细点。”

他递给他一张两个大兵站在一起的照片，一个人的胳膊挂在另一个人的肩膀上。

“忘掉左边的那个人，”他指引他，“也忘掉他们的制服。”

为了帮他辨认，他拿两张纸条遮住了头盔和衣服，只框好了脸。

“试试这样，”他说，又递给他一个小型的放大镜，“现在呢。”

加里森静静凝视。他的反应来得并不慢，“我认识他，”他说，“我在什么地方见过这个家伙的脸。现在，等等——在哪儿？到底是在哪儿呢？”他坐回椅子里，又探出身子来扫视这张照片。

“努力想想。”卡梅伦鼓励道。

“不是在我公司的办公室里——”

卡梅伦克制不住自己地抓住了他的肩膀，好像物理上的力道会有什么帮助似的，“努力想想，别放弃。再努力想想！”

“什么地方呢——什么地方呢——”

他合了双眼片刻，用力回想。突然，他从椅子里一跃而出，好像方才有图钉钉住了他似的。他一拳落在了照片上，使得两张纸片向着相反的方向飘零。

“我的天！他是那个曾经跟着我们一起的导游！我们雇了他——！在一些旅行中。我们都是些门外汉，只有他是专业的。他给我们找到最好的去游玩的地方，就是那样的。巴奇。是的，我现在想起来了，我们叫他巴奇。天哪，多少年了，我根本想不起来还有这号人！”

“跟着你们一起去哪儿？”卡梅伦神色紧张地说，“是什么样的旅行？”

“钓鱼啦、野营之类的，我们以前会那样玩儿。就是一些朋友间参加的小型户外活动。我们管它叫‘垂钓俱乐部’。我们会一起出发，远离所有的生意和烦恼，一年大概有两到三次。走进森林、艰难探险、安营扎寨。你知道我的意思。”

“那就是我想要知道的，”卡梅伦鼓励他，“一些类似的事情。那就是我希望从你身上得到的。那就是我来这的原因。现在高潮来了，除了这些旅行，你和斯特里克兰还有别的联系和接触吗？”

加里森点点头。“当然，在那之前有很多，之后就没什么了。那件事之后我就不再和他见面了。我们解散了俱乐部。”

“佩奇呢？”

这次加里森坚定地摇了摇头。“不，在这些旅行之前，我从来都没见过他。在那之后，我也从没见过他。只有在旅行的时候我们才会碰面。我们起飞之时他就在机场，我们各回各家时也只把他留在机场。”

“那么旅行是你和其他两个人同时在一起的吗？两个人一起，而不是只有一个人。”

“没错。”

“如你所见，现在能把你们三个联系起来的有两种方式。第一是日期，第二是一张纸条。有个日期触及了你们三个每个人的生活。我不知道为什么，我也不知道它意味着什么。五月的最后一天，三十一日。你的前妻在五月三十一日去世；斯特里克兰的……怎么说呢……亲密友人，死在了五月三十一日；最后，巴基·佩奇和莎伦·佩奇的尸体双双于五月三十一日被发现。一两次或许还能是巧合，第三次则绝不可能还是巧合。更何况发生在互相认识的三个人身上。

“然后是那张纸条。你们每个人都收到了那张充满恶意的纸条，恰好是它算计过的，你们最心痛的时刻。所有纸条的口吻都很相似，我看过其中的两张。我也相信第三张的存在，斯特克利兰告诉我，他看到纸条的时候并不知道我已经见过另外两张了。他所言也和其他两张的内容极其吻合。

“现在，我们到了一个很重要的点上。那就是整个事情的关键所在。因为那些纸条和那个日期有可能会发生在其他人身上，这场杀戮可能还远远没有结束。直到我知道它们意味着什么的时候，我才明白。所以,你得告诉我还有谁和你一起参加了那些户外活动。在进行更深入的调查之前，我得知道他们的名字，我得知道在哪里能找到他们，去警醒他们。”

“不用多麻烦，我马上就能给你信息，”加里森告诉他，“因为那是个小型组织，一共也只有五个人。”他掰着指头数起来，“除了我、斯特里克兰，和这个佩奇，还有两个人，他们的名字是——”

蓦地,他回来了,对这小镇草草一瞥,一切故事开始的地方——就在吉蒂杂货店明亮橱窗的外边，瞭望着整座广场、情人们的幻影和可怕的杂货店男孩。就一夜。一夜，又有人看到他伫立在那个地方，站在他原来的位置上，坚持着他从前的守夜。他的眼睛里看不到任何人，只等待着那个永远都不会来的人。

大部分人都不认识他，不知道他是谁，也不知道他的故事。小镇总是这么变迁着。战争来了又走，小镇上的人口急剧增长直至爆炸。现在人口又回落下来，和之前的人口数量差不多，不过之前的那些人不再住在镇子上了。他们飘向远方，别的人过来又填补了他们的位置。吉蒂的标牌仍旧闪着“吉蒂”，不过那只是一个品牌名字罢了，老板早就换了一茬。警察换了，珠宝展柜前的女孩子也换了，连广场对面砖块砌好的消防局里的队员也换了一批。

但是，广场仍旧站在原地，相似的老故事也仍旧在上演。

六月一日，星期六晚上。霓光闪烁，整个镇上的人都出门玩了。

街上尽是两两在一起漫步的人，男孩和他的女孩，女孩和她的男孩。

他看上去衣冠整洁，一本正经。旁人根本看不出什么异样。他的头发是刚刚剪过的，像是每个男人在周六约会前梳的那种发型。他的领带是崭新的、鲜艳的。一个同样戴着鲜艳领带的男孩子路过他时，甚至对他报以微笑。人们说，目标让你的生命变得鲜活。那么他的生命中的确充满着目标。因为他显得十分专注。或许医生能看他几眼然后确诊他得了什么病，但谁又会催他去医院呢？毕竟医生不会上街来找病人，得病人们去看医生才行。

他的内心可能是一间停尸房，然而外表却是那么的健康、平常——平常到和你周围的人别无二致。路人的眼光是无论如何也透不过灵魂的窗户去看看里边的样子的，如果他们可以，那街边一定伴随着无数的惨叫和失色。

他时不时地看看手表，露出的笑容耐心十足又自我慰藉。笑着的男人非但没有责备之意，反倒显得不介意等那么一会儿，他知道她一定会来的。

她们打趣着，尝试着与他调情，散步的速度慢下来好像蜗牛在往前爬，好给他个机会让他在合适的时候上来搭个讪。

“新场面啊。”其中一个大声地对另一个说，主要是为了让他听到。

他知道的。（也很难不注意到。）但是，他只微微一笑，又摇摇头。“正在等人。”他说。接着他对她们行了个脱帽礼，好让这拒绝显得没那么尖锐，然后转过了脸。

她们彼此耸耸肩继续走了。汪洋里面全是蹦跶的鱼群，尤其是在星期六的晚上。

她们会跟很多男人暗送秋波，直到她们长大，过了那个阶段。无伤无害，就在星期六晚上的广场上。她们差一点点就再也没办法和男人们调情了，可惜她们对此一无所知。某个星期六的晚上，广场，霓光闪烁。人群中，偶尔你会和死神打个照面。

终于，普通人定律起了作用。有个人在人群中抬起了头，他战前就居住在这里，之前就认识他，知道他是谁，或者他曾经是谁。他看了第二眼，认出他的时候，那种讶异久久挥散不去，他留他身旁的女孩在一边，走过去，在他身前停下来。

“你好啊，约翰尼。你不记得我了吗，约翰尼·马尔？”

他只是看向了他，并没有回答。

“我们曾经在一起打篮球的啊，还是一个队的呢。红色沃什本队。当然了，你记得我。你还记得教练吗，艾德·泰勒？老‘钢铁人艾德’？他战死在了塔拉瓦，他是第一个插上旗子的人——或者是其中之一个。”

他仍旧看了看他，不发一言。眼睛都不眨一下。

“你这是怎么了，约翰尼？我曾在艾伦的杂货店打过工，放学后，发发传单。现在我是杂货店的老板了。还记得那个老男人艾伦的女儿吗？从来都不正眼瞧我们的那个？站在那边的就是她，她现在是我的妻子。”

他依然看着他，什么都不说。

他终于还是放弃了，怀疑地看着他，脸色有些尴尬，他走回到她身边，挠挠脑袋，两个人继续往前走了。

“我发誓那个人肯定是约翰尼·马尔。别说是我失忆了。可是他一个字都不肯说。你还记得约翰尼·马尔吗？你看他不像吗？”

“我不想再回头瞅他一眼。不管怎么说，之前你身边的那群人，我也从来都没注意过。”

“但是，如果他不是，为什么他不说呢？他就站在那里喃喃自语，活像个鬼。可能我听说的他的故事是真的，那件事让他勃然大怒，还有——”

“噢，忘掉他吧，哈特利。”她不上心地说，又朝着某个方向推了他一把，“排队买票去。他们都排在你前面啦，我可不想又直接坐到边上去。”

旧时光的友谊，年轻时的友谊。

天色已晚，人群散去，灯光奄奄。电影院人去楼空，接着是卖饮料的小摊收摊了事，最后两家酒吧也走光了人：广场上的那家“迈克的地盘”和不远处不那么热闹的“凯丽家”。吉蒂杂货店老早就熄灯歇业了，而那家便利店关得更早。出租车司机乔停下了车子，回家去陪老婆孩子，正在巡逻的警察也到点下班了，就连猫猫狗狗都趁着夜色离开了。

尖塔那边传来一声钟响，它仍旧快了五个小时。广场上现在空空荡荡，所有的路灯都熄灭了。

没有人看到他离开了。应该说没有人能看到他离开。不知道他怎么走的，去了哪里，或者是什么时候走的。

但是在早上，晨曦的微光照亮了广场的时候，杂货店门口还是门可罗雀的时候，那里没有人。那天晚上也没人站在那里。隔天晚上没有人、再隔天的晚上也还是没有人。

就那一个晚上，他站着。然后，他又一次离开了。

不过那山丘上的守墓人倒是——但他没说，因为没人问起——可以说说，如果他愿意的话，隔天一早，也就是那个星期日的早晨，他第一次巡视时，突然发现某个墓碑前放着新鲜的花圈，而昨夜他最后一次走动时并没有看到。夜色里献上的花，没能看到是哪双手。那花儿默默追念，柔情蜜意，但却透着心碎；不是从店里随意买来的，而是从田野里采摘、编织而成的，编花环的手艺一看还十分生涩。

花环倚着的石碑上写着，快被遗忘的——

多萝西

我会等你。

四　会

人们都围在大钟旁边，像是聚集在一起的蜂群，等待着各自的约会对象。有些人可能只会约会一次，有些人则天天来这里约会。男人等待着他们的女孩；女孩们等待着她们的男人。

大部分人青春洋溢。偶有一两个成熟一些的，但大多数还是青涩十足，浑身都散发着青春的光芒。当你年轻的时候，这是你唯一等在大钟旁边的时刻，八点左右，为了你的约会。但你再长大一点，这事就显得太过孤独了。但是，你正年轻，每个你等待的时间都算得上是平安夜，不知什么时候，就会从天而降一个大包裹等着你去拆。就算里边装着的不是你想要的东西，也无关紧要：

因为明天晚上又会是平安夜，又会有一个大包裹从天而降等着你拆。可是，当包裹再也不来了，圣诞树上的装饰灯也熄灭了的时候，突然间，你意识到，你已经老了。

大钟在卡尔顿酒店的大厅里，那是整个镇上的约会胜地。或是约定俗成，或是为了便利。每个人都在那里约见其他人。无论你要去哪里，你总是会从那里出发。

姑娘们漂亮极了，小伙子们也干净清爽。有些女孩子坐着等人，不过更多的人站着，因为那里没有足够多的座位。偶尔，她们遇到了认识的人，即使并不赶赴同一场约，也两个人挤在一张椅子上，一个坐着，另一个就倚着扶手。男孩子嘛，当然全都站着。脾气秉性不一，等待的姿势也各不相同：焦躁不安的、质疑不信的、没有定心丸的，他们走走去去，有时走到入口去探头看看；有时又踱回来，比对自己手表与大钟的时间。脚步不停地来回，手指也不停地敲打。（"她说她会来这儿是认真的吗？还是只想晾着我？"）那些耐心的、自信又沉稳的人站在那里倒是很轻松，不会不停地动来动去，也犯不着查看时间，他们看表只是想确保自己没有迟到。（"她会来这儿的。她说过她会来的。我信她。"）

有一个男孩子，是那群人中极特殊的一个存在，他信心十足，也毫不焦虑。他的肩膀斜靠在大厅边缘处的四方柱子上。在摆放着电子蜡烛的展架之下，他心平气和地翻阅着报纸。

他的样子像是她一定会来似的，甭管她是谁。两人对对方一定非常了解,彼此都已经进入了“陪伴”的最后阶段——就要订婚了,因而你再也不用担心什么外界的干扰。

他大概二十三岁的样子。相貌清秀，身材健壮，是块打橄榄球的好材料。看上去不是那么聪明,可能也没人会为了这点苛责他。不过整体来说，他非常迷人。是那种叔叔们想要雇他工作的男孩，是那种阿姨们想要让自己的女儿和他在卡尔顿酒店里的大钟下约会的男孩。他们可能还不知道玛丽·简在哪里，不过在他们还不认识她的时候，也用不着担心。

在“正确”的时候，他恰好从报纸上抬眼瞥了一眼，几乎是直觉起了什么作用一般。她刚进入口的时候，他就看到了她。

她来了。为他而来的人。负责他的人。

他马上卷起报纸丢在一旁，举起手脱下帽子，脸上漾开巨大的笑容。这个时候，她还没离开旋转门，两人之间还隔着玻璃。

旋转门在她身后又转了一格，是空着的，接着一个男人在下一个格子转过来时走了进来。离她如此之近，你几乎就要觉得他是尾随她进来的。如果非得那么想的话。不过，毕竟每分每秒都有人通过那扇旋转门来来往往。他只是恰巧跟在她身后进来，仅此而已。

他从后边飞速地瞥了她一眼，接着就去了别的地方，走向了文具柜台那边，开始如饥似渴地寻找着一本杂志。他不仅仅是问一个书名，而是仔细翻阅着，将整本杂志都看一遍才拿起下一本。

看上去他是个十足勤勉的杂志买家。

与此同时，她也到了等待她的男孩身边。或者不如说是，他们各自走了一半距离，在大厅的中央碰面了。

每个方才还美丽动人的女孩，此刻都变得平淡无奇。她好像一束从天而降的光亮，而其他姑娘则变成了雾蒙蒙的煤油灯。她乌黑的头发一直落到肩膀处，上边卡了一朵栀子花。她的眼睛是灰色的，实际上是蓝色的——那颜色太浅了，所以看上去像是灰色。她非常年轻，十八岁，当然也有可能是十七岁。

他们的对话毫无新颖之处。但是语调是如此的快活，因为夹着些许对整晚的期许，从而变得十分耀眼。

“你好。”

“你好。”

“我迟了吗？”她没想要得到一个回答，不等任何人就快步走起来。这明显只是在寒暄，并不是一个真正的问题。“你买到票了吗？”

“是的。他们正在售票处替我拿着呢。”

“好的，那你又在等什么呢？”她愉快地催促道，“来吧，我们走。”然后挽上了他的胳膊。

他们一起走向入口处，穿过了那扇旋转门。

那个在角落里看杂志的男人仍旧非常努力地组织着自己的思绪，他举起一本在脸前，仿佛在试图判断纸张的好坏。

门在他们身后转了一圈，空了。

终于，他决定什么杂志都不买了。他离开文具柜台，自行从旋转门那里走了出去。服务员无声地对他诅咒了一番，才重新整理好他翻乱的展柜。

他们刚叫了一辆出租车，开走了。

他坐进了下一辆排队等待的车里。

他的车也开走了。在拐弯处，他的车奔向了和他们一样的方向。不过，所有车都必须得那样开，那是条单行道。

几分钟后，他们的车开出六七个路口，停在了剧院门口。他们的车开走了，另一辆出租车马上就到了，一辆接着一辆；不过乘坐出租车前往剧院的人总是数之不尽的。

男孩排队拿到了他的门票，又走回到她身边，他们一同进去。队伍里的下一个人拿到了他的票；下一个人拿到了她的。接着一个男人走过来只想要买一张站票。

“我能给你一张十排的单人票，位置绝佳。”售票员建议道，“这可是最后一刻才多出来的退票。”

“我只想站在后边，”男人十分粗鲁地说道，“你介意吗？”

售票员看向他，对他的粗鲁表示十分惊讶，他脸色苍白，毫无感激之意。售票员耸耸肩，还是卖给了他站票。男人也走了进去。

场次中间，男孩和女孩出来走到了大厅里，不过几乎所有观众都走了出来；大厅里人潮涌动，不管你转向何方，面对你的都是一张陌生的脸。

十一点半的时候，他们离开剧院，前往了一家带舞池的中餐馆。是个山寨的中餐馆。服务员是中国人，食物也是“中国”菜——中国人从来没听说过，但美国人认为是中餐的东西。但是乐队正在演奏《泽西岛的舞动》，而吧台里最热销的酒精看来应该是马丁尼，投资这家店的人叫戈尔德贝格。

顺便一提，灯光暗得要命，几乎像是熄灭了一般。只有一丁点蓝色和红色的光线，将里里外外浸染成暮色。这全都是为了制造一种邪魅的“氛围”，对于任何不到二十岁的人来讲，这些都是无比浪漫的，还有些清纯无辜。这个地方看上去就像披着狼皮的羊。根据夜场经验，这地方算是在冰激淋小贩和成人酒吧、汽车旅馆之间的一个过渡地带。

他们出现在靠墙的一个小小桌位里，面对面坐着，根本看不到有谁走进来站在吧台前。不过就算他们能看到，他们也懒得看。

一个男人走进来站在吧台前，点了一杯马丁尼，他只是付了钱，却没有喝上一口。不过他也没有四处转来转去盯着谁看，他一直背朝着房间，所以又有谁能注意到他没喝上一口酒呢？

他们起身去跳舞，那个男孩和女孩。

他们的点的东西端了上来。

他们坐下来吃着炒米、炒面和芙蓉蛋，还有一些他们根本不知道名字的东西。

他们又站起来，去多舞了几曲。

他们又坐下来继续吃着炒面、炒米和芙蓉蛋。非常开心。

隔壁桌位里的四个人起身离开了。

喝着马丁尼的男人转身去叫了领班。

“我想点些晚餐，”他说，“我能坐在那里吗？那个地方，在那边。”

“那是四人位，先生。我可以领你去单人位，就在舞池边缘，视野极佳——”

“我就想坐在那里。”男人坚定地说，“我会付四位的餐位费的。”他往他手里塞了点东西。

“好的，先生。”领班不情愿地说道。

他走过去，背对着他们坐下来，并点了晚餐。

他安静地坐在那里，等待着食物。

“……我喜欢那个部分：就是她转向他，说——”

“天哪，那幕可真是棒极了，是不是？你觉得两个人结婚以后还能保持热恋状态吗？”

“我不知道。我家里可没有热恋状态的夫妻。”

“我家里也没有。我哥哥已经结婚五年了，可是我从没见过他像那样子对待德洛丽丝。德洛丽丝是他老婆。”

“我猜那只是为了舞台编出来的，好让剧情更加有趣。”

服务员端上了他的晚餐，他仍旧安静地坐着，开始吃起来。

“……比起查理·尼克森，我当然更喜欢你！我和你约会次数比较多，对不对？”

“是吗？好吧，在两周前贝蒂的聚会上，我数了数你跟他跳了多少次舞。十次里，你跟他跳六次，只有四次——”

“好吧我乐意！现在，你是在怪我咯。就因为你不知道怎么跳伦巴，所以我就应该坐在椅子上对所有过来邀约我的人说‘不要’吗——”

这顿晚餐花了他一块五，他的行为让这顿饭看起来并不值这么多钱。

这家饭店在二层，他开始往楼下走去，接着又在中间的位置上停下来，蹲下身去系鞋带。他的鞋带并没有散开，不过他先自己解开，然后又把它们重新系起来。这时，他们正站在马路边打出租车。

他们叫到一辆，乘车离开。

一两分钟后，他也叫到一辆，乘车离开。

两辆出租车奔向相同的方向。

他们的车停在了一家大房子外边，是距离市中心有段距离的住宅区。两人下车后消失在入口的阴影之中。

他的车则停在了三四所房子之外，没有人下车。

接着是等待，十分漫长的等待。有十到十五分钟那么长。门廊的灯还没有亮起，什么都没发生，什么也看不见。要不是第一辆出租车，也就是他们的那辆车，停在路边，你甚至都分辨不出他们就在那里。

然后，其中一个人走回了车子，这次只有男孩自己。随着车门开上又合上的瞬间，橙红色的光一闪而过。

第一辆车继续往前开。

第二辆跟了上去。

“现在开得近些。”它的乘客指挥道。好像这才是真正重要的部分。

领头的出租车向北边开了十个路口，向东边开了八个，接着又朝北，等过红绿灯之后，只再开了半个街区。

最终，它停在了一栋公寓楼前面，从大街东侧的角落数起第三座。

车里的男孩下了车，付了钱。他走进大楼里。

男人在角落里下了车，他也付了钱，开始往大街相反的一侧走去。他在街道的西边，十分仔细地观察着大楼的窗户。

只有一扇窗里的灯亮着。在四层，大楼的右手边。

他穿过马路，只身走进了入口的通道。

他只在那里停留了一会儿，看了看附在信箱上边的名片。谨慎地逐一比对，入口右手边的第四个，上边写着：

4—H 莫里西，Wm，C

他转身走到外面，快速离开。如此而已。

隔夜。

那个男人现在有个同伴。是门卫。他们俩都在那栋大楼的地下室入口处徘徊着——距主入口不过几码远。地下室的入口是嵌入式的，建造得比旁边的马路稍微低一点，水泥砌好的三四节台阶通向内部。这里提供了一个绝佳的隐身之地，可以监视着路面和大楼主入口的动静。顶上本来有一个电灯泡，可以照亮他们的路。不过这个灯泡要么是坏了，要么就是有人在插座上故意动了手脚，已经有一段时间没亮过了。

男人的同伴身上有股廉价威士忌和陈旧衣服的味道，尽管什么都看不到——他身上的气味还是泄露了他的身份。他比那个男人还要坐立不安一点。他点了一支烟。男人一手拍下他的烟，一脚踢到了地上。他的同伴弯下腰去，确认了烟的位置，捡起来放回了口袋里，就好像以前他也这么捡过烟似的。

“如果他坐着出租车来呢？”他声音沙哑地低语。

“他只有和女孩一起的时候才坐出租车，他昨天晚上和一个女孩出去约会，今晚他不会和女孩约会了，他只有一个女朋友。”

“如果他抓到了我呢？”

“那就痛击他的肚子。”男人冷笑道，“让他痛苦不已，这样他就不会追着你跑了。你不是说你原来是个拳击手吗，你能对付的。”

“好的，我当然能。我会把他卷成法国脆饼。”

“现在嘛，要确保你拿到他的钱包。”

“我可不是个新手了。只不过，这是我第一次为别人干这事。这是唯一的区别。”

公交车短暂停留的时候，有微弱的光束扫到角落里，接着车子又沿着侧面的街道向前开去，正好是分岔口。有三个人在这一站下了车，分别向着不同的方向走去。一个是女孩，剩下两个则是男人。

“看到那个敞着松软大衣的人了吗？”男人教导道，“那就是你的目标。”

“这不管用啊。”他的同伴紧张地说，“女孩子是走另一个方向了，但这个家伙跟在他身后和他走同一边啊。他在场的话，我动不了手，他会插手来帮他的——”

“三分之二的机会是对我们有利的。”男人说，和他一样紧张，“他有可能会转进先前的两所房子里。如果他没有，那么我们就推到明天晚上。”

陌生的男人路过了第一幢房子。

“百分之五十了，现在。”男人在门口喘息道。

陌生人转身，走进了第二幢房子里。莫里西一个人留在了路上，正在朝着他的房子，也就是第三幢走去。

男人呼出了一大口气，“可以了。”他推了他的同伴一把，让他向前迈了三小步，“在他开门前就下手。”

就在莫里西刚刚踏进门廊里漏出来的光线里时，一个身着破旧的、脚步笨重的人上前同他搭讪，低声对他抱怨着什么。

莫里西半只手伸进他的钱包，准备拿点什么出来给这个男人。可是马上,他转变了主意。“不——还是算了。”他咕咕哝哝地说,“你不是什么好人，我光看着你就能知道。”

他转身打算进门去。

乞丐的手掌边缘向下，越过他的后背和脖子，朝着他的后脑勺重重来了一下，锋利得像是把切肉的刀。接着，趁着男孩摇摇晃晃失去平衡之际，他晃身向前，曲起膝盖对着他的肚子又来了一下。男孩喉咙里发出了一阵痛苦破碎的呻吟,崩溃到跪在了地上。这时乞丐灵活的手像一把铁锹一样铲走了他装在后边口袋里的钱包，空留下他瘫在地上。他转过身飞也似的逃走了，消失在了公交车刚刚停留的那个低一点的角落里。

等在地下室入口的男人此时跳了出来，宛若巧合一般，他跑向了莫里西，热心地弯下腰去。

“发生了什么？他对你做了什么？”

莫里西无助地躺在那里，双手捂着他的胃，一阵恶心。他意识尚在，只是没办法自己站起来。

“拦住他——抢了我的钱包——”他喘息地说。

男人马上追逐了起来。他转过了街角，视线里空无一人。他又继续朝着那个方向跑了一个街区，转弯，跑到了相邻的街道上。

突然，他潜进一个地下室的入口里，和他方才等待的那个入口极为相似，好像他早就知道这里会有什么人。里边确实有个人。

“好了，给我钱包。”他的呼吸声很重。

“在这儿。别忘了我剩下的东西。”

“这是你剩下的十块钱。”男人从自己的钱包里掏钱来，而不是从被偷的钱包里。“现在，你自己走吧。不要再出现了。”他推了他一把，想要赶他走。

他一直等到门廊里只有他一个人为止。然后他揪了揪自己的领带，好让它变得乱糟糟；对着墙面狠命搓了搓手掌，好让双手变得脏兮兮；又用手指沾了沾泥土，往自己脸颊和肩膀处的衣服蹭了蹭。

几分钟后当他跑进莫里西的视线里时，他又拍打了几下他的帽子，就好像帽子刚刚被扔了出去，他不得不从地上捡起来似的。

此时，莫里西艰难地倚着墙壁站了起来。他站着，双手撑着墙面。脑袋垂在胳膊之间，低下头看着地面。

“他跑了？”他虚弱地问。

“我在转角处抓住了他，可是没能控制住。我还想把他扭倒在地上，但他还是逃走了。不过我让他留下了钱包。在这儿。”他动作浮夸地拍拍肩膀上的灰尘，又轻柔地摸摸下巴，似是为了看看牙齿有没有被打掉。

“刚刚我整个人都不好了。”男孩悲伤地说，“不管怎么样，还是谢谢你帮我。”他拿过钱包，匆匆查看了一下里边的东西。

“他有拿走什么吗？”

“没有，全都在这了。反正我里边只有七美元。”

“现在感觉好点了吗？”男人热心地问。

“噢是的，我想还好。不过胃里边还是有点不舒服。天哪，太感谢了，你这样帮我——”

“每个人都会这么做的。”男人不在意地说，“我总不能站在原地就看着吧，是不是？真开心事情发生的时候我正好在。”

“当你需要警察的时候，他们永远都不在。”莫里西说。

“是啊，当你需要警察的时候，他们永远都不在。”男人同意道，“你确定你感觉还好？你腮帮子还是有些发白，要不要去趟药店让他们给你看看？”

“不用了，会好的。”

“那想喝一杯吗？能让你清醒一点。我曾经就是那么做的。”他四下里打量着街道，眼神含糊，像是在寻找他们可以进去的酒吧。

“就是肿了点儿。”男孩颇有兴致地说，“没什么大碍。我知道沿着这条路下去有个地方非常不错。”他对他的新朋友伸出了手，“我叫比尔 · 莫里西。”

男人握上去，摇了摇，“我叫杰克 · 芒森。”

芒森走进酒吧，点了一杯马丁尼就结了账。除去服务员外，这地方跟“中国”没一点关系，乐队正在演奏《泽西岛的舞动》，而老板的名字叫戈尔德贝格。

这次，芒森转了身子，面对整个房间，背对着吧台。他一直坚定地看着莫里西落座的桌位，直到他们的视线交汇——反正迟早也会碰上的。

莫里西飞快地看了第二眼并确认了一下，接着举起胳膊跟他打招呼。

芒森也抬起胳膊回应他。

莫里西又是点头又是挥手，想要叫他过来。

芒森拿起自己的酒杯，悠闲地漫步到那里。桌位整个映入眼帘时，和莫里西对坐着的女孩子也进入他的视线，是一个让其他女孩们都变得平平无奇的女孩。她长长的头发，乌黑发亮；她的眸子是灰色的，或者也可能是蓝色的……

“你好啊，杰克。”莫里斯热情地跟他打招呼，“你在这做什么呢？就你一个人吗？”

女孩望向他。带着些许礼貌的致意，仅此而已。就像是应付朋友的同伴，她没有笑，不过也没有皱起眉头。

“你好，比尔。”他应道。自从他们的第三次会面后，他们就开始互称对方的名字了，一切都是顺其自然的。

“德鲁小姐，这是杰克·芒森，我的好朋友。”

他们聊了一会儿。

接着，“没跟谁一起来吗，杰克？来吧，坐下来。”莫里斯邀请道，“还有多余的位置。”

“多谢，但我不想打扰你们。”他看向女孩，想要得到她的允许。

“坐下吧。”她温和地说。

他坐了下来。

又一次，在卡尔顿酒店的大钟下。

现在，两个人肩并肩一起等着，他们是晚上约会的合作拍档。

“我的门票要给你多少钱？”莫里斯问道，“最好现在算算清楚，以免我忘掉了。”

“你的意思是趁钱还在你身上的时候？”芒森用胳膊肘拱了一下他。

两个人都笑了。

“给你。”

她带了另一个女孩子过来，这是他们的安排。

相比而言，她没有那么可爱，也没有那么精神气十足，不过任何人在她身边都会相形见绌，这姑娘本身还是十分漂亮的。

他们互相做了自我介绍，然后成对出入。莫里西和马德琳·德鲁；芒森和菲利普小姐。

他们打了出租车前往剧院。

他们走出来。路边，在向外涌动的人潮中，他们形成一个暂时静止的岛屿。

“我们去‘竹子树林’吗？”马德琳建议道。

“当然，那是我们的老据点。”莫里西应和道。更多的是响应她，而不是其他两个人。

芒森先是和菲利普小姐共舞一曲。

接着音乐响起的时候，他们交换了舞伴。他与马德琳一起，而莫里西跟另一个女孩。

“你觉得哈莉特怎么样？”她问他。

他看着她，看啊看，只是看着她，静静微笑。

他们跳舞时就只说了这一句话。

她低声地哼起了调调，比呼吸还要轻，不是那么的响亮，几乎只有她自己听得到。

然后，这曲舞结束了。

他一开始是和菲利普小姐共舞。接着音乐响起的时候，他们交换了舞伴。他和马德琳一起。

她抬眼看着他。

“为什么不说话，杰克？你整晚都没说一个字。你不是上周那个好伙伴了，也不是上上周那个你。”

“你倒是个不错的伙伴。”他有些讽刺地说。

“哈莉特觉得你不喜欢她！刚刚在剧院的卫生间里她告诉我，

她不会再和我们一起出来玩了。你真该对她多用用心，杰克。她很受伤。”

“整个晚上我甚至都没想她一下。”他承认道。

她有些斥责地耸肩，“但你可是她的同伴！那么谁——？”话没说完她就住口了。

他没有回答，而是直直地望向她的眼睛里，深深地，深深地。

他们再没说什么了，谁也没有说话。

然后，这曲舞结束了。

这一次，只有莫里西一人等在卡尔顿酒店的大钟旁。已经很晚了。人群早已散去，他们已经误了演出。他有些坐立不安，走去入口处想要找找她，又一脸失望地走回来；过了一会儿，又走去入口处，然后又一脸苦相地走回来。他一直在看大钟，也一直在看他的手表。可那根本没什么用，时间还在一分一秒地流逝着，仅此而已。

这钟好像是这场约会的索命之钟，等到最后的指针到达终点时，约会就化成了魂魄。可单单是等在那里，这场约会也不能死而复生：它要活命得靠两个人。但你无论如何还是会等着，试图给它打上一针激素。

他烟抽得很凶，抽光了他所有的烟后，接着他又买了一包，继续抽。这包只用了上包一半的时间就抽完了。

在他之前，成千上万的男人经历了他现在经历的事情。但那也不起什么作用，对于他来说，就是第一次，崭新的第一次，备受煎熬的第一次。

突然——那一连串的豹纹领和鲜绿大衣，出现在了旋转门的一扇里——她来了。

他原谅她了，一切都过去了。即使她还没有走到他面前，甚至还没张嘴说些什么，一切都没有关系了。

她是一个人走进来的。 好吧，这是当然的，这已经是单独约会了。菲利普小姐有些难堪地退出了，这样，杰克也不得不退出了。

她的气场非常沉静，你甚至可以说她脸色苍白。和他打招呼的时候，她微微一笑，可是笑容马上就消失无踪。

“天哪，我以为你不会来了！发生什么事了？”

她提不起精神气，“噢，我不知道——”她无精打采地说。然后说，“我不是来了嘛。”好像在说，你还想要什么？

他没继续追问。他不知从哪儿听说，女人们不像男人，她们有时会头疼。她们更变化无常，她们的脾气上上下下简直就像气压计。

他们找到位置时，幕帘已经升上去了。

“还喜欢吗？”在场次之间，他问道。

她没显示出什么喷薄的热情来，“还可以。”她不太热烈地说道。

演出结束了。“还是去‘竹子树林’？”他建议道，“怎么样？”

“不，今晚不去了‘竹子树林’了。”她说，“我不在状态。我想我还是直接回家比较好。”

“但是——”

她给了他个眼神，从中他嗅到了某些危险。于是他挥手招了一辆出租车。

回去的路上她只说了两个字，“谢谢。”然后还是“谢谢。”为了一支烟，还有他的打火机。

他们下车时，他在门廊处拉住了她。但是当他想要亲吻她的时候，她却轻轻地撇开了脑袋，去看看她的钥匙是不是还在，于是避开了他的嘴唇。你不能再伸长脖子去故意讨要一个吻，否则就全然失去了它的美丽，因为一切都应该是自然而然的。它必须落在你想好的那个位置上，否则就是被搞砸了。而他的吻就被搞砸了。

三个小时后，他最终还是抓住了她，“这是怎么回事？我做错了什么，马德琳？”

“你没做任何事，比尔。”她看着他。好像这一刻她才意识到今晚是他一直在她身边。她接着补充道：“相信我，那就是事实。”

“那么为什么——？你变了。”

她插进钥匙，好像这对她来说才是主要的部分。他伸手拉住了她的手，那只拿着钥匙的手，就那么握着，想要她再停留一会儿。

“人是会变的。”她意味深长地说。

她的手在他的手下面扭动，想要逃出来好拧拧钥匙。

“但是马德琳，马德琳——你是想要和我分手吗？你打算对我做什么？别这么离开我——给我个——”

她的手终于逃了出来，转动了钥匙，把门打开。“我能做什么呢？”她悲观地说，“说我爱你吗？”

“你不能吗？”他说，脸上一瞬间因害怕而变得面色惨白。

她摇摇头，幅度很小，速度缓慢。而那就是她的晚安了。

她关上了门，沮丧地爬上楼梯。

她先是冲进了她自己的卧室，卸掉她身上所有的衣服，就好像它们有千斤重，重到拖垮了她的身体。

她看向镜子里的自己，又转开了视线，好像为自己是“那种”女孩而感到羞耻一般。

她走去了大厅，也就是去了她的母亲房间的门前。她的母亲在她父亲睡觉以后常常留在客厅的一角看看书。

那里点着樱桃色的灯，母亲在读书。此刻，她的母亲看上去可能只有三十岁，而马德琳看上去却有三十二岁，或者是举止足足有三十二岁。

“嗨，”她呆滞地说，“我回来了。”

“演出怎么样？”母亲问道。

“还有演出吗？”她死气沉沉地应道。

母亲快速瞥了她一眼，表示什么都懂，随后闭上了嘴。

“呃，我已经打过招呼了，我要睡了。”

她转过身，往外走。

她停下，转回来，又走进来。

“呃，晚安。”她一顿一顿地说。

“晚安，亲爱的。”母亲像是预料到了。

她转过身，往外走。

她停下，转回来，又走进来。

“怎么了，亲爱的？”母亲耐心地问。

马德琳咂咂嘴，知道她只是在浪费两人的时间而已。她缓冲了一下，无论如何还是说出了她的话。

“没人打电话来是吧，我猜——有人打来吗？”

“有的，一个年轻小伙子。他没留下名字，只是问了一句‘马德琳在吗？’，我还没来得及问他是谁，电话就挂了。”然后她又补充道，“应该是你认识的人，我猜。”

“是的，”马德琳同意道，“应该是我认识的人，我猜。”

她把手伸向自己心脏的位置，不过就连这个动作都还没有完成。突然间，她不再老态，也不再疲惫。她是个在圣诞节早晨醒来的小孩子，眼睛里神采奕奕，好像眸子后边的开关被打开了一样。“噢，是的。”她说，“我认识的人！是我认识的人！”

她莫名其妙地抓住母亲，热情地拥抱她、亲吻她，边这么做边咯咯地笑——笑声里还混了奇怪的哭腔。然后她转身飞奔出了房间，像是房间之外才是她的归属地似的。她跑下楼去了电话机那里，拨了一串数字。拨号盘迅速地转动，声音像是雨滴敲在水桶上。

电话那头传来一个声音。

她说："刚刚是你吗？"

"是的。"他说。

"噢，我就知道！我就知道是你！"

"我不想打电话给你的，"他说，"我试着不要去打。但是马德琳，我控制不了我自己。"

"噢，杰克，我也控制不住我自己啦。统统都没用，没用的。整个晚上，所有事情都是那么的死气沉沉，可是现在，我听到的只有曲儿，一时间从四面八方涌来的曲儿。噢，杰克，我想，这是我生命中第一次，我深深地坠入了爱河——"她可怜兮兮地祈求道，"杰克，你不会伤害我太深的，对吗？"

"卡尔顿酒店的大钟下。"他温柔地提议。

"好的，"她说，神志有些模糊，"喔，好的——没问题。你说什么时候都行，哪个晚上——从现在开始。"

她走下楼梯准备出门，发现父亲在书房里正跟什么人说着话。她能听到他们的声音。是个陌生人，父亲带回家的男人，可能是生意上的合作伙伴之类的。她经过走廊时只瞥了一眼，她从没见过那人。

她耸耸肩，并不在意这件事，她对此一点兴趣都没有。

可是母亲不知从什么地方突然冒出来，在她到达门口，准备开门的时候拦下了她。母亲看起来非常惊恐，好吧，应该是因为什么事情受到了惊吓，或者是因为什么事情又惊又怕，十分紧张。

“他想见你，他想让你去里边。”

“我就要出门了。有个非常重要的约会。告诉他我回来时再去见他。”

“不行，是为了什么很重要的事情。你最好现在就进去，马德。我保证过我会立马送你进去，就在你——”

其实她要不要让她进去，她自己也没想好。但是突然，父亲听到了她们的声音，于是出现在了书房的门口。

“马德琳，”他说，“请你过来。”他脸上全无笑意。

她走了进去。

母亲想要跟着她一起进去。

“你就别来了，亲爱的。”他坚持地说。门关上了，差点撞到她的鼻子。

另一个男人站了起来。

不管发生了什么事，至少父亲一定觉得它很严重。他的脸色并不和善，还一直不停地捋着眉毛的同一个地方——就在眼睛上边，其实其他地方也需要捋捋。

“这是我的女儿，马德琳。这是警察，卡梅伦。”

天哪！是个警察！就这样被困在这里，因为这么个奇怪的人，她有些恼怒。他们应该只活在报纸的版面里，还是那些你从来都不会读的版面；而不是在你自己家的书房里——像个活生生的人。

“坐下，”父亲说道，“这很重要。”

父亲和卡梅伦互相看了看，似乎在问，你想问她吗？还是我来？

最终，还是她父亲问了出来，“你最近有认识什么新的朋友吗？”

她弓起了眉毛，眉头在额中间深深地纠缠着——那就是她的回答。

“这就是个很简单的问题，马德琳。别跟我们耍小把戏。这个问题非常非常非常严肃。”

警察把话又重新问了一遍，更加具体些：“你最近有认识什么你之前并不知道的，也不属于你朋友圈子里的人吗，德鲁小姐？”

一些东西让她有所警觉，她得否认。“没有。”她说。

“你确定吗，马德琳？”她父亲焦虑地继续问道，“在什么人家里，什么派对上，什么饭店里——？”

“通过别人认识的。”警察插嘴道，他伸开手，“像是，通过你的朋友介绍给你认识的，一个非常亲近的朋友或者是——”

她转过头去，恨不得像碾硬币一样碾在他身上。“噢，你也想跟我认识认识是吗？我走在街上的时候都会故意扔下我的手帕，然后等着被搭讪呢。”

他的脸色五彩斑斓，恨不能钻到椅子缝里。

“你今晚去见谁，马德琳？”他父亲问道，尽力安抚她。

这问题问出口之前，她就已经准备好了答案。“一个不是通过介绍认识的人，”她说，“他是我的同桌，我的好些东西都放在他那里，他跟我道歉，于是我们就变熟了。”

警察浑身僵硬，向前倾着身体。她就爱这种场面。

“噢我还忘了说，我十五岁，他十六岁。我们都在念高中一年级。他的名字是比尔·莫里西。”说完她起身准备离开。

他们两个人踉跄了一下。她也爱这种场面。

她父亲看向警察，脸上全是问询。

“你最好告诉她，德鲁先生。”卡梅伦轻声说，“我觉得你最好还是告诉她。”

“告诉我什么？”她质疑道。

“马德琳，因为某个男人，你现在很危险——”

“什么男人？”

“呃，其实我们并不知道他到底是谁——”

她发出一阵响亮的嘲笑声，“如果你们都不知道他是谁，那你们是怎么知道他很危险的？好吧，是怎样的危险？噢，我猜又是普通绑架要赎金一类的把戏？要不是被绑架过一两次，你还真是一辈子都寂寂无闻，像是被列在白式公司的名单里似的。”

“这可是危及生命的事情，德鲁小姐。”警察颇为耐心地说。

她的神态是佯装的惊慌模样，十分戏剧性：双臂环肩，向后退了一两步。“好吧，如果我瞥见有人从大帽檐底下盯着我，我会让你们知道的。”

“你不会认出他的，德鲁小姐。”

“就算我看到了他也认不出吗？说真的，警察先生——”

“马德琳——”她父亲准备开口，但是她已经打开了房门，把他的话全都抛之脑后。

她的母亲仍旧在门外徘徊，“亲爱的，他们想要干什么？发生了什么事？他们都不肯跟我讲。”

但她不得不抑制住自己想要说什么的欲望。因为他们跟着她走到了书房门口，一起站在门口瞧着她的后背。她简单地对母亲摇摇脑袋，表示无话可说。或者是说，她恐怕对自己也没有把握可言。

只有当大门在她身后关上时，她才放任自己去做些什么反应。她迸发出一连串惊叫和大笑，乐得整个人都颤颤巍巍。这是她有生以来听过最好笑的事情了。

她捧腹大笑，都没办法给自己叫辆出租车。笑出的眼泪把妆容搞得一团糟。

整个路上她都狂笑不止，花了好一阵子才慢慢平复下来。

他帮她把酒杯满上，“他们还说了什么？”他催促道。他和她一样享受这个笑料。这便是他身上美好的地方，总是能和你感同身受。当你乐得头晕目眩的时候，他和你一样分不清东南西北。

她是如此的气急败坏，杯子里的香槟酒都被她洒出了一半。“他们坐在那儿，脸拉得这么长。”她的手比画到肚子的位置，声音刻意压低了，模仿男人的低音说，“‘你最近认识什么新的人吗，玛德？’老实讲，这和黑人说唱团里排在队伍后边的人说了一句严肃台词有什么区别。太好笑了。”

他点点头，嘴巴大剌剌地咧开，露出两排牙齿。肩膀上下一耸一耸的，像是正在经历什么心悸一般。

“‘你告诉她吧，警察先生。’‘不，还是你来告诉她，德鲁先生。’这些铺垫了七七八八之后，他们终于决定要告诉我他们想说的是什么了——”她的脸蛋藏在她伸展着的手指后边，因为狂喜而颤动着。“他们根本不知道他是谁！也不知道他长什么样儿！就算我和他面对面站着，我也认不出他。说真的，如果不是我爸爸完全失去了幽默感，就是——”

他完全沉浸在这个故事里，想要努力把这情绪延长一点，甚至显得有些愚蠢，“他们可能指的是我。毕竟你最近认识的人只有我。你最好小心点儿，说不定我会咬你一口。”他假意对她龇了龇牙，像条狗。

她想要的就是这样。于是她缩回脑袋，大声尖叫道：“噢，别逗我笑了。”她祈求道，“我肚子都痛了，可再也受不了啦。”

他在桌子的另一边，也缩回脑袋，跟着她一起放声大叫。

“杀了你。”他抓住她。

所有人都望向他们，艳羡地笑笑，仿佛体会得到他们的心情。

“对其他事情都毫不关心，”有个人说道，“我最爱看小情侣们像那样玩玩闹闹了，至少他们还可以无忧嬉笑。往后的日子里，头疼的时间可多了去啦。”

敲门声响起的时候，他刚穿好晚上要赴约的衣服。

一瞬间，他丢下拿在手里的领带，好像刚刚被电流击中一般。他轻巧地走到衣柜的抽屉前边，拉开了中间那格。一把手枪赫然映入眼帘，马上又消失不见。他的手从后边的口袋里伸出来，空空如也。

他走向大门，压抑地问道：“哪位？”

“比尔·莫里西。”门的另一边传来一个简洁明了的回答。

他缓缓地呼气，发出一阵嘶嘶声。然后他拧了锁，打开房门。

莫里西走了进来。从刚进门，一直到经过长长的走廊，一直到最后走到他身边——站在屋子的中央，他的视线都牢牢地黏在他身上。一刻也没有离开过。

“不好意思，比尔。我正打算出门约会。”

“和我的女孩。”

一时间芒森没能回答上来。他尝试挂上一个浅浅的笑容，不过那纯粹是为了自己，可不是笑给莫里西看的。他不是对着莫里西笑的，不过就算是，他也不会接受的。“你确定要这么开门见山吗？”

莫里西的眼神坚定，毫无闪烁之意，“我确定。”

“我觉得你还不是很肯定。你刚刚说‘你要和我的女孩出去约会。’好吧，我确实是有个约会，但不是和你的女孩，这部分看来你没搞清楚。”

“我他妈的可是搞得清清楚楚。”莫里西说道，语气冷漠，“你要和马德琳·德鲁约会。如果你否认，你就是个骗子。”他用来修饰名词的形容词下流无比。

芒森轻轻地点点头，“我是要和马德琳·德鲁约会。”他说，“现在我们还是开门见山有一说一了，那‘你的女孩’这个部分是从哪儿冒出来的？”沉默片刻，他说，“还有你来这儿是想干什么？”

“我要一拳打在你的脸上。”

“好吧，比尔。”芒森温和地说，“好的，来啊。如果这样你就能赢回她。”他又漾起那样的笑容，为了他自己的笑容。

“这样可能并不能赢回她，”莫里西说，顽劣地挤了挤眼睛，“但至少会让我比现在爽一点。”他向后退到门口那边，手背在身后摸索到了钥匙，随即锁上门，拔出钥匙放进了自己口袋里。他做这一切的时候，眼睛一直盯着芒森，牙齿露在外边，掬起的却不是一个笑容。

“举起手做好准备。”他催促道，脸上是假意的和善。不过龇着的牙齿可能大大折损了这份亲切。

“别搞得这么一本正经。”芒森讽刺地说道，“要是想打翻我，就来啊，举什么手。”

他果真一动不动，不打算自卫，也没有躲避的意思。他站在那里，胳膊肘撑在梳妆台上边，半倚着身体。

莫里西勃然大怒，脸色发白。他的大衣顺着身体滑落到地上，像是褪掉的蛇皮。“你觉得你能从我身边把她带走吗？我告诉你！休想！”

芒森轻轻摇了摇脑袋，好像非常同情他，“你个蠢货。”他轻柔地说，“你不能把任何人从别人身边带走，除非是他们自己想离开。这你还不知道吗？”

莫里西向前踱了两三步，愤怒地摇晃着身子。他一拳打到了他的脸上，可是因为他身后有桌子撑着，所以他只是向后翻了过去，瘫在那里。

“你个懦夫！快起来！”

“噢，别在乎什么礼义廉耻了。”芒森虚弱地说，“你不需要来那一套虚的，放马过来啊。”

愤怒席卷了莫里西的理智，他走过去，一把将他拽起来，一拳下去，他被击倒在地，可是因为用力太猛，他自己也有些摇摇晃晃。然后他直起身子，准备进行第三次的暴打。可是，对面的人什么都没做，什么反抗都没有。而这不作为彻底让他没了力气。他蹒跚着，茫然地站在那里。

蓦地，他的脸色变了。他猛地击了下掌，又展开手，把脸藏在手掌后边，好像并不想让另一个人看到他的窘态似的。“我的拳头又有什么用呢？”他窒息般地呜咽道，“也不会赢回她的！而我也根本不知道还有什么法子！”

他好像看不清一样摸索着大门，找到以后倚在上边休息了片刻，他呆滞无神、沮丧不已、又筋疲力尽。他掏出钥匙，开了锁，扬长而去，空留下身后敞开的大门。

他踉跄地往大厅走，消失在了芒森的视线里。在他身后的，是一阵被极力压抑的咳嗽声，或者也可能是一个男人破碎的啜泣。

芒森痛苦地站起来。他拿出手帕，把它浸湿，捂在了他脸上流血的地方。脸上的伤口太多，他不得不一直摆弄着手帕。但他仍然笑着，即使这笑意颇为扭曲，但还是漾起了独属于他的笑容。

他走向门口，脚步有些不稳，然后合上了大门。

他从口袋里掏出手枪，一把将它扔进原来的抽屉里。他刚刚一直拿着枪，有大把的机会能把莫里西射成筛子，可是他不想那么做，一开始他就没有那样的意图。

他仍旧面带笑意。

此时此刻独自等在卡尔顿酒店大钟底下的人，是她。不管别的女孩子等过人没有，至少对她来说，等待还是头一遭。她生命中出现的男人总是早早地等在那里，远远早于她。

可是现在，等待的人是她。

她坐在椅子上，每个进来的人都看她一眼。可是那个唯一她会看上一眼的人，却始终没有出现。

如果她等的是别的什么人，她早就起身扬长而去了。可是，如果她真等的是别的什么人的话，她一开始就不会来这里。

她想离开了——可是她走不了。她被困在这里，动弹不得，无法脱身。好像有绳子把她绑在了椅子上似的。那首情歌是怎么唱的来着，“爱的囚徒”，说的就是她。

终于她还是从椅子里站了起来，再也无法忍受四周向她抛来的媚眼，还有那些故意在她周围晃动的身姿，还有暗流涌动的坏主意。所有人脸上都写满了“我不行吗？我不会这么对待你的。给我一个机会让我展示一下吧。不能让我来代替他来跟你约会吗，管他是谁呢？”她走到另一边去，在厚重的长笛队伍中避避风头。这样他们就不能太过容易地看到她了，要是他们想接近她，非得径直走到队伍来，像个巨大的花柱才行。

她打开小粉盒，在镜子里看了看自己——可不像是一张会站起来躲到这里的脸蛋。若是换了别人，她定会觉得恼羞成怒，连同那骄傲的自尊心都被践踏了个遍。可是她现在只是觉得惶惶不安，好像有什么不祥的预感。比起愤懑，更多的却是担忧。这统统都是因为他。

“怎么了？发生了什么事？他要离开我吗？我再也见不到他了吗？噢！我肯定还能再见他一面的！他一定会赶来的！”

尽管她一直不停地对自己说“等的时间够长了。我不会再等他一分钟了。我现在就要离开这儿”，可她心里跟明镜似的，她知道自己还会在这待上一个小时，像现在这样等待。就算到了午夜，人去厅空、霓虹熄灭，她还是会在这里等下去。

情难自抑。有些东西比她强大千倍百倍。那便是爱情。

突然，一个门童大喊道：“德鲁小姐！有人找德鲁小姐！”

她跑着，一路穿过大厅到门童身前，她的速度是那么的快，像是一发从长笛队伍里射出的子弹。

“是什么？什么？”

“有个电话找你。你可以在三号电话亭接听，就在那里。”

她竭尽全力地克制自己，才没能让自己飞一般奔向电话亭。她的希望连同恐惧一起跑了起来，只是脚步还没能跟上。

她拿起听筒，可是太快了没抓稳，只好又重新握回手里。

接着是他带着悔意的声音，“我让你在那里等了那么久……你能原谅我吗？我实在是没办法，我已经尽力了——”

“没关系，一切都好——只是，发生了什么？”她断断续续地说。

“有人给了我点教训。”

她倒吸一口凉气，“你还好吗？你——？”

“仅仅是一次交流而已。你的朋友对我表达了他的敬意。”

“是比尔·莫里西。”她立马说道。

他只是笑了一下表示肯定，没有正面回答。

她又一次倒吸了一口气，这次夹杂着怒意，“这倒是他会做出来的事儿。我和他之间完了。你感觉很糟糕吗？你——”

“我想我能打辆出租车过去，不过我看上去不是很好看，到处都是绷带创可贴。我不确定你想要在公共场合被看到和这样的我在一起。”

“你在哪里？”

“在我家。”

“但是你确定你还好吗？”她继续说，“你确定你一切正常？伤得不严重？”

“我真不喜欢打这样子的电话。当然了，除非——你想过来吗？”

她犹豫了。不管她是不是有所迟疑，他也只给了她不过片刻时间，然后替她作了回答。

“不，当然不想。我了解。我就不应该那样子问，对吗？”

这话反倒让她做了决定，“我会过去的。”她坚定地说道，“你住在哪里？你从来都没跟我讲过你家在哪。”

现在不情不愿的人反而换成了他，而不是她。“我不希望你做任何违背你——”

“杰克，”她说，“你还不明白吗？我爱你。我想过去。”

门向里轻轻晃着，他把手放在门把上。矩形门框将他们紧紧相拥的身体框成一幅画，一边，灯光勾勒出他们金色的身形；而另一边，影子却将他们的身形浸染成了蓝色。

他们不情愿地分开，他紧环着她的手臂也随之坠落。

“现在你看到了吧？你离开的时候会和来的时候一样毫发无损。”

“你确定吗，”她低语道，“我想离开？”

“明天总会来的。”

“可现在是今天晚上。”

“别在意这些细节，明天总会来的。明天，是五月三十一日。”

“一个女孩儿若是不喜欢你，她会厌恶你不能再绅士一点儿；可一个女孩儿若是喜欢你，她会讨厌你——绅士过了头。”

“玛德，”他说，拥她入怀，“我不想为了什么虚假的借口留你在这里。不能是你，玛德，你太可爱了。而那样子会让你变得廉价又鄙败。不过只有今晚一次，这特殊的时刻已经过去了。现在我警告你，玛德，要是你再跑来这……”

她看向他，她明白，她也默默同意了。于是，她给了他一个最后的吻。

“直到明天。”她说。

“卡尔顿的大钟下？”他提议道。

她摇摇头，食指对着地面点了点，然后转身，飞也似的离开了他，冲向了楼梯。

半小时后，她打开了自己的卧室门，整个人还处于一种极度兴奋的状态，眼睛里亮亮的，满是星辰，什么都看不到，也什么都感觉不到。

卧室里的灯都亮着，即使如此，也丝毫没有影响她的自我陶醉，现在的状态下，她甚至连自己走进火坑里都不知道。

过了好一会儿，她才反应过来，她的所有衣物，包括贴身穿的，实际上整个衣柜都被清理了出来，打包成一摞一摞的，散放在椅子上还有床上。

她母亲突然间从连着两间屋子的门里走进来，胳膊上还挂着另外的衣服。

“那是什么？你在干什么？”

“帮你打包。我等你回来等了好久，可是好像你永远都不会回来了，所以我觉得还是我自己先动手比较好。我们准备明天一大早就出发。”

“出发去哪儿？”马德琳警惕地询问道。

“我们准备去海边的房子。”

“可为什么是明天？为什么不是下周，下——？”

“有人让我们——”母亲停顿了一下，“有人让我们明天就走，最迟最迟。你——我们必须在明天离开这里。”

她恍然大悟，“那个男人。那天我出门时，碰到的和爸爸在一起的那个人。他又来家里了？”

母亲默不作答。

“天哪！妈！笑话我听一遍就够了，这事听着都馊了。他们付他工资是让他来威胁人的吗？”

“他说服了你爸爸，这对我来说就足够了。”

“好吧，可是轮不到他来替我过日子！他也没权利指使我，告诉我什么时候来，又什么时候走！”

“坐下。我想跟你谈谈，非常严肃。”她把东西推到一边，“我是你妈妈，现在这里只有我们俩。”

“你是我妈妈，现在这里只有我们俩。”马德琳阴阳怪气地说道，“这两件事真是不言而喻。”

“你最近见面的朋友中有新认识的人吗？除了跟你一起长大的男孩子们？”

“你现在也开始这一套了？那天晚上他们问了我同样的问题！”

“你今晚跟谁约会的？”

“这问题是不是老掉牙了？是十年前的问题吧？”

“马德琳，你今晚去跟谁约会了？”

“比尔·莫里西。”她直直地看向母亲的眼睛里，毫不退缩，“我做错什么事了？”她冷冷地问。

“马德琳，我不是出于母亲的严加管教才问你的。这是为了你的生命安全。”

“是‘他’让你这样问的，”她怒气冲冲地指责道，“‘他’才是那个人。”

“马德琳，你今晚去跟谁约会了？”

“这是你第三次问我了，然后这是我第二次告诉你，和比尔·莫里西。”

“马德琳，今晚十点之前比尔有打电话过来找你。”

她用化妆棉细细地卸去脸上的妆，“那是当然。我们闹了点别扭，于是我就起身走开了，让他一个人坐在剧院里。我想他觉得我是回了家，所以才打电话过来的。不过整个第二幕的时间里，我都一个人坐在休息室里，最后一幕之前我才回到座位上的。”

“噢！”母亲说，声音透露着一丝丝微弱的轻松感，“噢，好的。”当你愿意相信的时候，你自然确信无疑。她伸过胳膊来拍了拍马德琳的手。

“我之前骗过你吗？”（她想：可是之前我有像这样子陷入过爱情吗？）

她母亲平静地亲亲她的额头，“晚安，亲爱的。”她向门口走去，“你同意让我们明天带你去海边吗？你不会大惊小怪吧？”

马德琳望着镜子中的自己，高深莫测。“我不会大惊小怪还发脾气的。”她顺从地承诺道。

他们一大早就动身了。阳光斜斜地撒在大街上，宛若倒在地上的尖桩栅栏——好像生怕末日那充满恶意的光亮找到他们，发现他们仍身处危险之中。前一天晚上，用人已经先行离开了，大部分行李也已经搬走了（此刻马德琳才发现）；尽管如此，还是有一大堆要做的事情，母亲在房子里进进出出，手忙脚乱地收拾着随身的行李包，其间还伴随着不停的一惊一乍。折腾了好久，他们终于准备离开。

整个过程中，马德琳都静静地坐在车子的后座，满脸冷漠，一只手捏着烟，另一只手拿着烟盒，就好像她是这场动乱的局外人，整件事都和她毫无关系。她甚至把头扭向了另一边，看着房子的对面。

只有那么片刻，她显得有些愤怒，就是当司机就座准备启程时。卡梅伦突然打开前门，坐到了副驾的位置上，随后又关上了门。他不是从她家里出来的，好像是突然就从什么地方冒出来一样。

“他必须得跟我们一起走吗？”她质问的声音清晰可辨，“这算什么？被驱逐出境吗？”

“嘘——”母亲连忙让她不要再说话了。

看样子好像只有他背后的脖子听到了她的话，那里微微泛着红色。

当他们到达海边的时候，他又突然消失不见了，就像他的出现一样唐突。下了车，瞬间就无影无踪，哪里都看不到他的身影。你都不会知道他和他们一起过来了。

马德琳的嘴角扬起一丝讽刺的笑意，或许是出于卡梅伦悄无声息的来去，又或许是她自己想到了什么。

然而，就在午饭之前，她瘫在离家有些距离的折叠椅上的时候，他又一次出现了，就好像他逛来逛去，正巡回视察一般。她假意没有注意到他，虽然已经听到了他脚步的嚓嚓声，也看到了从她身后冒出的他的影子。

他站在那里，看着她，不是很明目张胆。

她突然抬头，脸色发黑地看向他。

“我正在读书，”她的眉头皱起来，拿起书阴沉沉地给他看，“看见了吗，是书。你知道它们是什么，对吗？你只能对他们这样做”——她把书随手一折——“然后狱卒就会过来呆呆地看着——”

“真是抱歉，德鲁小姐。”他温和地说，“你看起来似乎很讨厌到这里来。”

“我只是正好更喜欢在——”她鲁莽地开头，又戛然而止。

“有些什么活动被打断了吗？”他眼中射出些针尖般的丝丝疑虑。

她突然缄默，转过身去继续看起了她的书。像是意识到她刚刚差点在战术上犯了一个错误。

午饭的时候，她突然像是变了一个人。僵硬的嘴巴不见了，阴沉的气场也消失了。相反，她整个人非常欢快，说个不停，有些兴奋过头。不过，看样子她优雅地接受了这个变化，让自己接受了和解。关于搬来海边的事，她只隐隐提过一回，态度倒是很积极。“这里可真可爱呀。我们早些时候就该过来，不用等这么长时间的。”即使是面对卡梅伦（他也坐在餐桌旁和他们一起享用午餐），她也非常亲近，虽然并没有直接提起他，只是将笑容掠过他一两次，传给了其他的人。好像在说：“看到了吗？我在这儿太开心了。我很满意。没有什么地方能吸引我。你搞错了。”

可是她得到的只是卡梅伦眼底更加浓重的怀疑。

下午，他们一同去海滩玩。他坐在沙丘上，重新与背景融为一体。他好像并没有盯着她，总是远远地看着其他方向。她也好像并没有注意到他，视线总是落在相反的地方；她一直在水中嬉戏，在沙滩上奔闹。不过她的行为里总是有种说不出的高调的古怪，就像是在给观众表演一样。（再说，两个人从来都没有恰好同时看一个方向的时候，只能碰上对方的余光，这点也够奇怪的。）

她认识的两个男孩和一个女孩在沙滩上跟她一起玩耍，随后她邀请他们三个和她一起回屋子喝点鸡尾酒，再吃个晚饭，共同消磨夜晚的时光。

“我现在可是被隔离了，”她大笑，“这可帮了我大忙了。”

他们一起走回到他们来时乘坐的车里。

刚回去，他们就拿了鸡尾酒喝。她仍旧趿拉着她的沙滩拖鞋，裹着白色的浴巾。他们甚至还递给卡梅伦一杯，但他摇了摇头把酒放在一遍。她说话响亮极了，踩在高调上，声音都变得有些沙哑，看来要么是这酒太烈，要么就是她自己喝得太多。她甚至还在房间里随意地跳起了舞。一开始是跟其中一个男孩，一会儿又跟另一个，合着收音机里动感的节拍不停舞动。屋子里充满欢声笑语，大家叽叽喳喳地说话，俏皮话和恶作剧层出不穷。

这狂欢看上去无休无止，不过，她母亲突然下了楼，穿上了为晚餐准备的衣服，有些尖锐地问道："马德琳，你整晚都打算这样吗？我们再过一会儿可就坐下了。"

马德琳猛地停下来，瞥了瞥她的朋友，似是才反应过来她做了什么，直拍了拍自己的脑门，惊呼："天哪，我忘得干干净净！我说怎么觉得自己脑袋跟空了似的！"接着，在朋友们的嘻嘻哈哈中，她飞快地跑下楼去，脚上的一只拖鞋在半途掉了下来，于是又不得不匆匆返回来。

此时此刻，客厅里，她淋浴时水流的哗哗声一清二楚，他们都在那里。两扇门应该都大敞着，一扇是她的卧室门，一扇是里边的浴室门。

"那个孩子啊。"母亲喃喃道，没有办法地摇了摇脑袋。

一个女仆突然出现在餐厅入口处，疑惑地朝里边看着。

“好了，我们准备好了。”德鲁太太答道。

她起身走到楼梯口，“马德琳！”她大喊。水流声没有减弱的意思。

“她总是要等到最后一刻。”她抱怨道，“她知道我有多讨厌等人吃晚饭的——她都在水里待了一下午了——”

“但那是咸的水，”其中一个男孩咯咯地笑，“首先你得让你的毛孔吸收它们，这是为了你的健康，然后呢，你也得好好洗洗，也是为了健康。”

德鲁太太被不停的哗哗声搞得火从中来，于是现在她往楼上走去。

卡梅伦自打马德琳离开去洗澡时，就坐在一个好观察楼梯口一举一动的地方，这时他突然站起来，跟在德鲁太太的身后上了楼。

德鲁太太站在她的卧室门口朝里面喊：“马德琳！”水声仍然震耳欲聋，她还是没能听到母亲在喊她，水花溅到瓷砖上的声音反而更响亮了。

卡梅伦紧跟着到了卧室门口，不过视线里七零八落的拖鞋和白色浴巾让他迟疑了片刻。

德鲁太太走到浴室跟前，想要让马德琳有个回应。最后她小心翼翼地把手伸向微微颤抖的帘子，掀开了一边。

“马德琳，”她愤怒地大叫，“我喊得脑袋都疼死啦！你准备在这待一晚——”

水柱在帘子后面刷刷地冲进下水道，里边什么人都没有，只有蓝白相间的瓷砖在水流后边。同时，突如其来的微风吹起了在卧室窗户上的帘子，而卡梅伦注意到有扇窗户是开着的。

天空是柔和光滑的蓝色，只有一线银丝脱颖而出，那是唐豪瑟吟咏过的夜空里最亮的星。闪烁的光芒好似绵延不绝的溪流，缓缓一直流到地球上来，像是刚画上去的水彩，因还没时间来得及晾干，于是流淌而下。苍穹之下，亮着清冷光线的马路映照着天上那份明亮，像是一条铁道；而她的小型跑车，带着迫切的心一路向前开去，怦怦跳得像是它自己也坠入了爱河。有个仆人帮她从车库里把车开出来，而这辆友善的小车呢，已经藏了一整天，早就做好准备，正等待出发的号角呢。全世界没有一个警察能追得上这辆跑车，因为它的女主人正沐浴在爱河里呢，而爱啊，长着翅膀，根本不需要仪表盘来标刻速度。

宛若一枚沿着既定轨道发射的子弹，她向着城市，向着通往城市的那座桥，向着那场最最重要的幽会，狂奔而去。

鼓吹着的风扬起了她的围巾，在她身后飘荡，仿佛一面信号旗。头发也一样在风中群魔乱舞。她则像是女武神一般，在蜿蜒的地球表面迅速掠过，然后融入到夜色当中。她回头看了那么一两次，倒不是担心有什么人追上来，反而是满脸嘲讽。猛烈的风将她的笑容尽数撕开，露出洁白的牙齿。

一个十字路口阻挡了她前进的脚步——就算是爱情也得对这些事多加留心，否则就只会冒着警察追逐而被迫停下的风险——她笔直地站在车子里，握着的拳头直直地挥向那盏阻碍了她的肃静红灯，直到它熄灭才罢休，而它好像因为她公然的抵抗而感到十分震惊似的。

可以选择的有两座桥，一座近点的，一座远点的。她精明地选了远些的那个——她得先偏离她原先的路线，然后再返到正道上来。她觉得卡梅伦很有可能在近的那座桥下头捎了话，好帮他拦住自己。

她把身体陷进座位里去，脑袋微微想向里边偏了偏，车子被困在了一片混乱的交通里，于是速度变得平稳而缓和。桥上的交警静静地坐在交通岛里，距离近到一伸手就够得到她的车门，可是他连看都没看她一眼。

那就是最后的危险了。从现在开始，没有什么能阻碍她了，什么都没有。

城市犬牙交错的边际线顺着天际蔓延，泛着金属的光泽、珍珠的雾白和暗黑的紫色。而她，沿着拱形的大桥一路向下狂奔，把自己逐渐埋葬在了城市的脚底。

其他人正在下桥大道上等他。他坐在德鲁家笨重的车子里向前缓缓移动。这车实在是又大又笨，要追上她的跑车简直是不可能的事情，所以他一早就给他们打了招呼，好让他们能拦截到她。

他跳下车，换上了他们停在那里的警车——是其中最快的一辆。警鸣声哀号不已，桥上的车子纷纷开到了一侧，形成了一条漫长而蜿蜒的路线来。

“什么都没发生？”卡梅伦问道。答案显而易见，要是看到她的话，他们早就把她扣下了。

“连点儿影子都没见着。我们检查了路过的每一辆车，都二十多分钟了。她可能比我们到得早。”

“她不可能开得那么快。一定是走了另一座桥，又逃过了检查站。”

“我们拦着她是要干什么？”其中一个人问道。

“救她的命。”他简洁地答道。

承载着她疯狂爱意的跑车一路奔向了他家的街角，一个急转弯，差点就要冲到人行道上去。随着最后一次加速，她最终停到了对角的路边上，正好在他家门口。

猛地一脚刹车，她的身体因为惯性往前一倾。

突如其来的沉寂。她到了。她就在那儿。

她在车里坐了一会儿，好像她和跑车一起刚刚经历了漫长的旅途。她转头，看着门廊。它在那里等着她，隐隐约约，不可分辨，可是又或多或少隐含着心潮澎湃的期待。它仿佛屏住了呼吸一般，想看看她到底要不要走进来。

其实根本不需要过多的停顿，这世上再没什么力量可以阻止她前进的步伐了。

我在这，我亲爱的。她的心喃喃自语。我让你等太久了吗？我太迟了吗？

她一把推开门走进去，留着门吱吱呀呀地在走廊和屋子之间蹒跚摇晃。百叶窗拉了一半,像是一把锋利的刀片劈下了她的背影，夺走了它的光明。

她愉快地飞奔上了楼去，停在他房间外边，探着头听了片刻。没什么动静，应该说一点声音都没有。但她仍旧挂着确信无疑的笑容，自信无误，不容辩驳。

她伸手理了理发型，抚平了围巾，摆正了领子——让她看起来更漂亮一点，让他能多爱她一点。

然后，她抬起手，敲了敲门。

没有回应。

但她还是那么自信无疑地笑着。

她把耳朵贴到了门上，好能听得更清楚些。

“开门呀。”她轻哄道,声音跳跃着,“是我。你不记得我了吗？我跟你有一场约会呢。”

门轻轻地开了，后边却不见有人在，连扭动门把的手也不见踪影。

她伸开双臂,准备迎接即将扑面而来的拥抱。她就那么走进去,上臂大刺刺地展开。

门又轻轻地合上了。

砰砰声响彻了整个楼梯，好像摇滚鼓手正在创作新歌一般。他们一个接着一个地飞奔出楼梯，领头的是卡梅伦，他在一扇门前猛然停下。

卡梅伦的掌心生出一股火焰，他怒火冲天地向门上劈了下去，那老态龙钟的锁就那么被分成了几块。

卡梅伦用脚尖踹了一下，门随之敞开。

又一次，寂静无声，可是这一次的沉默持续了不止片刻，是长时间的。没有人敢动一下,也不需要他们再有所行动了。没人说话，说什么都奇怪。

一些人颤巍巍地吸了一口气，好像被什么东西狠狠地打了一下。不过眼前的场景确实打了他们一闷棍，没有人能逃得过。

她一个人在房间里。半是撑起身体,半是躺在房间里的沙发上，好像还活着，只是懒得直起身子，也懒得去看看是谁打开门走了进来。一条腿耷拉在相反的方向，应该是大限将至之时，因为痉挛而踢出了脚，可是再也没能放下来回到原来的位置上。

她像是从屋子里看着外边的他们，正如他们挤作一团，从门口的位置看向她。她说 :“快进来，把门关上。别傻站着。”

最糟糕的地方是脸。他想要阻止血一直流下来，现在也不会有什么奔流的血液了，他把她的脸转过来……

是那张他们都会在卡尔顿大钟下面看到的脸（“我不会这样子对待你的，能让我试试吗？”），可是现在他们只能瞠目结舌，退避三舍，然后逃之夭夭。没有人想看见这样一张脸，甚至根本认不出来那是她。

卡梅伦轻手轻脚地走进去，路过她的时候把脑袋偏向了另一边。他可是一名警察啊，此刻却也不愿再多看一眼，只能转过头去。曾经的她该是多么耀眼。

壁炉上放着日历，这一页上显示着巨大的黑色数字“31”。

卡梅伦撕下了这一页，任其飘落在地上。

接着，他有气无力地低下了头，绝望的挫败感袭击了他。

那是一张年轻女孩的照片：微微泛黄、有些褪色、几乎难以辨认，一定是很多年前拍摄的了。姑娘站在门廊前，一只脚踏在身后的台阶上，在阳光中露出了笑容。

卡梅伦拖走梳妆台的时候，在它后边的地板上发现了照片。甚至可以说不是在地板“上”，而是在地板“里”。它嵌在了缝隙里，所以只有上面边缘的部分向外探了出来。

照片原先应是被插在梳妆台镜子旁边的相框里，但是可能因为家具受到了某些猛烈的撞击，松动然后掉了下来——像是一个人一拳打在了另一人的下巴上，整个人倒在了一边。或者是照片原本就在抽屉里，开开合合，从缝隙处掉到了地上，像是突然而来的敲门也能带来这种状况。

不管怎么样，照片就躺在地板的缝隙里。他们确认过，它并不属于上一任房客的前任。房东女士告诉他们，在上任房客入住之前，地板被掀掉了，屋子也是重新粉刷过的。

“找到这个女孩。”卡梅伦清冷地说，“我们就能找到他了。”

接着他又继续分派工作任务，警察的工作得一步步细化才可以，泛泛而谈是没有用处的。

“找到她，我们必须得确定两样事情：照片是什么时候照的，又是在哪里照的。”

他有六张放大版的照片，几乎和橱窗展示柜一样大。每处光影和边边角角都清晰可辨，哪里的线条不够清楚，他们还补了上去。但是没有随意添加的部分。然后他找到了市里边六家客流量最大的百货商店，给他们的女装采购负责人看。

“你知道这是什么时候拍的吗，可以给我尽可能准确的时间吗？看看她身上穿的。”

分析报告于一到五日内返还，他们将所有报告整合在一起，再删掉重复的部分，形成了以下文件：

没有肩垫的大衣：1940。我们的肩垫是由模特在1941年第一次展示的。

直筒大衣（商用名为“箱式斗篷大衣”）：不晚于 1939。修身大衣出现于 1940，流行于 1941。

翻领：1940 过时。男装切口深入且平领的在 1940 之后。

长裙：1942 之前。战时物资受限。

鱼嘴鞋：1940 之前。接着露趾鞋席卷市场。

发型：由演员 X 在电影 Y 里兴起，公映时间为 1940 年夏天。

首饰：一串珍珠项链，靠近喉咙处，流行于 1940 年末、1941 年初。下一季的风潮是两到三串珠子。而在那之前，流行的是有一定长度的链子，直到胸部。

不过它们又在纸条上同时补充警醒道：至少留有一个季度的时间差（从春季到下一个春季，秋季到下一个秋季）来确保准确性。照片的背景看上去在乡村，而主人公则不热衷于打扮，也不是很精致。而且大城市的流行趋势蔓延到全国各地，也需要六到十二个月的时间。

对于他来讲，大部分东西都新奇无比。但他们才是专家，他相信他们的话。

省去那些杂七杂八的信息（还会参照照片背景里门廊上的藤状植物），他总结出：这张照片的拍摄时间为，早春，1940年到1941年，三月中旬到四月中旬之间。

“现在，我们只需要确认这是在哪里拍的。”他说。

他仔细看看那张照片，所有的信息只有：两节白色的门廊阶梯、两个白色的门廊邮箱、一点点房子跟前的护墙板、窗户的一角，里面挂着蕾丝窗帘（美国大地足足三百万平方英里，若是可以，每个州的每个郡都能制作出差不多的纹饰图案来！），他早该就此放弃，停留在原地。

可是，他依旧倾尽全力，继续认真调查下去。

五 会

卡梅伦耸耸肩，“怎么才能知道一个男人一生中最爱的女人是谁？直接问吗？”

他的长官也耸耸肩，“你还知道其他办法吗？那是你的问题。”

卡梅伦摸着下巴，好像那里很痛一样，“你知道的，这并没有什么准确的测量方法。你不能到别人跟前，光拿着一把尺子在那儿量。”

“我的确知道。”长官嘲讽地说，“这很棘手，是块硬骨头。可是我不想听到它有多么的难,我只想听到答案。正确的答案。所以，你的扭捏作态结束以后，可以出去找找然后回来告诉我吗？就当是做做慈善？”

卡梅伦扭动了一下，腰部以上扭来扭去，接着又转了回来，“可是怎么找呢？只是监视他吧，那得花上好几周的时间。不管怎么说，那种东西都关乎内心，有时候看男人的脸可什么都看不出来。”

“那么就到他的内心去和它好好相处！”长官一巴掌拍到桌子上，又站了起来。

“可能他谁也不爱呢。”

“每个人心里都有那么一个人，他对那个人的喜欢能比别的人多上那么一点。这是天生的，是天性。男人心里，有那么一个女人；女人心里，则有那么一个男人。”

卡梅伦丧气地叹息道：“这根本不可能做到，长官。”

“我承认。”长官生硬地说。

“但我还是会继续努力下去的。”

不过他没得到任何谢意。“当然啦。只是，你为什么不在五分钟之前就开始呢？而非得坐在这哭哭啼啼，浪费咱俩的时间？”

“你有他的详细资料吗？”

“什么都有。所有准备工作都做好了。”

卡梅伦往前微微一倾，“给我份他生命中所有女人的名单，你能做到吗？还是说你已经搞到一份了？”

“我当然能。”长官说道，用拇指点了点桌上的电话手柄，“马上就会有一份出来，刚刚它还不存在呢。”他马上下达了命令，随即又带上了听筒。

“让我给你点儿建议，”在他们等待的时候，他说，“不要丢了西瓜拣芝麻，光对着那份名单瞎努力；不要去她们那里——女人们那儿，想要从她们那里找到什么方向。因为男人生命中的每个女人都认为，她才是那个最受宠爱的女人。这结果得从那男人那儿得出来。”

出来的名单非常小，上面整齐地印着五个名字。

卡梅伦仔细地研读了一番，“他生命中的女人可不算多。”

“她的名字也可能不在上边。这又不是什么正经的文书。是你要这张名单的。记住，这仅仅是靠外部观察所得——还保持了相当的距离。他内心是怎么想的，这份名单其实一无所知。所以你得自己看着办。”

卡梅伦把名单放进自己的皮夹里，起身，“我会找出来的。”他承诺道，“我有个办法。”

他依旧没有得到任何赞赏，“真是拖拖拉拉，”长官严厉地评价道，“要是每个人在我派发任务的时候都需要这么长时间，我们或许还在处理罗森塔尔的案子。”

卡梅伦现在走到了门口，“他自己可能也不知道，也许之前从来都没想过这个问题。但是，他会告诉我的。我总会知道的。”

前台的接待员打扮得像是位服装模特，态度却冷若冰霜，宛若女子精修学校的女魔头。她一定是因为这些特质才被录用的，不然现在也不会展现得这么淋漓尽致。

“有预约吗？”她从鼻子里面出气道。

卡梅伦摇摇头。

“那么，不好意思——”她开始说，“他认识你吗？”

他直直地看着她，“你家着火了，消防员把梯子搭你家窗户上之前，你需要认识他吗？”

她挑眉，“那么，这件事和救生梯有关咯？”她讥笑道。

“你很清楚，那只是一种比喻。”

“好吧，你工作的性质是什么？”

“警务。”

她再一次挑眉，不过这一次没有夹杂着讥讽，“噢！有什么——有什么我能帮忙的事吗？我是说，开开交通罚单呀，遭受到什么侵害之类的——”

“除了让我进去见沃德先生之外，你什么事都帮不了。我知道你的职责是什么，但是每样事情都得搞清楚时间和场合。相信我，现在绝不是你拦我的好时机。”

“稍等。”她匆忙地说，“请进，”她回来的时候说道，还帮他打开了门。然后又合上了门，只留下了他们两个人。

沃德站在桌子后边。他穿着一套浅灰色的套装，若是五年前，他定是英姿飒爽；可惜现在风采渐逝。他的头发仍然乌黑油亮，不过已经在角落处显出斑白，好像银色狐狸的毛皮一般。他的双眸极为睿智，不过可惜满是和善与忍耐，而不是典型商人们的那种狡黠与冷酷。

“我是警察局的卡梅伦。”卡梅伦自我介绍道。

沃德越过桌子与他握了握手，他看起来很礼貌，却眼神空空，丝毫不感兴趣的样子。

“凯尼格小姐跟我说——”他没说完，他也不打算说完。

“我并不想像这样来你的办公室找你，可是毕竟这是最友善的方式了。在某些时候，电话总是显得分外的无情……”

“最友善？无情？”

“我有一个坏消息要告诉你。”卡梅伦坦率地说。他掏出打印的名单举着，好用手指一一比着直线。

沃德从桌后走出来，又马上停下。

“发生一场意外。”卡梅伦说，“有人受伤了。我们不确定你和这位女性——”他故意强调了“女性”一词，“是什么关系。”

他拿着名单的姿势只有他才能看到名字，沃德什么都看不到。

“是露易丝吗？沃德太太？”

沃德绷紧了脸，容色惨白，但倒是很淡定。卡梅伦仔细地观察着，犹豫不决地喃喃道，言语故意模糊不清。

“不是我母亲，对吗？不是我母——？”

他的脸色更加惨白，可是还表现得很淡定。他拼命地想要保持冷静，眼角甚至闪烁出了泪花。

卡梅伦仍然仔细地观察着。

名单上只剩了三个名字：两个已婚的妹妹，以及他合伙人的女儿，一个十二三岁的姑娘。卡梅伦摇了摇头。

“我真不敢相信——”他含糊地说道。

沃德朝着他，往前走了一步，又一步。他拽着他的领子，几近恳求。眼睑低垂着，眼睛半眯着。

“玛蒂娜——”他几乎奄奄一息地低语道。

“玛蒂娜是谁？”卡梅伦回应。

他没回答那个问题，“噢我的天哪！”他痛苦地颤抖着，膝盖软弱无力就要跌倒，要不是卡梅伦托在他的双臂之下，支撑了他那么一会儿，他都没有力气重新站起来。

“她的名字是什么？她姓什么？”卡梅伦说完就把嘴闭上了，好让这些话准确无误地到他耳朵里，让他完完全全地理解，知晓它们的意思。他的感官因为这令人震惊的悲痛好像变得堵塞不通一般，什么都没办法穿透过去。

“詹森。”他哀鸣道，机械地从喉咙里挤出了答案。

卡梅伦扶着他走到椅子旁边，搀着他坐下。

“喝点水，沃德先生。”他说。

沃德点点头，指了指。卡梅伦帮他拿了杯子，添了酒，递给他。

“其实并没有什么意外，也没有人受伤。”他在他的名单上加了个名字：玛蒂娜·詹森。

他不得不重复一遍刚刚的话，“没人受伤。詹森小姐和其他人都健康得很。”

这次沃德的反应慢了好几拍，不过和处理刚刚的消息的方法一样，他在进行消化理解。当他终于想明白的时候，他站了起来，一下子把那剩半杯的白兰地酒泼向卡梅伦，他白色衬衫的领子上印出几道稻草色的水痕，很显眼。

“滚出我的办公室！”他用力大喊着，身体微微颤抖。

他走近，摇了摇身体，一拳打到了他的下巴上。

卡梅伦一个踉跄，伸手撑住了后边的东西才得以保持平衡。

“我不会因为这个针对你的。”他说，“我也会对其他人这么做，要是他做了我对你做的事。”

沃德的肌肉用力紧缩着，他微微颤抖，好不容易才克制住自己没挥出第二拳来。

“你做那种事是想干什么？”

“我必须得找出你最爱的人。没有其他的办法了。”

沃德没有问他为什么。“滚！”声音从他紧闭的牙关中泄出。

卡梅伦打开了门。“我这就走。我还会回来的——马上。”

卡梅伦会到警局把名单给长官看。划去了三个名字，还剩三个，其中一个是原来没有的，在访谈之后才加上去的。名字有：

3．他的太太。

2．他的母亲。

1．玛蒂娜 · 詹森。

长官被惹恼了，“这哪个是哪个？为什么有两行数字？这是什么意思？”

“这也是我想问你的。数字的意思是：第一列是他提到她们的顺序，换句话说，是他脑海中最先想到的人。第二列是他对她们所显示情绪的不同程度。现在，哪个女人是呢？是他第一个想到的人吗，他太太？还是那个他情绪反应最强烈的人，玛蒂娜·詹森？(别管她是谁。）我可不是心理分析学家。”

“这一点我们都同意。”长官像是附加说明般地补充道。

“我本觉得这个很明了，简直是显而易见。可是其实并不明了，也完全看不出来。这就是这些行为测试的难点，当包含人性的时候，总是那么的无法预料，总是——”

长官陷入了沉思。此刻，他停下了思考，点点头，仿佛确认了他的答案。“是那个他情绪反应最剧烈的女人。”他说，十分谨慎从容。

“但如果那是累加的情绪呢？是连续紧张过后的结果？可能脑海中第一个出现的人才是那个人，但他那个时候还可以控制自己，没有完全暴露情绪。只是后来他已经筋疲力尽，再没什么力气去克制。换句话说，直到我们提到第三个名字的时候，他对他太太的感情才完全外显出来。”

长官都懒得与他理论，“是那个让他情绪反应最剧烈的女人。”他固执地说。

“可他也是按照那种方式分辨出来的吗？以危险程度？如果我们警察都不能确定，他一个局外人又是怎么确定的？我们去保护了他的‘宝贝’，结果他追杀的倒是他的太太。”

“是那个他情绪反应最剧烈的人。听着，别瞎琢磨，那只会让你陷入困境。就像是一个机器，稍微用一点逻辑思考就可以找出正确的答案，那就是我的方法。他除了老婆之外还有一个‘宝贝’，仅仅是这个事实就可以说明他更喜欢‘宝贝’了。如果他爱老婆超过爱这个‘宝贝’，那么他根本就不会有什么所谓的‘宝贝’。他不需要。她完全是多余的。”

他一边拿出铅笔，一边展开卡梅伦的名单。他划掉了“太太”和“母亲”。

“现在朝着这个去努力吧。”他说。

名单上只剩下了一个名字：“玛蒂娜·詹森。”

翌日，卡梅伦又回来了。

接待员不再冷若冰霜。她热情如火，只不过燃烧着的是熊熊怒火，尽管那并不是她本意。

“沃德先生不会见你的！”她生硬地说道，“我甚至不会告诉他你来过。我只是按吩咐办事。这间私人办公室是受法律保护的，民权捍卫着它。不管你是不是个警察，你都不能强行冲进去让他见你。如果你想要这么做，他会立即与他的律师接触，并将和警局对簿公堂！现在你看着办吧，如果不怕就试试看。”

卡梅伦知道他不能怎么样，于是转身走了出去。在大楼的走廊里，他给长官打了电话。长官又给沃德打了电话。卡梅伦在原地等着，长官回拨了过来。

“上去吧。”他说，“现在他会见你的。你背后有我给你撑腰。”

他上去的时候，接待员一副轻车熟路的架势。她依旧愤愤不平，不过是那种隐隐的怒意，并不形于色。她没说“请进”，只是为他打开了大门，接着打开了后边沃德办公室的门。

沃德也很愤懑。

“请坐。”他说，眉头拧起。

卡梅伦坐下：“没有人会打扰到我们的谈话吧？”

“我已经接到了指示。”沃德简明扼要地说。

“这很必要，你得相信我跟你说的每一个字。”

“对此我保留意见。”

“你在死亡名单上。不过不是你自己，而是玛蒂娜·詹森，她代替你出现在这份名单上。如果你能全力配合我们，那么我们可以保证她将不会受到任何伤害。对我们有利的一点是：我们知道危险发生的准确日期。攻击可能会在午夜之后的二十四小时之内发生，也就是五月三十一日凌晨到下一个凌晨，六月一日。过了这个时间段便什么事都没有。”沃德嘟囔了什么，于是卡梅伦问道：“你刚才说了什么？”

“异想天开。”

“我知道，你不相信我。”

“我在这世上可没什么敌人。”

“除非他死了，否则没人能把握十足地说他没有任何敌人。你可能并不知道你的敌人，但那绝不是一回事。”

“动机呢？勒索吗？”

“就算靠金钱也避不开这危险。因为只有理性的人才会臣服于金钱，疯子可不会讲究什么动机。我管它叫‘复仇’，但那也不算准确，要是当初的伤害是无心为之，通过苦口婆心的劝解，复仇的人也会回心转意的。我能想到的最贴切的词应该是：复仇狂。”

“他是谁？”沃德讽刺地问道。

“你应该不知道他，因为——”他有些犹豫，接着不情不愿地补充说，“我们也不知道。”

“你们知道什么是他的动机，你们知道金钱影响不了他，你们知道他是个疯子，你们还知道他动手的日期——持续二十四个小时。可是你们不知道他是谁。警察先生们，办得真漂亮啊。那么，你们又准备如何去做呢？”

“有时候事情只能这样办。有时候事情就是那样子发生的。谢天谢地，这类事并不总是经常发生。但是这一次，事情就是这样。”

他等着沃德说些什么。但他什么都没说，可抽搐的嘴角还是背叛了他，好像他根本克制不住自己的幽默感一样。

“你得帮帮我们。”卡梅伦说。

“我这把年纪不适合玩什么游戏了。”

“你得告诉我们所有你知道的信息，关于玛蒂娜·詹森的——”

“比如说？”

“呃，比如，我们甚至都不知道她住在哪里。”

沃德的脸黑了：“所以你们就要找到她、质问她、纠缠她、再吓坏她？我是绝不会这么做的。你想跟我讲讲你的这些无稽之谈，可以；但是和她，就算了。离她远一点！你明白吗？”

“她无处可躲。”卡梅伦耐心地说道，“因为她才是中心，她是主角、是目标。跟你没什么关系，她才要紧。”他咂摸着，想要找到一个准确的词汇，“我们对处理这种事非常老练。我们警察理解所有事情，我们遇到过形形色色的情况。我们知道有时候某些——某些关系，男人们并不想——我们不会给你惹麻烦的，沃德先生……”

沃德蓦地坐直了起来，好像触及了他的什么荣誉一般。他现在变得异常严肃。

“你们不懂。你们什么都不懂。你们觉得我出轨了？背着我太太？”他恶心地清清嗓子，接着又坐了回去，好像一切都只是徒劳，“男人从不告诉别人他的情史。”

“但是告诉警察呢？他们只是想要保护他亲近人的性命？”卡梅伦适宜地补充说道。

片刻思考后，沃德终是点点头，有些沉郁。“噢是的，我猜你们会的。”他承认道，“虽然之前我从没说过。”

“我们只想要一点大致的背景信息，”卡梅伦劝说道，屏住呼吸，生怕那个人什么都不会说。

他最终还是说了出来。沉浸在恍惚的思索中，细细回忆着人生中那些过往，甚至已经忘记了眼前还有一位全神贯注的听众。

“我早就认识玛蒂娜了，早到沃德太太还没有出现。她是我最初也是最后的爱恋，她曾是我唯一的爱。”他一边说着，一边盯着在桌子上转着的笔，接着他岔开话题问道，“事关生死吗？”

“事关生死。”卡梅伦同意道，他垂下眼去，表示关心。

“我从没爱过露易丝。这只是场退而求其次的婚姻，可以说根本没什么‘次’可求。我不知道还能怎么形容它。在那之前，和我在一起的，一直都是玛蒂娜。我的一生都和玛蒂娜在一起。但是我们一直在等候，像两个傻瓜。我们都确信无疑，不会有任何人取代彼此的位置，她是我的，而我是她的，我们就这样等啊等。明年，明年复明年，明年却永远都来不了。忽然之间，一切都太晚了。

她不能再和我在一起了，有些事情——介入了我们之间。不管怎么样，她觉得是这样的。她说：‘现在，我不能要你。’她不能再和我在一起了。‘明年’呼啸着奔涌而来，可是我们却各自孤独。她要我娶别的人，那是她替我许的愿。她说她不想让我孤独终老，她说如果我们中至少有一人不再孤独，这会让她稍微快乐一点。当然，我永远都会做让她开心的事。所以这一次，我也这么做了，这也是最后一次。我娶了露易丝，我是后来才认识她的。”

“她知——？”

“她不知道玛蒂娜的事情。她只是知道曾经有一个人叫玛蒂娜的人，她不知道现在她还在。玛蒂娜从不是她的情敌。婚后，我一直忠于我的太太，但她同样也不是玛蒂娜的情敌。玛蒂娜是我的一生挚爱，除了她，再无其他人。”

他不再继续转笔，而把它放进了兜里。

卡梅伦没有抬眼看向他，他也没有看向卡梅伦。两个人都在思考，他们的视线仿佛跟随着沉思的轨迹。

“现在我已经说完了。”沃德终是深深地叹息，“这让我觉得很低级，像醉汉在酒吧里，酒后吐些疯言疯语。”

“绝不是的。”卡梅伦说，“这事关生死。在两种情况下，你会想要谈谈，一是当你大脑的平静掀起波澜之时，你对着神父讲；二是当你的生命受到危险之时，你对着警察讲。这就是你刚刚做的事情。”

卡梅伦掏出笔记本，准备简要记些东西，“现在，你再给我些必要的细节信息——比如她住哪儿啦——”

“不行。”沃德说，“我不想让她被打扰。我不想让她也参与进来，又被吓坏。我不想那么做。”

“但我们只是想要去保护她。我们必须采取必要的预防措施——”

“你们并没有完全让我信服。你们并不知道它是什么，或者他在哪里，甚至是他长什么样。这是我听过最好笑的事情了。五月三十号，她整天都好好的，但是到了五月三十一号，她就得一整天竖起耳朵来保持警觉；接着到了六月一号，她又安稳如初。这听起来更像是一个天气预报倒不是——”

有些东西击中了他的笑点。于是他开始狂笑，停都停不下来。他向后点着头，声音都笑哑了。一会又趴在了桌子上。

卡梅伦没想要制止他的行为。“我明白的，是得需要一段时间。”他说道，站起来准备离开，“完全没问题，我们还有些时间。”

翌日。卡梅伦如约而至。

沃德看到他的时候又咧着嘴笑了。“你又准备来讲你的那套胡言乱语了？”

“我只是想让你看看这些。”卡梅伦轻轻地说。

他拿出一些剪报、报纸上的图片，还有一些资料室里的照片，他把这些一一摊在他的桌子上。

沃德细细看了一遍，仍然暗自发笑。

“你认识他，对不对？”卡梅伦指着图片。

沃德摇摇头。

“他的女儿死了。”

沃德平静地凝视着他。“我早就知道那件事了，通过一些暧昧不明又拐弯抹角的方式。实在是太可恶了，但事情就是发生了，你懂的。可这事和我有什么关系呢？我又没有女儿。再说玛蒂娜也不是什么青春期的姑娘，不幸的是她完全丧失了理智。就这样。”

卡梅伦又指着一个人。“你认识他，对不对？”语气有些苛责。

“只是面熟而已，我也听过他的故事。军队的喽啰，杀了自己的老婆然后自杀了。要是你想要阻止我自杀的话——”他把剪报扫到了一边，“那都是好几年前的事情了，那时还在打仗。”

卡梅伦把剪报重新聚到中间来。“注意一下上边的日期。”

他不为所动。“我看到了。那就是你奇思妙想的来源吧。只是巧合罢了，这两件事情中间可是隔着两年呢。”

“在那之间，发生了这个。”卡梅伦耐心地说道。

沃德耸耸肩。“他杀了自己的情妇，还被处以了电刑。呃，法律规定，当你做那种事时就会受到惩罚。干吗想要从里面变出个什么戏法来？”

“注意日期。”

“这一次时间可完全不对头，你大意了。”

“是犯罪发生的时间，而不是电刑。”

“现在,请你……”他脾气不错,但很固执。他不会再听下去了。

卡梅伦站起来准备离开。“完全没问题，我们还有些时间。”

“这里，记得带走这些东西。”

“你不想要它们吗？”

沃德摇摇头。“你只是在浪费时间。”

“不，我没有。我词典里从没有‘浪费时间’这回事。”

他离开房间的时候，沃德仍然咧嘴笑着。

翌日。卡梅伦又回来了。

这一次，沃德看到他的时候只微微一笑，并不是非常确信。

“听着，你开始惹恼我了，警察先生。我是个商人，需要在这里进行工作。我不能总是想着这些事情，像个——”

“你确定是我惹恼你，而不是——其他别的什么？”卡梅伦轻柔地问道。

“呃，毕竟是你每天在这走来走去，发出收音机那种规律的信号，让我的办公室成了恐怖之家！”

“我只是想让你看看这些报告。”

沃德瞥了一两行。

“这是死亡证明书。”他不耐烦地说道，“这个女人我从不认识，她活着的时候我从没见过——”

“但是你认识她的丈夫。注意姓氏。”

“我看到了。但是根据报告书，她死于——每年有多少人死于那个病，警察先生？”

“他们只是偶然感染的，而她是被故意感染的，有人想要她死。”

“你能证明吗？”

“如果我能证明的话，那个案子也不会没有下文了。”卡梅伦承认道。

“如果，”沃德讽刺地说。他把那些报告还给卡梅伦，“这就是今天的全部内容了吗？”

“你得有所回应。”

“很好。恐怕我是得回应了。”

卡梅伦带上门离开了，这次他的脸上没有笑容了。

电梯没能马上停下载着卡梅伦下楼去。他站在那里等着，这时，走廊尽头的磨砂玻璃门突然闪着灯敞开了，接待员从里面跑出来，想要追上他。

“沃德先生想请你回去。”她上气不接下气地说道，“马上！”

我要崩溃了，卡梅伦想，甚是厌倦地叹了一口气。

沃德刚刚喝完一杯。看起来他还需要再来一杯。

“关上门。”他颤抖着。跌落进椅子里，“我不知道这是不是你想要对我做的，但是你已经成功了。”他带着些指责意味地说，“现在我开始害怕了。恐惧极了。”

“但是你也很聪明，沃德先生。至少你还是很机智的。”

“还有多少时间？”

“足够了。”

“为什么让我白白浪费过去的几天？”

“不然我这几天是在努力干什么？”

沃德抚了抚他的眉毛。“我的天哪！要是她发生什么事儿——”

“不会的，只要你完全信任我们。现在你可以带我去她那里吗？你终于愿意了吗？”

“马上。我们现在就去。”

在门内，他拦下了卡梅伦。感伤地拽着他的袖子。“她一定得知道吗？我们必须得告诉她吗？我一直试图保她周全，远离所有的黑暗纷争——我不想让她知道这些。”

“我们会尽全力保她周全。”卡梅伦承诺道，“如果可能的话。”

这是一栋私人别墅。卡梅伦始料未及，他原以为会是某个时髦又奢华的公寓，那才是男人们金屋藏娇的地方。这里一应俱全，像家一般被照料得很好：门前的石灰岩赏心悦目；玻璃窗被擦得一尘不染，窗子后边挂着薄纱窗帘，整整齐齐；每一个窗台上都摆放着花盆，里边养着花花草草。这幅景象和沃德告诉卡梅伦的话完全相符：这不是什么秘密的婚外情，这是他的一生挚爱。

他们敲敲门，有个五十多岁的，像妈妈一般的女人为他们开了门。显然是管家之类的人物，尽管她没穿着围裙或者什么显眼的制服，只穿了一件普通的绣花裙子。

“怎么是你，沃德先生！”她愉悦地惊呼道，“玛蒂娜一定高兴坏了！”

“这是卡梅伦先生，我的朋友。”沃德有些紧张地说道，“这是巴克曼太太。”

“进来吧，我来帮你们拿东西。”她跟前跟后的忙活着，“你们会留下来吃午饭的吧，是吧？”她用着相同的口吻对两个人说话。

“不知道……”沃德疑虑地说，询问地看向卡梅伦。

“我上去喊她——”

“不用了。她在哪儿，楼上吗？我上去给她个惊喜好了。”

“好的，那我就下楼去跟厨子讲一声。现在，你们得留下来。”她把手放在沃德的肩上，带点指挥的意思，“怎么，还有五分钟就要十二点了，你觉得我们会让你们就这么出门吗？玛蒂娜爱极了跟你一起吃饭，她开心得不得了。”

路上，卡梅伦警示道：“振作一点，你现在有点神经质。要是你不想让她发现什么——”

“帮帮我，”男人可怜地说道，“帮帮我。”

卡梅伦的胳膊直接挂在了他的肩上，然后又放了下来。他觉得有些抱歉。目前为止，他还没遇到过如此深爱的人。他听说真爱存在，但他并不确定。

沃德敲敲门。他知道该敲哪一扇门。

一个可爱的、悠扬的，又微微有些颤抖的声音传了出来，恐怕仅仅通过敲门的动作就已经猜到了来者是谁，“请进。”

他打开门，然后卡梅伦看到了她。

前窗射进来的阳光落在了她的身上，她就在旁边坐着，周围好像被光环笼罩一样。噢不，或许是她制造了这光环，而不是斜射进来的阳光。

她朝着他们扭过头来。美极了，美得不可方物。她会是他的一生挚爱，这一点也不奇怪，卡梅伦想。她的美在于那青春的纯净感，没有那么丰饶成熟，也没有那么妖娆性感。年轻女人的表面下却透露出孩童般的好奇和真挚。

她看着沃德。卡梅伦就在他旁边，和他肩并肩站着。但她看向的是沃德。

“有人和你一起哦。”她说。

她是个盲人。

卡梅伦回警局，向长官报告他们在她的住所布置的警力。

“四个人在房子里和她待在一起，他们两两换班，值班的时间是从早到晚二十四小时。一个人代替了原来的锅炉工，他曾负责整栋房子的常规取暖，现在没有再来了，解雇了。所有的锁都被换掉了，我们在里边安装了电子警报系统。邮递员也不能靠近这里，除非有我的个人许可，否则任何人都不许经过前门，当然只有一个例外，那就是沃德。不过他也只允许在两个特定的时间段才能来，不能想来就来，随心所欲，尤其是夜深人静的时候。”

他等待着表扬，可是却什么都没听到。“这就完了？”这是他得到的全部回应。

“还没有。房子现在正处于外部的监视之中，至少前门大街上有人看着。来来往往的车啦，或是四处闲逛的人啦——我们的人没法住进对面的房子里，因为这片社区不招租户。不过隔条马路，那里房子的屋顶上有我们的两个人，他们假装做着修缮工作，实际直到那天过去之前都会紧紧盯着。他们可以看到整条大街的景象，包括角角落落。他们手里有一个双向收音机，可以立即向地面的人发出信号；他们还有一对高性能的手电筒，能直接照到下边。”

“你还得小心买来的食物，还记得加里森的太太吗。你得注意所有快递来的包裹，可能会装着炸弹。”

“当地的邮局分局已经接到了命令，将会控制住所有寄往这个地址的包裹，等到进一步的指示下达后才会继续分拣。十天前我们解雇了厨子，尽管这个女厨师已经跟着她们有些年头了，但我觉得还是让她离开比较好，她或许清白无辜，但谁知道她在外边有没有什么男性友人，或者亲戚，我们不能确保这一点。我们派了一名女警察去那里做饭，全权负责食材的买进。”

“那陪同呢？那个女孩非常亲近的巴哈曼太太？”

“她称呼她为巴太太，”卡梅伦说，“这房子里原来的所有人中，我只留下了她。”

“你能替她做担保？”

“我以我的生命做担保。她身上绝没有什么值得推敲的地方。我派了几乎一个营的阵容去仔细检查她，甚至追溯到了她在市政大厅的出生证明。他们不放过任何一件事，什么儿童时候的麻疹记录啦，上的小学是什么建筑啦，老师都有些谁之类的。她没有一个仍然健在的亲戚，连远方的都没有；她的丈夫死于美西战争爆发后的黄热病，是在他们结婚一年内。她还是个小孩子的时候，她就和她住在一起了，我甚至觉得她这十一二年来从没有单独出过家门。她没有自己的生活，那女孩就是她生命的全部。不过即便如此，我还是可以让她离开一段时间，但我和沃德先生商量了一下，我们都同意那样的做法弊大于利，但是从安全的角度来说，也不太好。这个女人奉献了自己的全部，忠心耿耿，是比我们更优秀的守门人。这样我们还能多一个人为我们做事。”

“这就是全部的安排？”

“这就是全部的安排。”卡梅伦总结道，“外边有人守卫着，里边也有人守卫着。像我告诉你的，房子里除了我们的人和巴太太之外，没有人和她在一起了。我把房子变成了一个堡垒，没人，也没有任何事情可以攻破它。”

“目前为止还不错。”长官只说，“只是记住，堡垒是否可靠，完全依赖在后边守卫它的人。”他直直地盯着卡梅伦。

星期四早上八点，沃德醒了过来，一如往常。他还不知道他要做那件事。星期四是十五号。想法突如其来，或者说它只是突然跳出了大脑表层，实则潜伏已久，肯定是的，每一天这个念头都变得更加强大。分分秒秒，白日夜黑。

他刮了胡子，冲了个澡，穿上衣服。他选了一条又软又薄的绸制领带，灰色的花朵映衬在蓝色的底布之上。他没戴军服条纹丝制的那条。“我明天再戴那个。”他对自己说。这显示他仍旧不知道他将会做那件事。

他下了楼，早餐在那里，太太在那里，报纸也在那里。报纸比早餐更让他感兴趣，而比起太太，他更喜欢早餐，不过他彬彬有礼，倒不至于全都写在脸上，而是分给他们看似等量的注意力，报纸则稍稍赢了那么一点。

他亲吻了她，和她随意地聊了一会儿。友好、愉悦，但并不十分真诚。他们之间至少没什么仇恨，当然也全无期待。他们是两个教养良好的人，只是对彼此都不太感兴趣而已。

他起身前往办公室，带着他的报纸和公文包。他说：“再见，露易丝。”却隔着一整个房间,他不知道他们之间永远都不会有“再见”了。不过就算他知道,他也还是会在房间的尽头对她说:“再见,露易丝。”连语气都不会改变丝毫。

他仍旧不知道他会做那件事。

车子在门口等他，他坐了上去。去办公室的一路上他都在读着他的报纸。

因为某些原因，日期敲打着他的神经。这不是第一次了。第十六天过去了,明天就只剩十五天了。既然他们可以藏到天涯海角,为什么却在这坐以待毙呢？像是一只关在笼子里的松鼠，动弹不得。

突然，他知道他要去做那件事了。

他敲敲玻璃,司机转过头来。沃德示意他停车,片刻后在某处,他停下了。

他下了车，关上了车门。

“到这儿就行了。”他简要地说，“别等在这儿。”车子是个可能会背叛他的障碍,因为可能会被人认出来。至少他还知道,此刻,他正被人盯着。

司机看起来很讶异，但还是开走了。

沃德换乘了一辆出租车，前往他的银行。他飞快地下楼去了地下室，在身份证明上签了字，然后签名被确认，他们允许他进入。这些预防措施倒让他变得愉快许多。

他一个人站在私人的小房间里，前边放着保险柜。他掏钱的速度很快，但是却很有章法：露易丝的首饰，他并不想要那些；一捆捆被扎好的橙色通用汽车的股票，他也扔到了一边，时间太紧迫，根本来不及兑换；一捆捆巧克力色的美国电报的股份，也来不及换；赶上了牛市，还有通用电气，他把它们通通都扔到了一边。还有一份赔偿金额为七万五千美元的保险，受益人是他的太太露易丝。(他耸耸肩，好像只看一眼都吓坏了他。)

接着在最下边，他看到了政府发的债券——这才是他想要的，他来这就是为了这个。他把价值五万美元的债券装好，这些东西即兑即用，在任何时候任何地方都好使。

他匆忙地上了楼，要求在私人办公室里会见银行经理。

十分钟后，他又走出了银行。口袋里装着签好字的五千美元贷款。还有十六天，整个世界都可以用来藏身。当火鸡等死的时候，它逃不出关着它的笼子；可当人等死的时候，他却能逃到天涯海角，因为他知道“死亡”意味着什么，是上帝给了他那样的知识。

他又叫了一辆出租车，前往一家旅行社。他先是给了社员五十美元的预付金，承诺事成之后还会支付等量的金额。不过，他却并没有像其他人一样留下一个名字、地址，或者电话号码之类的东西，只是说隔天有个人过来一趟。社员打算在他今后的交易上都写上自己的名字：布洛伊尔。他不知道的是，在这前前后后他无意中成为了一名教父。

随后沃德去了办公室，取消掉了当日所有的安排。他无视掉了所有事项，无论是悬而未决的，抑或是拍板敲定、马上结束的——有的在一段时间里进展飞速，有的则是拖拖拉拉。还忽略掉了那些他亲力亲为、熟门熟路的事物。因为熟悉，他比别人做得更好。

整个午餐时间他都在工作，一直忙活了半个下午。三点的时候，他终于结束了，筋疲力尽，再也干不下去了。他做的最后一件事就是从里边锁上了办公室的门，打开录音机，给他的合伙人录了一封辞职信，并转交自己生意上的股份和债券。“……愿主保佑你，杰夫。”他合上录音机的时候，眼含泪水。男人们在生意场上也会变得多愁善感起来。

三点一刻。他完成了这天所有的工作，或者说是，完成了余生的所有工作。

比起前日，他这次的行动更加小心翼翼，大概是因为目的地早已了然于胸，只是那里更加危险。他叫了三辆出租车，让它们零星地散布在商店之类的停车位里，好让他的旅途看起来支零破碎。

出于习惯，他从办公室里带了自己的公文包出来，别的什么也没拿。他注意到这一点的时候，只想着故意扔掉它，把它丢在第一辆出租车上。

司机却阻止了他，在他身后喊着：“先生，你忘了你的公文包，”然后伸出手递还给了他。

沃德讽刺地想到，若这不是一件他迫切想要丢掉的东西，说不定它就会悄无声息地留在出租车上。

在第二辆出租车上，他又尝试了一遍。这一次是个女人，她后脚跟着他坐了进去，接着从车窗里响起一阵发现式的惊呼，于是公文包又被迫还给了他。

在第三辆出租车上，他把公文包塞在了坐垫下边，终于扔掉了它。

抵达玛蒂娜的住所后，他下了车，飞速地进了门。费了十二分的努力才遏制住自己想要往大街上恐惧地望来望去的念头，他知道，就算他被人监视着，他也没办法发现。他不擅长搞这些把戏，但监视他的人就说不定了。

巴克曼太太一如既往地大声通报着他的到来，但是被他低声的指示掐住了话头："我必须得跟她单独待在一起。我有事情想跟她谈。在楼梯脚待着，确保没有任何人能靠近，听到我们的对话。"

她点点头。对他想要排除异己的态度，她总是显得十分支持。

玛蒂娜坐在那里，正用她的手指读着一本书。她的脑袋微微倾斜着，像是正在侧耳倾听，倒不是在用指尖感受一般。

她穿着一件黄色的裙子，脖子上戴着一条黑色的项链，耳朵上方别着一个黄色的蝴蝶结——可能是巴克曼太太卡上去的。

"艾伦？"她说，像是门槛因着他的脚步活跃起来。阳光从她的脸上抖落出来，不是落在了她的脸上，而是从内散发出来的，从心底里闪闪发光。

“我的小玛蒂。”他微微呜咽。

他先是把她拥入怀中，结结实实地、牢牢固固地抱了好一会儿。直到她仅凭这个拥抱就知道一定是哪里出了问题。

“怎么了，艾伦？”她轻哄道，“发生什么了？”她轻轻抚摸着他的脸庞，那敏感的指尖告诉了她一切。

“接下来，我可能会吓到你。”

她又坐回了椅子里，好能支撑住自己的身体。而他呢，仍旧把她的双手紧紧握在自己手里，跪在她身侧，两人的脑袋靠在一起，这样他们就可以不用抬高声音说话了。

“你要离开我了吗？我要永远一个人待在黑暗里了吗？”

“绝对不会。只要我活着我就不会丢下你。那是我多年前就立下的誓言，我永远都不会反悔的。”

“那是什——？”

“有——有个人想从我身边夺走你。”

“用什么办法？他们怎么能呢？”

“他们能用什么办法？什么是唯一的办法？你想想。”

“是死亡。”她深吸一口气，惊骇极了。

“就是用那种办法。”他承认道，“那种办法，他们唯一能用的办法。”

她猛然将脸探出去，重重地落在他的胸口上，手上反复纠缠着他的衣领和前襟，好像拽得近一点，她就能藏得更深一点。她的呼吸急促而恐惧，尽管他伸出胳膊紧紧地搂着她，想要让她平静下来，他还是感觉得到她的整个身子都在颤抖。

“不是的……”他一遍又一遍地祈求道，声音听起来是那种安抚受惊孩童的调子，“不。不。不。”

“就算是待在黑暗里，生也总好过——死了。他们为什么一定要——连仅有的生命都要夺走呢？”

“不是的。不是的。不是的。”他只能说这些了。

“我有伤害过任何人吗？”

“是我伤害了什么人，不是你。虽然我也不知道我做了什么，但……”

“是谁？”她问。

“我不知道，他们也不知道。我从没见过他，他们也一样。有个人——不，发生了一些谋杀事件，都是那个人干的，他有一些病态的痛苦，非得用死亡来献祭。他一定是那样的人，不然还能有谁可以伤害玛蒂娜？”

现在她变得冷静了一些。不过仍旧瘫在他的怀里，脸靠着他的胸膛，比方才稍微冷静那么一点。他离开她身边，就那么一小会儿。玻璃塞弹开的声音像是和弦，接着他又回到她身边。

“喝了它，我希望你能认真听我接下来的话。”

“这是什么？”

“就是一点白兰地。”

他把液体放在她的唇边片刻。

“现在仔细听我讲。我要贴着你的耳朵悄悄说，我不想让任何人听到。稍等，我先去把门锁上。”

他走过去，转动钥匙。紧接着铺展开一条手帕，然后挂在门把上，这样，即使是钥匙孔那一小点可见的裂缝都被遮挡住了。

他回到她身边，一只膝盖跪着蹲在她身侧，嘴唇紧贴着她的耳朵。

她开始时不时地点头。

“好的，我愿意。”她喃喃道，“我相信你，赌上我的性命也行。你就是我的命。”

他的低语继续，她不时点头。

“好的，我愿意。就按你说的那么办。不管那是什么。不，我一点都不害怕。跟你在一起我就不怕。”

他的声音稍稍抬高了一些，这封密报似是到了总结陈词的时候。零零星星的词汇变得依稀可闻。

“我们唯一的机会……任何人……别告诉……就算是巴太太也不行……”

最后，他吻了她。额头、眼睑，直至嘴唇。带着为他们的决定献身的念头，不管那个决定是什么。

“他们不会找到你的，我亲爱的，”他热切地说道，“他们伤不到你，我会带你逃到天涯海角，他们找都找不到。”

她仔细地梳着头发，这她自己办得到。不过奇怪的是，她总是站在镜子面前梳头，是老习惯了，尽管对于她来说，镜子根本不存在。

她走到椅子边上，巴克曼太太在那里放着她的东西。她伸手摸了摸，知道那是件黑色的羊毛裙子，应该是巴克曼太太挑选出来，让她今天穿的。她的手指告诉了她一切，这并非什么奇迹神力，而是最初级的基本能力。她知晓那编织的方式，附在上边的纽扣，两只袖子，还有领口。所有的衣服她自己都熟稔于心——就靠着用手触摸——这是当然啦。只在一方面她得听听别人的话：颜色。巴太太告诉她这件是黑色的。她穿上了裙子。

穿戴完毕。要是她想的话，还能给自己涂点口红，上色均匀完美。不过她从来都不用口红。她走向房间门口——毫不犹豫——打开门，走了出去。她毫不出错地走到早餐桌边她自己的座位旁，拖出椅子，坐上去，吃起巴太太为她准备好放在桌上的早餐。

这些事情，她都能做好。

她伸出手，探到了装着橙汁的玻璃杯，拿起它放到嘴边。巴太太为了她，把所有的液体都只装到三分之二满，这样她就不会轻易地把东西弄洒了。这是她们为了她的残缺所做的唯一妥协。这事关自尊，她们极为相似。

她自己给面包上抹了黄油，巴太太为她添了咖啡（不过就算是看得见的人，这也是应该做的），但她自己加了糖和奶油。她体内对于重量和分量的敏锐感知，让她在这个步骤上如鱼得水。不如表面看上去的那么可怕难办，她精准地知道一勺里到底装了多少，是盛满了还是刚刚正好；她也知道水壶里倒出了多少液体，全凭手里剩余的重量。

一如往常，她们随意地闲聊。巴太太给她朗读晨报，早饭吃完了。

他为她找到（历尽一番周折之后）并买下了一只独特的钟，每到整点的时候，这只钟都会轻轻地鸣钟，告诉她现在几点了。时间系统遵循着欧式军队的原则，二十四小时制，而不是到下午的时候又从一开始响起。十二点之后，时钟会机智地敲响两次，而非一次，如此一来在数数上也没有增加太多负担。它的独特之处在于，它完全不像上世纪的钟一样笨重，而是一个可以携带的座钟，只要她愿意，她甚至可以带着它在房间里任意穿梭。

现在，时钟响了十次。她数着。接着——就好像有个暗号催促她一样——她对巴太太说道：“我想散散步，呼吸呼吸新鲜空气。我们现在就走吧，别等下午啦。”

“怎么了，亲爱的，当然可以。”巴太太欣然同意。她定是向着窗外瞥了一眼，因为这中间有个空出的停顿，“外边可真是个美丽的晴天啊。”

“我知道。”玛蒂娜简单地说，“我可以感觉到。”她可以，不用向窗外瞥一眼也可以。

她们分开，各自去做出门的准备。她独自进了卧室，走到衣柜旁拿出自己的首饰盒。她把几个戒指收到手帕里扔进手包，而那串他送给她的蒂芙尼珍珠项链，她则戴到了脖子上。裙子的领口很高，把项链完全藏了起来。她又拿出了一样东西，把剩下的什么扣子、胸针、手镯之类的东西留在了盒子里。她还抽了一点时间匆忙写了一张纸条："这些都是给你的，亲爱的伊迪丝。好好留着这张纸，这也算是一种纪念。"她把纸条塞进盒子，合上它，然后放到了一边。

她拿出来的东西中，只有一样自己没办法操控，得找人帮忙——上面有个复杂的保险栓，当然也是他给她的，因此，这东西尽管对她来说没什么实用价值，但总是多了几分情感上的慰藉。它本身的价值不菲，但现在完全不在她的考虑范围之内。

她喊巴太太进来，"你能帮我把它弄紧吗？"

"噢你怎么戴上钻石手表啦！"巴太太惊呼。

"我想打扮得好看点。"玛蒂娜平静地说，"今天天气真好，是打扮的好日子呢。"

其实她也可以把这钻石手表拆了，然后趁着散步，把零件都扔到路边去，像鹅卵石一样，巴太太也会同意她那么做的，她们两个都知道这一点。

她们一同离开了家，玛蒂娜的手蜷缩在巴克曼太太的手里。两个穿戴优雅的女士，一个青春，另一个成熟，你都辨别不出有一个人是看不见的。就算你察觉出了，也会错以为戴着眼镜的老太太才是两个人中残疾的那一个。

巴太太轻轻地说："早上好。"

没有回应。帽子被提起的时候总是没有声音的。

走了一段后，巴太太又说道："早上好。"仍旧没有回应。

此时，有辆双层轮胎汽车跟在她们身后，像是回音，又像是被压抑的贝斯伴奏。

"我们在哪儿？"玛蒂娜问道。

"在街角。我们正绕着街区遛弯呢。"

"我们——我们去些别的特殊地方吧。这里只有钢筋水泥和灰尘。我们去公园外边走走，从第十七大街开始，沿着市中心的方向。"

巴太太没有反对。

玛蒂娜又开口说道："我们现在到了吗？"然后自己答道，"是的，我们到了。我能闻到草地和树叶的味道。太新鲜甜美了，不是嘛？"

巴太太也陶醉似的深吸一口气。

玛蒂娜压低了声音问道："他们还跟在我们身后吗？"

又是一阵空白的停顿。巴太太扭头看看，"噢是的。他们应该跟着的，你知道。"

"我知道他们会这么做的。"玛蒂娜讽刺地回应道。

过了片刻，玛蒂娜又说道："快到拉斐特的雕塑时提醒我一下。"

“我们现在就快到了。”

“你确定我们正朝着市中心的方向走吗，和车流的方向一致？”

“怎么，这是当然啦，亲爱的。”巴太太被逗乐了，“我干吗非得误导你？”

她问了另一个问题：“到十二点了吗？”

一阵停顿。“还差三分钟十二点。”

“到雕塑了。”玛蒂娜说，“我们就站在它的前边，我能感觉到。人行道变了，变得更平缓了，地面上铺满了装饰用的石板。”

蓦地，她说：“我们沿着路肩走走吧。”

“可是那不安全啊，亲爱的。车子来来往往，容易碰伤我们。”

“就让我走走吧，”她接着说，“求求你。”当从她嘴里说出“请求”二字，巴太太从来都无法拒绝。

她们交换了位置，玛蒂娜走到了外侧，巴太太不得不朝后边张望。“他们警告我们要离他们近一点。”她报告说。

玛蒂娜玩闹似的握紧了她的胳膊，像是在密谋一样，“就让我们假装没有听懂好了，如果我们不想做，他们也不能强迫我们，对不对？”

“是的，我觉得他们不能。”巴太太犹豫地同意道，“但是为什么我们不想做呢？”

“我想尝试一些新东西，”玛蒂娜说，“当我还小的时候，我总是爱玩一个游戏：一种特殊的走路方式。我喜欢沿着路肩走，保持平衡，看看我会不会掉进水沟里。”

“别在这儿试，亲爱的。”

“是的，就在这里。我想要记住那种感觉，我小时候感受到的那种。你就站在我旁边，还能发生什么呢？看啊，我会握着你的手的。”

一个男声突然传来，就在她们身后，“她在做什么？”一定是某个便衣警察靠近了她们。

巴太太母性的本能被唤起，“你就不能让她一个人待着吗？”她直率地反驳着，“别像个老鹰似的每时每刻都盯着她看。”

“请他们撤回去。”玛蒂娜催促道，低沉的声音里盛满了悲伤。

“请跟你的朋友退到后边去。”巴太太略带强硬地命令道，“别跟着我们了。”

方才猛然插入她们之间的那股烟草味气息和冷酷的氛围又消失不见了，只有玛蒂娜注意到了这一点，不管怎么说，这些本身就很难察觉得出。

“还没到十二点吗？十二点我就不走了。”她承诺道。

“真是个孩子。”巴太太声音里带着哭腔，“还有一分钟就到啦。”

“我以前只错过一步，”她为自己的成功感到非常得意，“这么多年过去了，我还是很擅长这个啊。尽管我现在穿着高跟鞋，还没有——”她话没说完，因为她不怎么用“眼睛”这个词了。

“你的手在抖，亲爱的。”巴太太注意到。

“那是因为我整个身子都在抖，想要保持平衡。现在一定已经十二点了。”突然她匆忙地说道，好像这两样事情互相关联一样。“我非常爱你，你就像我的亲生母亲一样；请永远记着，我非常非常爱你。”

“上帝会保佑你的！”多愁善感的巴太太立马反应道，百感交集。

她松开了玛蒂娜的手，伸手去拿手帕，她的视线有些模糊，得擦拭擦拭才行。

突然传来一阵轮胎摩擦地面的嘶嘶声，玛蒂娜被擎着横空抱起，有一只手托着她的腰部，而另一只手按着她的双臂（她像被一个走钢丝的人举着走上了街道），这双手来自一个不远处横空出世的模糊身影。

有那么片刻，她被扛着，感到一阵天旋地转，空气稀薄，双脚腾空。接着她被拽进了车里，被扔在铺满坐垫的座椅上。车门嘭的一声合上，猛然向外打了个转弯，又是一阵突如其来的晕眩。

外边，车子后方，传来巴太太撕心裂肺的绝望惨叫。更远的地方，是某个男人警惕的喊声，接着是一个响亮十足的警告——手枪对着空气射了两下。

里边，是片刻的沉默。波澜不惊。车身的摇晃告诉她车子在加速，在全力冲刺。

她的手探出去，颤颤巍巍地，触碰到了一个男人的脸颊。她轻抚着，好像一片柔软的薄纱似的，直至碰到嘴唇的位置，细细辨别着它们的形状。

嘴唇与手指轻轻相触，递给她问询的指尖一个微乎其微的亲吻。

她深深叹了一口气，说不出的轻松。

“是你。”她喃喃道，“有那么一瞬间我都不敢确信。”

长官勃然大怒，而一般情况下，他的喜怒并不形于色。他抓起办公室的椅子猛地掷下，反反复复，直到其中一个支架脱落飞了出去。他没能把桌上的电话扯下来摔碎，纯粹是因为电话被固定在了上面，因此保全的还有冷水机，它的底座太重了搬不起来——至少对于戴着疝气带的人来说很重。

“真是个蠢货！”他咆哮道，“蠢货！蠢得要命！他这是把她推进了死亡的深渊。我们在试着救她的命，为此我们忙了这么长时间，动用了力所能及的安保人员，他就这么把她带走了，带她走向了死亡！凭他们自己活一个小时都困难！他们没有机会的！天哪，要是现在他在我跟前——”他紧紧地握住桌子的外沿，指关节因为用力泛着白色，像一道浅浅的伤疤。

那两个在特殊时刻值班的便衣警察被他降了职，不仅如此，他还破口大骂，要不是卡梅伦狠狠地遏制着他的手腕，他当场就会炒他们鱿鱼。

而卡梅伦的这个举动也随即引火上身。

“还有你！”他转过身来，大喊道，“你当时在干什么？你在哪儿？他从你手上带走的可是一个盲人！一个看不见的女孩！在光天化日之下！中午十二点！我看她不是盲的那个，你才是！你要是告诉我们你需要一条导盲犬，我马上就给你安排。”

“您现在就想要我的警徽吗？”卡梅伦尊敬地问道，“或者是等正式辞——”

这样的话对长官的愤懑之词没有半点缓和作用。

“噢，半途而废，什么都不做了？真是轻松啊，嗯哼？现在就认输了？——你不光是个蠢货，还是个懦夫！”

“长官，我不接受这样的评价，任何人都行，但——”

长官怒火中烧，尖叫起来。发出一个男低音所能发出的最大的尖叫声。“那你还站在这里干什么？！想写个指南？！想让我手把手地教你，告诉你门在哪里吗？他们已经离开一小时四十分钟了！”

他把两只胳膊举过头顶，握成两个巨大的拳头，然后把它们重重地砸在早已饱经风霜的桌子上，就连走廊上都听得到回声，让人觉得是某个蒸汽管爆炸了一般。

“去追他们！不管他们去了哪里！抓住他们！把他们带回来！我要他们回来，在五月三十一日之前，他们都要在我们的严密监视之下！”

在这个时候，卡梅伦性格里那部分糟糕的犹豫不决冒了出来。

“要是他们乘着火车往西边去，或许我还能赶上他们，”他喃喃道，“要是他们经水路往东边去——那我就完了。”

长官猛然挥起了胳膊，伸向了挂着大衣的衣架。他可能是想找块手帕来擦擦眉毛上的汗珠，但他的手枪皮套也在那里放着。

“噢帮帮我吧，”他假意地说道，气喘吁吁，“我肯定会被抓起来，因为我要开枪打死我手下的人了！”

卡梅伦没来得及看到长官到底在找什么。

此刻，他们在火车上。被锁在同一个房间里。绵绵无绝的黑暗对她来说再也不是那么安静沉稳了，现在她能感受到的是低沉而绵延的风，呜呜地低吟了一阵子，接着又是平缓、反复更替的平静。右转，或者左转。低吟渐渐逝去，响动却越来越大。相伴而起的声音连续不停，像是一颗在盒子里转个不停的骰子，但是这声音连绵不绝，而不是被切成一块一块的，断断续续。有那么一会儿，万物都变得静谧起来，想必是进了隧道，她想把耳朵关上。接着，所有的声音都失去了共鸣，他们又来到了开阔地带。

（她苦涩地想，倒是没有丝毫的怨气：对于我来说，我的整个生命都是在隧道里度过的，一条长长的、永无尽头的隧道，永远都看不到另一头的隧道。）

颠簸的感觉还在，但由于失去了视野，你几乎不能分辨车子是向前还是向后跑着。有那么一些时候，她甚至变得有些困惑，觉得火车在向后狂奔。但她知道自己是怎么坐的，那是他安置她一贯的方式——和火车前进的方向一致，所以刚刚的感觉不过是一种错觉，是种种感官里的一个幻想。

万物都在微微地颤动，她踏在地面的双脚有种发麻的感觉。

她坐在那里，头靠在他的肩膀上休息。

“跟我描述一下风景吧。”她说。

她感觉到他外侧的胳膊越过她，稍微拉开百叶窗之后，又马上重新环住了她。

“是绿色的田野，”他说，“在像海浪一样起伏着。我们目之所及之处，都在上下波动着。最基本的颜色是绿色，但它千奇百状，有些深一点，有些呢，比如远处沐浴在日光里的草场，就浅一些，像是青苹果。”

“我知道，我知道。我看得到它。”

“刚刚在围栏那里,有一头奶牛。它痴痴地盯着火车,面露疑惑，它抬起头，视线被打乱了。它的额头是红棕色的，上边还有一条白色的条纹。”

“可怜的奶牛。亲爱的奶牛。幸运的奶牛。”

“我们刚刚路过了一条小溪，走得太快啦，我打赌它这辈子都没流动得这么快过。唰一下就走远了，看起来一点都不像是水，倒是像银器一般，天空的样子也倒映在了里边。”

“我记得，”她说，“小溪曾经就像那个样子，它们没有变，对吗？”

“它们没有变。我们刚刚路过了一栋白色的房子。”

“我好奇是谁住在里边呀，我打赌他们肯定不像我们一样惧怕着死亡。”

“现在是一些树。它们是深绿色的，影子被拉得老长，都延伸到窗户这了，现在这里忽明忽暗，暧昧不明……”

她伸出手指，戳到了玻璃上。“我现在摸到它们的影子了吗？”

“摸到啦。现在变亮了，暗了，又亮了。”

“我感觉得到。真好啊，像是和它们一起待在外边似的。”

突然，门上传来一阵响声。惊吓席卷了他们脸上所有的颜色，只留下了旋涡般的墨黑。

啪的一声，他合上了百叶窗，起身离开她。她察觉出他正站在门口，可是没有开门的声音。她也知道他拿出了手枪，尽管他的羊毛大衣只发出了最细微的声响。

“是谁？”

“先生，是乘务员，这是您订的食物。”

“说点别的。”

“您想让我说些什么，先生？”

“说‘咖喱肉汤’。”

“咖——喱——肉——汤”从门外传来。

她对他点点头，她知道他也一定对她点了点头，尽管她看不见。

“敲一下托盘，让它发点什么声出来。”

接着传来了餐具碰撞陶器的微弱声响。

“放地上吧，在门外就好。”

停顿。“放下了，先生。就在地上。”

“现在你可以走去通道另一侧的门口，出去，重重地带上门，让我听到你关门的声音。”

“您的零钱，先生。您之前从门缝推给我二十美元，该找您十五美元。”

“你留着吧。我只想听到你走到通道尽头，然后重重带上门的声音。”

“嘭”的一声，在他们的地方也听得一清二楚。

这时，只有到了这时，他才打开了他们包厢的门。

她从梦中醒来，耳朵里充斥着陌生城市里陌生的响动。她睁开双眼，黑暗依旧，即使如此，她还是撑开了眼睑。本能而已。

躁动和街上的声音比其他任何人告诉她的信息都要多。于他人而言，交通的嗡嗡之鸣在全世界都一个样。于她而言——

这些声音却携着锋利而易碎的棱角，整体氛围冷若冰霜，吱吱声刺耳不已，她知道这地方应是丘陵，车子们得奋力向上爬去，而下来的时候，只能把刹车踩得吱呀作响。偶尔缆车残忍地哀号一阵，便调转了头去。空气里的味道很强烈，有些许鲜活之感加在了里边。所以你想做些什么，想完成什么。她不觉得大街上的人只是在闲逛，也不觉得他们满面愁容，沮丧异常。这大概是城市非常好的样子了。

人们叫它，旧金山。

和很多人一样，她曾经见过旧金山，看到的甚至比一些人还要多。酷、崎岖、活跃又刺激。

“艾伦。”她轻轻地喊道，“艾伦，你在我身边吗？”

除了她自己的呼吸声，什么声音都没有。

她有些恐惧，毕竟是一个人待在陌生城市的房间里。但她随即强迫自己冷静下来，抑制住想要大声喊他名字的渴望——她本有这个冲动。

他马上就会回来的。他没有走远，肯定没有太远。他不会那么对她的。她相信他。

她摸索到床脚的丝质睡衣，穿上它，下了床。先是踏出了一只脚落在地面，画了个圈，好像是坐着跳了个舞，然后碰到了她的拖鞋。

她起身，小心翼翼地在房间里移动。摸到一扇门，打开了它。从远处传来的空旷声音抵达她的耳朵，这是通向外边的门。于是她迅速关上了它。她又摸到另一扇门，打开它。珠链蹭痒了她的鼻子；大衣空荡荡的袖管了无生气地挨着她的手指，这是衣柜的门。

终于，她摸到了第三扇门，冷冰冰的，滑溜溜的。上边还有一面镜子。

她想了一下要不要冲个澡。其实最好不要，设备对于她来讲都是陌生的，她有可能会烫伤自己。毕竟在家的时候，她知道哪边是热水，哪边是冷水。

她的身边总是充斥着即将要发生的各种危险，虽然她脑海里从未有过这个念头。她也从来没有自怨自艾。毕竟不论他们拿走了什么，留下的东西总是更多。

她走回主室，穿上衣服。

钥匙插进了锁芯，门被打开。

“起来了，亲爱的？”他说。

他身边还跟着一个人。入口处的响动告诉她应该有两个人进来了。

她站在那里，把头扭到了另一边。他曾经警告过她，要是可能的话，永远也不要叫其他人看到她是个盲人。掌握了她的弱点就等同于增加了她受到威胁的可能性——她想这应该是他最害怕的一点。她若是直视他人，那么他们肯定会看出她看不见；可她若是看向其他地方，他们就无法断定了。

“放到这儿吧。”他说。

接着他又说道，“别在意，我自己来做就好。”

硬币叮当作响。门关上了，屋里只剩下他们自己。

“好了，玛蒂，”他说，“他走了。”

她走向他，准确无误地知道他的位置，并用自己的唇回应了他的吻。他把她抱在怀里，待了一会儿。

“我给你带了咖啡。”他说，“刚刚服务生还打开了小桌子。”

他们一起坐了下来。

“小心点，亲爱的。”他说，“糖块外面还有东西包着。”

“我知道的。”她任性地说，“我能感觉得到。”

“你看起来真美，特别迷人，新鲜又甜美。”

“我的发型还好吗？这是我唯一没办法确定的部分，只能靠运气了。”

“像箭一样利落。”

她听到了火柴摩擦的声音，接着闻到了他香烟的味道。“我拿着我们的”——他的声音突然压低——“船票。我觉得我们不能过夜，就算是待在这里。火车会一直来来回回。你害怕——离开自己的国家，跟着我去到大洋的另一端吗？”

“我不怕。”她的声音微不可闻，“现在起，你就是我的祖国。”

他继续压低声音，“这船会在明天中午启程，但我做了些安排，我们今晚九点或者十点的时候就能登船了。晚上我们把套间锁起来，这样白天陆陆续续登船的人也看不到我们。现在我们则是要一直待在宾馆里，直到天黑。签证必须得寄送过来，我们不可能在这里空等；不过还好它们已经到了，我刚刚已经拿到手。一会儿会有个医生过来，他来给你打霍乱的疫苗。我会和你一起注射的，你不会害怕的，对吧？”

“只要你握着我的手，”她承诺道，“我就不怕。”好像是她在安慰他，而不是他在给她慰藉。

她问他：“昨晚我是一个人待在这里的吗？我睡着前记得的最后一件事就是你坐在那边的椅子上。”

她听出他的声音里含着温柔的笑意，是的，“听出”来的，就是这个词。“你认为我会把你带到陌生城市后就丢你一个人在房间吗？当然不会，我就在你身边入睡的。这的沙发展开就是一张长椅。不过为了把它安静地展开可是费了我一番功夫，弹簧总是吱吱作响。我起床后就把沙发折叠回原样了，然后又把多余的枕头放回到床上，努力地没有吵醒你。我们是以夫妻名义入住登记的，你知道。”

她想了想，露出一个浅浅的笑容，“当事关生死的时候，礼义廉耻就变得无足轻重了啊。”

“礼节是放在我们心里的，”他说，“有的人远隔千里之外，也会因为疏忽而失了体统。而有的人，就像我们一样在宾馆房间里待了一夜，也还是合乎礼仪。”

他拉着她的手，“玛蒂娜，”他说，“当这件事结束，我们安全以后，我想娶你。这一次你允许吗？你还想要我吗？我们浪费了这么长时间，露易丝知道我离开一定很开心，她也根本不关心我们在不在一起。”

“好的。”她轻轻地说，“这一次我也想要和你在一起。我准备好了。”她又接着补充道，“如果我还活着。”

“你当然会活下来！”他嘶哑地说，“噢，我向你保证，你肯定能活下来的。就算我得带着你前往天涯海角，就算我们得永远逃跑。”

大概三点的时候，电话响了。在那一瞬间，她害怕极了；她知道，他也一样害怕。因为他向后缩了一下，而不是立马前去接起电话。

当他拿起听筒的时候，她知道他仍旧处于恐惧之中，因为他的声音听起来低沉又谨慎。

“喂？”他说，然后他听着，松了一口气，“是的，当然。”他说道，挂上了电话。

“医生正在上楼。”他告诉她。

“我都忘记还有他了！”她惊呼。

“我也是。”他承认道。

他们等了大概三四分钟，两个人都极其紧张。

“看来他上楼到这里花了很长时间。”他评论道。

“可能他在等电梯。”

她听到他走到门口，打开门，知道他一定是在向外边期待地张望着。

他关上门，走进来。

硬币发出叮叮当当的声音，应是他手里拿着钱包，在不耐烦地晃来晃去。

"我去看看发生——"他性急地说道，大步迈到电话旁边，她听到他拿起了话筒。

就在这时，那迟到的敲门声终于响了起来。

她快步走了两三下，找到一把椅子，陷了进去。她紧紧地抓着座位边沿，近乎绝望，把手藏在了坐垫下边。

"他知道吗？你告诉他我看不见了吗？"她低语道。

"我必须得告诉他，不然他会让你过去打针，而不是他上门来服务。"

门打开了。

"我搞错了楼层——"一个响亮的声音开始说。

她听到沃德的声音里有一个停顿。

"噢——你不是康罗伊医生。"

"我是代替康罗伊医生来的。他没时间赶过来，你也知道，他手上的活很多。"

沃德没有回应。

不过，这位自称是代替者的人显然从沃德的脸上捕捉到了什么。他接着说话时，声音里透露着一丝的僵硬。"我注射疫苗的经验不比他差。真的不用担心，这是我的资格证书。"他又继续暧昧地证明道，"你知道的，我们的规矩里是不做上门服务的，你们得像其他人一样到医院来注射。因为某些情况，我们才破例的。”

“我很感激。”（她觉得）沃德有些不好意思地说道，“请进，医生。”

他关上了门。皮包的重量陷在椅子里，发出吱吱的挤压声。

“是这位女士吗？”

她藏在坐垫下边的手握得更用力了。

“是的，医生。这是我太太。”

“你好。”她说，将视线定向声音最后传来的方向。她一定误导了他。他靠近过来，伸手在她眼前挥了挥，一定做了类似测试的事情。

她听到沃德轻轻地说：“你不相信我吗，医生？”

“不好意思。”医生有些歉意地应道，现在看来，他确信无疑了。他拉开了皮包，又恢复到职业状态，简洁高效，“这里有热水吗？我想先清洗一下。”

他离开房间。沃德靠她近了一点，伸手环住她的肩膀，扶着她的头靠向自己，好像在为她注入勇气一样。

“没事的，”她低语道，“我不怕，一点都不怕的。”

医生的脚步声又重新响起。沃德离开她，“医生，先给我注射吧。”他一定卷起袖子露出了手臂。

“我明白。”医生说，“不过你不觉得不要让女士等待更好吗？”通过感觉，她并不知道医生是不是对沃德比了个手势，示意他可以迅速注射完毕，好免去她等待的焦虑。她也感觉不出沃德是不是点了点头。

“给我你的手，亲爱的。”沃德轻轻地说。她的手轻柔地放在他手心，但他拉着她的手臂弯曲了一些，所以整个胳膊都变得紧绷起来。她裙子上的袖子几乎等于不存在，凉冰冰的棉球搭在她的皮肤上。她只来得及安慰自己：“我不会哭的。”注射的针刺感就马上传来，但又没那么痛，看样子方才拉拽的猛力才让她更加难以承受。好像他没必要动作那么粗鲁似的，尽管他确实不需要，但还是那么做了。

疼痛又一次来袭，只不过是在相反的方向。手臂上传来棉料摩擦的感觉，但这次棉球留在了上边。“按着大概两三分钟。”

“我没哭吧？”她得意扬扬地对着沃德低语，而他正弯下腰来，热切地亲吻着她的额头。

接着沃德也注射了疫苗。她听到他因为疼痛发出一阵急促又孩子气的叫喊。她好奇他是不是故意叫给她听的，好不着痕迹地夸奖她的勇气；又或许像其他男人一样，当需要面对巨大的生理上的折磨时，他们能时刻保持钢铁般的意志，而这种小小的疼痛却会叫他们有些害怕。不管是哪种，她都一样爱他。

“你比她还要害怕。”医生咯咯地笑了。她也笑了。沃德可能对他眨眨眼睛，表示这就是他所追求的效果。“我刚刚签好名，这是你们的。你们上船前，得出示它才行。”

医生关上门，离开了。

刚才那股弥漫的恐惧感却在他离开之后的十分钟之内消失殆尽。

他还坐在她那把椅子的扶手上，胳膊搂着她。“怎么样？”他问道，“你现在有什么感觉吗？”

她没有回答，好像根本没听见一样。

他去拉她的手。触到的一瞬间，他的警铃大作。“怎么了，玛蒂娜！你的手凉得像冰一样！”他立马起身，还握着她的手。他一动不动地站在那里。猛然他想到了什么，不知道是她传给他的，还是自然而然冒出来的。

“但是你也在抖啊,你握着我的手呢。”她语气中带着一些责怪，“我能感觉到。”

“你和我想的一样吗？”

“恐怕是的。”她畏缩了一下，试图克制自己紧绷的肩膀，“他——他可能——”

“我也这么觉得，”他僵硬地承认道，“但现在已经太迟了。”

现在，他们登上了船，向着大海的远处前进，几乎要横跨到世界的彼端。永无止境的黑暗还是包裹着她，但现在黑暗里却夹着一种空间感，一种空虚感，还有一种距离感。空气闻起来腥腥的、咸咸的。窗外传来连续不断的、轻柔的嘶嘶声，细微可辨，像是花园里洒水车喷洒时发出的声音。对面的门没有锁，微微敞开着，传来走廊里的橡胶垫子上不太好闻的味道。偶尔木头的结合处发出嘎吱嘎吱的响声。外边是缓慢的旋转声，抚慰人心，又让人安稳，一点都不刺耳突兀。很快她就变得对周遭熟悉起来，甚至忘记事情原本的样子：坚硬、不屈又平静。目前为止一切都太好了。她的身体随着船只轻轻晃动，来来回回，循环往复，好像在合着一首温柔的安眠曲，轻轻摇晃。

她身边最近的地方，艾伦永远都在，他几乎时刻伴随她的左右。钟声每敲响一下，他们离安全地带就更近一点，直到他们变得彻底安全，不再担惊受怕。

然而他还是不敢冒任何风险。尽管这艘船已然与死神擦肩而过，尽管这个小小的钢铁世界已然和外界完全隔离，在这里不会受到任何伤害，但他还是不愿意冒任何风险。他们已经走得太远了，经历得太多了，现在抛下他们好不容易的收获实在是太愚蠢了。

通往他们套间的那扇门，整晚都锁着，她睡在内室，而他则待在外边房间里挨着墙壁的床上。九点的时候船员会过来敲门，不过他不允许船员们进入室内。等到船员离开后，他才将他们的早餐托盘拿进来，就像在火车上那样，细细侦查，小心行事。

大概十一点的时候，又是一声敲门，这次是女船员。他们允许她进来，她也是船上唯一一个可以进入他们套房的工作人员。但她从没见过玛蒂娜。在女船员进来之前，他总是让她退到套房的浴室里去。等女船员离开房间，外边的门又重新被锁上时，她才会再次出现。在这期间，他总是徘徊在浴室门口，为每一个突如其来的闯入做好了准备。女船员也一定知道有个女人和他一起，毕竟每天屋子里都散落着无数沉默的证据。但她从没看到过这个女人，所以也无法形容她。总之，她绝不会把这抹倩影跟“盲人”联系在一起。船上的所有人都不会。他带她进来的时候正是月黑风高，除了他自己根本没有人会把视线落到她身上。

她劝他去外边走走，但是他不愿意离开套房，去甲板上呼吸呼吸新鲜空气，活动一下四肢。他一刻也不肯离开她。“不要，”他固执地说，“等——那天过去再说。”

她知道他指的是哪一天。不用说她也清楚。

他带了一个小小的电池收音机，是在他们离开之前在旧金山买的。收音机被巧妙地做成了一个行李箱的模样，帮助他们消磨了很多时光。

天气渐暖，他们到了檀香山。她醒来，船体静止不动。她有些想念那轻柔的摇晃。外边的走廊上传来清晰可闻的脚步声，人们拉着行李箱准备下船。大概十五分钟以后，一切又安定下来。船停泊在港湾里，静谧下来，却带着一份古怪感，就像是——死亡。或者正在等待什么事情发生一样。

他们都比在海面上时要更加紧绷和激动。在这里，危险是与其他船只相撞，危险是他们的船冲撞上从岸边伸出的码头，危险是不小心横穿而过的大桥。

他终是克制不住："我不太舒服。"他承认道，"我想上去看看，有点忍不住了。不过我不会走远的，马上就回来。"这一次他把枪留给了她，而不是自己带着。

他锁上门，身上装着钥匙。

就像是他要出去远足一般。

可是马上，她就听到他钥匙急匆匆地塞进锁孔的声音，他又冲了进来。

她感觉到他很警惕。

"怎么了？"

"夏威夷的警察。"他低语道，"他们上船了，正逐个搜查房间，想要找到你。一定是卡梅伦在岸上发出的警报。"

"我们怎么办呢？我们被困在这里，我还能藏到哪儿去？"

"你不能藏起来，那不顶用。我们都在旅客名单上，他们查得到。"他手指烦躁地捋着头发，眼睛瞥着门口的方向，"何况我们也没有多少时间。他们已经在上一层的走廊尽头了，马上就下来了。这还是我恰好逛到那里，船员透露给我的消息。我给了他点小费，他说了挺多。"

"那么当他们看到我的时候——"

"不会的，"他说，"他们手里没有确切的关于我们的描述。显然，卡梅伦可以轻易地认出我们，但是他们不知道你的样子，船员听其中一个警察说的。他们只确定一件事，而且卡梅伦一定觉得这就足够了，我们肯定无法隐藏这一点。他们在找一同旅行的一个男人和一个失明的女人。他们甚至都不确定是哪一艘船，它可能是即将停泊的任意一艘。他们搜查了过去二十四小时经过这里的每一艘船，所以我们还是有很大机会可以逃走的。”

他一只拳头砸在另一只手里，像是饱受折磨的棒球接手。

“他们必须看到你，但他们不能知道你看不见！”

她站起来，刹那间决心十足，“他们不会知道的！”

“你能做到吗？”他疑惑地问道。

“为了你，”她说，“我能做任何事。为了和你在一起——为了阻止他们把我从你身边带走。快点！你得帮我！你刚才看到他们所有人了吗？我有些必须知道的事情。”

“他们下楼进房间的时候，船员有指给我看。我就快速扫视了他们一下。”

“那你得告诉我这些事情。必须非常确定，因为你来不及跟我讲第二遍。第一，他们有多少人？”

“两个人，后边跟着两个警察，但那两个警察不会进房间。”

“那是谁会进房间？”

“一个是夏威夷人，深色皮肤，矮矮的，瘦瘦的。另一个是英国人，高高瘦瘦，还很白。我还注意到他的皮肤有点晒脱皮。”

她兴奋地用双手推了他一把，“他们的声音，快点——以便我能确认他们的位置。”

“英国人的声音很低沉，像是这样——”他压低了自己的音量，“其他人的就比较响亮，像是短笛。”

“他们的衣服，快一点！”

“夏威夷人穿纯白色的。另一个是灰色的，衣服很皱。他好像流了很多汗，还不适应这样的热浪。”

“他用手帕擦脸吗？”

“在他脖子后边放了一条。”

“他在房间里擦脸的时候你就清清嗓子。第一次这么做就行了，之后不用。他们的领带呢？”

“夏威夷人的是亮绿色。另一个我没注意。”

“那就不是显眼的颜色。他们有抽什么东西吗？”

“矮的那个不抽。英国佬在进门前刚抽完最后一支烟，我看到他把烟斗塞进了胸口的口袋里。”

“看得到烟斗嘴儿吗？”

“看得到。”

门外是一阵模糊不明的喃喃声，好像所有人都聚集到了一点上。

“你能用这些信息做到吗？”

“我可以。”她承诺道，“我必须做得到。帮我把所有东西都拿到梳妆台上，拿出行李箱里所有我用不到的化妆品。”

“你打算做什么？”

“化妆。这样我就可以坐在同一个地方，而且眼睛一直盯着镜子。”她坐下来。

敲门声早就响起来了。

“你能处理好化妆品吗？”他喘息道，“万一你拿错了东西，或者在某个地方上得太浓了？”

“我的手指对这些瓶瓶罐罐和笔非常熟，反正男人们也不会在意这些细节的。如果是一个女人有可能会瞧出点破绽，但是男人不会的。”

第二阵敲门声来袭，比刚刚更为迫切。

“别怕，亲爱的。”她低语道，“你做好你的事就好，我不会让你失望的。忘记我是谁，我是露易丝，或者其他哪个人。”她给了他莫大的勇气。突然，她提起声音，从前他很少听她这样大声地讲话。“乔！”她喊道，像是要把浴室里的人唤到身边，“有人在门口！你能看看是谁吗？”

门打开了。她深吸一口气，一面抬眼望向浓重的黑暗之中，一面小心翼翼地用小指尖按压着上唇，伸出舌头舔舔指头，继续按压着。

一个高调的声音说道：“布罗伊尔先生？”

艾伦应道：“怎么了？”

“很抱歉打扰您。我们是檀香山警局的，只是来检查一下旅客。”

“进来吧。”艾伦说。两个人坐下来，一把椅子传来了轻微的响动，而另一把则发出了很大的吱啦声。

第二把椅子那里出现一个低沉的声音，“你们是约瑟夫·布罗伊尔先生和太太？”

“是的。”

“你们是在旧金山上船的？”

“是的。”

“你们的目的地是——？”

“首先去到横滨。然后我们可能——”

突然的沉默。他们正以一种男人特有的敬畏感看着她。她正拿着一个小小的新月形胶状物，像是半块隐形眼镜，小心翼翼地往睫毛下边贴去，然后又拿着小刷子蘸取黑色的粉轻轻地刷着。

“来支烟？”她听到艾伦递出去。

她没给他们回应的机会，“永远不要给抽烟斗的人卷烟，乔。你是在浪费时间。”

艾伦呼吸急促，“你怎么知道他是抽烟斗的？”

“我在这儿都能看到他胸口口袋里的烟斗嘴儿。”

停顿。烟斗主人一定低头看了看自己的胸口口袋，并很震惊地确认了这个事实。

突然她又说，像是通过镜子似的，“你来这儿没多久，对吧？”

低沉嗓音回答：“老实讲，是的。你怎么知道的？”

“看得出你的皮肤对阳光还是很敏感。”

“您观察得真细致，夫人。”

艾伦轻微地清了清嗓子。

她微微转向第二把椅子的地方，“我没见你擦擦脖子，”她打趣地说，“看起来你不和你的同事一样这么在意这热浪。他为什么不像你一样穿白色呢？”

“那样子看起来不像一瓶牛奶吗？”另一个方向传来一个低沉声音。

“而且从你那活泼的领带，我能看出来你是这岛上的人。”她继续说道，“阳光明媚的天，阳光明媚的领带。”

几乎是一瞬间，就像她的评价对他们产生了什么效果一样，她听到两个人一同站起来，“咱们走吧。”一个对另一个低语道。语调非常平稳，其中一个人有点厌烦，大概是觉得他们刚刚完全是在浪费时间。

艾伦把他们送到门口，“你们在找什么特别的人吗？”她听到他准备关门的时候问道。

“一个失明的女人。我们接到命令说为了她的安全要限制她的人身自由。”

“乔，”就在这时，她在房间的深处甜甜地喊道，“告诉那位先生，他笔记本上的橡皮筋掉了。”

脚步声再次朝着椅子的地方集中，停下——“确实如此，夫人，就在这儿,我看到了”——再次退出房间,他关上门,把钥匙拿进来。

艾伦连忙走到她身边，单膝跪下，手指轻抚着她的下巴，“你怎么知道的？”他十分惊异，“这是怎么回事？”

“他拿出笔记本把橡皮筋摘下来的时候，我听到了一阵噼啪声。可是我只听到了一次，所以我知道它没回到原位。于是，我有一个大胆的猜测，它应该不是掉到了椅子上，就是掉到了地板上，只是他没发现而已。这是一场赌博。他也有可能只是把橡皮筋塞进了口袋里，或者是缠在了指头上。但是，我赌赢了。”

他双手包裹起她的手。

“干得漂亮。”他热切地祝贺她。

这天稍晚的时候，他又突击视察了一番。她现在是安全的，她现在受不到任何伤害——至少在他们看来——但他想确认一下。

“他们走了。”他回来时说道，“十五分钟前他们就上岸了。一艘大型的总统游轮刚刚经过钻石头，他们接收到的无线报告说船上有个盲女和她的导盲犬在一起。这都是我那位‘百事通’船员告诉我的。等她证明了自己的身份后，我们早就在千里之外的大海上了，他们够不着我们。我们下一站就是横滨了。

“太好笑了，”他补充道，“他们在船上还留了一个警察，我刚刚回来的路上恰好碰到他。他正站在上层走廊的尽头执勤，不是很显眼。”

晚上五点，他们再次启程。引擎刺耳的声音又一次传来，在一片平静的水面上，总是显得格外注目。缓缓的滑动又变得肉眼可辨，稳定得像是火车刚刚离开站台。微风吹过，周遭清新许多，而码头那边机器的轰鸣声渐渐消失不见。

他出去转了一趟又马上回来，和船只离开港口时缓缓的波动很合拍。

“那个警察还站在那里吗？”他进来时她问道。

“我出去的时候还在，”他说，“但我刚刚回来的路上就没有看到他了。他一定离开了。我给你带了一个花环，我觉得你该有一个。他们给了每个离开夏威夷的人一个，但你恰好不在那里，所以就没有拿到你的。”

可船在他出门之前就驶离港口，发出了各种刺耳的声音，并不是在他出门之后发出的。他们太开心了，以至于全然忘记了这之中的矛盾之处，这时如果有警察的话，他应该早就离开岗位了。又或许可能他接到命令要停留在船上，直到最后一刻，等到船只驶离他的管辖范围后，他才下船。

现在他们只在意的是：她安全了，她得救了。她在安全中变得安全了，从拯救中得救了。

午夜，波光粼粼的海面。他们一起待在昏暗里，脑袋靠在一起，胳膊环着对方的后背。等待着，紧绷着，纹丝不动，呼吸轻盈，眼神发亮。

他们关上了套房里所有的灯。但窗外的月光经过海面反射进来，映照到墙上，又退出去。

两个小小的光源照出他们的位置，忽明忽暗，很快又消失不见，比墙上那些反射的月光还要快。一个是红色光点，另一个则是一团浅绿色的光斑。它们一起移动，一个在另一个上面。他手里紧张地握着一根香烟，手腕上手表的数字隐隐发亮

在一片寂静之中，森林里有两个宝宝小声说话。这时两个宝宝已经在森林的边缘地带了，几乎马上就可以逃出森林。

“现在几点了？”

“十一点五十八分。嘘——耐心点。”

红绿相间的光又闪烁起来。

“现在——到了吗？”

“还没。十一点五十九分。还有一分钟。就一分钟了。别呼吸，也别说话。”

像是孩童之间的警告，“你会破坏魔法的。”

她抬起手捂住他的嘴。他抬起手，也捂住她的嘴。

他们的心。滴答，滴答，滴答，滴答。六十次滴答。不是他的表，而是他们的心。一起，在完美的时刻，合二为一。

他的手离开她的嘴。举起那微微闪烁的数字。

“是现在吗？”她低语。

“就是现在！”一开始他低声说。接着他正常地说。后来他惊呼了起来，“现在！现在！就是现在！”

他们在黑暗里跳了起来。

“凌晨十二点！六月一日！那个日子过去了。他错过了那天。玛蒂，玛蒂，你懂吗！你听到我在说什么了吗？我们安全了，一切都结束了。我们赢了，我们赢了！”

他在房间里四处乱跑，摸摸这里，蹭蹭那里。现在灯火通明，每盏灯都释放着自己的灼热，像白昼一样明亮。

他们互相亲吻。这时他拿出藏在沙发后边的一小桶冰块，等待着他们，万一还——活着。他举起香槟。他们继续亲吻。他拿来两只玻璃杯，泡沫淌到他大衣的袖口上。他们亲吻。他拔出软木塞。他们仍然亲吻着。木塞子嘭一下弹出，流出的泡沫淌到了他的袖口。他们都笑了。他们亲了一下。边笑边亲吻着。

他们将酒杯高高举起，越过头顶。

“一杯敬生命！”

“敬生命！这可爱极了的生命！”

他们把杯子扔到了角落，又填满了另两个杯子。她喜极而泣。“我们在开派对呢。只有你，只有我。像是活着的人都会做的那样！”

“现在我们就是活着的人。”

“我知道，我知道。”她向他伸出胳膊，“和我跳支舞吧。这么多年了……任何舞步都行，我才不管它有多难呢，我都会跟上的。

和我跳舞吧，像是活着的人做的那样。”

他拧开了那个便携式的电池收音机。微弱地，从某个遥远的地方，像是彼岸似的，传来了吱吱呀呀的音乐声，然后声音渐渐加强，变得稳定。合唱哼着幸福的曲调，是《茶花女》里的华尔兹乐曲。

他拥她入怀，带着她在房间里转了一圈又一圈，他兴奋得发了狂，她披散的头发在空中飞扬。没有停下来，他就抓起半空的酒杯直接递给了还在空中旋转的她。下一圈，他抓住了自己的那只杯子。

他们更新了祝酒词，在舞步中间碰响了酒杯。

“敬生命！敬还有长长长长日子的未来！”

“敬等着我们的那长长长长的未来！”

新的一天，生活重新开始，世界也重新开始。再没有紧锁的大门，没有密码，也没有因小心翼翼而难以下咽的食物。他们一整天都在套房外面，从清晨，到暮色洒满轻柔的海面。此刻，他们完全安全了，他们四处闲逛，其他人去哪里，他们也去哪里。点头、微笑，一天过去了。一有人提起为什么现在才看到她时，她就撒些无伤大雅的谎，说自己得了病，是个可怜的水手。

他们上到最顶层的甲板上，看早晨的阳光喷薄而出，洒满整个海面，像是倾翻了一整瓶辣椒酱似的。他观赏着，为她用语言画画。他们在餐厅吃了早餐，要来了躺椅，一整天都躺在暖洋洋的日光里。

因为所有的女人都戴着墨镜来抵挡这刺眼的光线，一时之间，你竟看不出来她有什么不同。

日落时分，他们才走回套房去为晚餐换衣服。他们坐在船长的餐桌旁，一切都已安排妥当，这本身就是荣誉一件。她没带礼服，但船上正好有家服装店，那个下午，他就为了今晚的宴会给她买了一件长裙。裙子被改得很合身，在他们出门的时候被寄了回来，现在正包装好躺在她的床上等她。

她就像个孩子，举起纸盒，把它捧在胸口。她不要在他眼前拆开它，他得看到她穿着裙子的样子，而在那之前，不行。

“你出去吧。”她说，“我准备好之前不想让你看到我。我想给你个惊喜。”

“那我上楼去酒吧喝杯马天尼。”他同意道，“这样可以吗？”

“半个小时左右，你再回来。”

他轻轻地吻了她。她双手背后，仍然像个孩子，等着听他离开的声音。

她听到他在外边锁上门又拔出钥匙的声音。大概是出于习惯，虽然已经没有必要这么做了，但事事小心总还是好的。

她开始做起了准备。她打开盒子，材料摩擦发出嘶嘶的声音。她拿出裙子摊到床上。他一定是去给她买花了，虽然他什么都没说，但她知道那就是他上去的原因之一。船上有花店。栀子花或者是兰花一类的，串起来都可以挂在她的肩头。

她脱掉她外边的衣服，换了长筒袜和鞋子，又整理了下头发。然后她才穿上了那件裙子。这再简单不过了，商店里的店员给她演示过一遍：把两边的抽绳系紧，再确定裙摆放正就好。她的手指替她看好一切。裙子的领口有些低，只有两根蕾丝带支撑着，她需要什么东西盖着她的肩膀和后背，毕竟夜晚的海上还是有些凉意的。而他们在跳够了舞、听厌了曲之后，大概还是会去到甲板上。

这实在太糟了，她没能带一件披巾或是什么装饰围巾实在太糟了。

不，等等，她想起一样东西。

她用手指摸到衣柜的门，摸到滑溜溜的、表面冰一样的镜子。手换了地方继续摸索，探到衣柜六边形的玻璃把手。她打开门，向里边伸手。挂在那里的衣服一件件摸过去，直到在衣柜深处摸到自己想要的那一件。是件丝质的夹克衫，尺寸小小的，像是门童的衣服。

她拿下来衣架，褪下衣服，把衣架随意搭在衣柜里，一如她拿下时的漫不经心。

接着她关上了带着镜子的门，但因为没有全程都握着门把，门有些没关紧。锁舌没有跟锁芯完全匹配上。门磕在了框子上（这时她听到一个轻微的敲打声），没有关好。不过那不重要。

她把夹克披在肩上，调整来调整去，就像看得到的女人一样，想要把衣服整理成她满意的样子。夹克衫正合适，很保暖，但料子又不会太厚重。

她又一次坐到梳妆台前，最后摸索着。她摸到一瓶古龙香水，打开盖子，蘸了一点在耳朵的地方。

为晚宴梳妆打扮实在太妙了。轻浮一点也很妙。他们就要像其他普通人那样活着了。不用再害怕，也不用再躲躲藏藏。他们会在船长的餐桌旁用餐、大笑、聊天，品着葡萄酒。他们会跳舞，会在漫天星光下的甲板上散步，会站在围栏旁。无所畏惧，什么都不用怕。经过的脚步声只是脚步声，你可以转身轻轻点头，也可以直接无视掉，你想怎么样都可以。

无所畏惧。无所畏惧。

突然，她之前挂在衣柜里的衣架滑落，掉到柜子底部，发出一阵噼啪声。

她知道是什么掉了，声音就说明了一切，所以她连头都没回。衣架是会出现那样的状况，有时是你没能把它们挂好，有时是你手离开的时候太过用力。

她正在考虑要不要涂口红的事情。今晚是场宴会，她知道她会和以前一样配合他，只不过是在公众面前。如今，口红应是社交场合的一种仪式，而不只是单纯想要给外人看看你嘴唇的颜色而已。出于这个缘由，她打算涂一点口红。没人相信她一个盲女，可以成功地把口红涂好，没有涂到外边去，也没有弄脏妆容。不过很早之前她就知道她可以做到了。

谨慎地花了一些时间，口红涂好了。

她站起来，什么都准备好了。再没什么事可做，只要等他回来就好了。

这时她想起刚刚听到的掉落的衣架。她想走到衣柜旁捡起衣架，把它放回原来的位置上，纯粹是出于女生对整洁度的特有追求，反正这时她也没什么别的事可做。

门完好地嵌在门框里，和她刚刚离开时的样子一样。她蹲下来，在衣柜里摸索了片刻，终于找到掉落的那个衣架，然后把它放到原位。

她紧紧地关上门，锁舌和锁芯严密吻合，把手在她的手里顿了一下，这是正常现象。

她转身，准备走回梳妆台——

门完好地嵌在门框里，就像她刚刚关门时的样子。

可是她没有关好门。她只是轻轻推了一下，就走开了。她还听到门刮过门框的声音，她停在那里。

夜色袭上她的心头。一盏接着一盏，所有的灯都灭了。屋子里冷冰冰的，不知哪里来的风像刀锋一样划着她。但她的脚步没有变得踉跄，她的外表什么都显不出来，可是她的内心、整个世界都陷入了黑暗之中。她的手摸到梳妆台后边的长凳，然后坐下来，身体重重地沉了下去。

这里有别人。有别人和她一起在这里。他此时此刻正和她共处一室。他应该早就进来了，在一开始的时候就在房间里。先是躲在衣柜里，后来出来了，待在房间里。

但是在哪里呢？在哪个方向呢？没有声音，也没有任何迹象。

她的嘴唇哆哆嗦嗦地颤抖着，“艾伦。”她无声地喃喃。

在门那里？在门外的另一个房间里？或许如果她足够接近的话，艾伦就能迅速开锁，即使进来——

她又喷起了古龙水，喷了太多，于是一小股涓涓细流从她的耳朵沿着脖子淌下。

还是寂静无声，什么迹象都没有。她垂着头，就保持着那个姿势，浑身紧绷，侧耳倾听，调动她所有的感官用力听着，希望听到别人听不见的东西。

真是狡诈，连一点呼吸声都没有。又或许是呼吸得太过精巧，不着痕迹，以至于没有一丝声波传到她的耳朵里。但是就在这个房间里，这么一块小小的地方，另一颗心脏也在跳动着。另一颗，就在她的心脏旁边。

他在哪里？在哪里？

如果他不动，也不接近她，那么她就得去寻找他，她必须得找到他。被吊着的感觉是如此可怖惊悚，简直令人无法忍受，而她现在就忍不了了。如果他不自己现身的话，她就必须要把他揪出来。

她开始找他。

像是金属碎屑被磁铁吸引那样。像是鸟儿注定被蛇吞食那样。

她起身，先是走向墙边。触到墙壁时，她就开始沿着它走。左侧身体倚着它，那是靠近心脏的位置。她伸出手摸索，左手，右手，一掌又一掌地往前走，在墙上画着车轮一般的圈圈。

她空洞的眼睛里盛满了泪水，泪珠一颗一颗地，缓缓淌到脸颊上。她的嘴唇止不住地颤抖，一遍又一遍低声说着同一个词。“艾伦。艾伦。艾伦。”她不能歇斯底里地惊叫。有些事情正在发生。她知道她可能走不到尽头了，如果还有一个尽头的话。恐惧，像是噼里啪啦燃烧的火苗，一寸寸侵蚀她的声线，直至彻底燃尽。

她有种奇怪的感觉，当然这感觉也有可能就是真的。她正在死去，慢慢地，即使此刻那双手根本没有碰到她。她已经快要窒息了，死亡的进程已经在运转了。

一排抽屉打破了墙壁的连贯性，艾伦的东西装在里边，她绕开它，继续沿着墙走。用手不停地划啊划，像是一个将死的水者，知道自己永远都无法游到彼岸。

再前边，是浴室的门。虽然她之前还没有这个想法，但她现在突然想到，如果她迅速进入浴室然后把门关上——

门砰一声被关上，带起的风吹过她的脸。它一定是刚刚从她的指尖溜走的。希望破灭了，残余的痛苦吞噬着她的精力。钥匙搅动一番，接着被拔了出来。她摸到门把的时候，触感衬着她的皮肤，她感觉到微微的暖意。是另一个人手心的温度。

她的舌头开始哆嗦，舔着嘴唇。“艾伦。”她轻轻地喘息道。

她伸开胳膊，四处摸索，想要发现他。他一定离她只有几步之远，才能那样子关上浴室的门。

但他也一定趁她走来的时候躲开了。她向前伸出的手指只抓到一片空白。

死亡之舞。可她的舞伴一直保持距离，从未参与。属于死亡的萨拉邦德舞。

她沿着墙壁，一步又一步。在墙角处转弯，开始沿新的一边走。

走到半路的时候，床挡住了她前进的脚步，床头突出来了。

她走向床边，胳膊伸直，像是梦游的人一样，转了个身，绕开床头。

就在这时，她从床头开始走，还没到床尾的时候，床另一边的一双手伸出来，碰到了她的手。这双手开始用力，抱着她，将她拽了过去。那双手很温柔,但却冷酷执着。她的身体被改了方向，床就在她面前，而拉力来自另一方。

像是那个可怕的游戏——“伦敦大桥垮下来”，只不过横在他们之间的是床。

然而不知怎么的，她不再害怕了，不想畏畏缩缩也不再肢体僵硬。现在她抛开了一切，什么东西都扔在了脑后，留在了她的生命里。要是能体会到恐惧，那你至少得活着。她现在好像已经非常清楚，无论怎样挣扎也无法逃脱或者改变死亡了。

她闭上眼睛，很淡然。她知道艾伦再也没办法及时赶到了。这是她最后一刻的想法，然后眼前的黑暗被交替成了另一个永无止境的黑暗。

镇静剂终于让他嘶声竭力的嘶吼趋于平静，睡意来袭之前，他拽住船上医生的袖口，又是推拉又是撕扯，好像要活生生把医生撕成两半才甘心。他无助地喃喃道："但是他们告诉我——卡梅伦，那个警察——他们向我保证，我们只需要警惕五月三十一日，他只在那天才杀人！可凌晨的时候三十一号已经结束了——我就不再看着她了，开始变得没那么谨慎——他们为什么骗我？什么事情出错了？！"

"我不知道你在说什么。"长着胡须的船医说道，语气竭尽所能地温和，"我只知道昨天一整天都是三十一号，从凌晨到另一个凌晨。但今天一整天也是三十一号,从上一个凌晨到接下来的凌晨。日子在自行重复。听着，当我们朝西驶向国际日期变更线的时候，我们就能多出来一天。我们现在就是三十一号，所以这个三十一号有整整四十八个小时。没人告诉你这些吗？你不知道吗？"

卡梅伦原本以为等待他的是怒火中烧，是像火山喷发一样的怒吼，是电闪雷鸣，办公室里的家具噼里啪啦被扔得四处都是。可他现在只得到了——视而不见。他只是被忽视了。就好像长官的眼睛出了什么问题一样。

他花了二十分钟才鼓足勇气靠近办公室的门。在接近这扇恐怖的大门前，他站在大楼对面的街道上踌躇不已，在大楼门口的台阶上闲逛，接着又在大厅里和冷水机较量了一会后接了杯水喝，尽管他并不想喝水。

终于，他还是敲了门。

没有回应。不管是长官知道这是他该做报告的日子，还是听出了敲门的人是谁，还是第六感告诉了他。没有回应。

卡梅伦知道长官就在里边，因为他听得到长官讲电话的声音。

他等了片刻，又一次敲门。

没有回应。好像是鬼魂一样。

最后，他自己打开门，走了进去。

长官就坐在那里，浏览着报告。

卡梅伦关上门，原地等待。

有人进来，又出去。长官直接跟那些人对话，可以毫不费力地看到他，听到他。

卡梅伦清清嗓子。

长官连眼睛都没有抬一下，好像什么都没听到一样。

卡梅伦走到桌子那边，直直站在长官前面。

长官打开了桌上的灯，“天黑得早了。”他自言自语。

一片绝望中，卡梅伦开口：“长官，我就站在这里。我等着跟你谈谈。”

长官结束了一篇报告，翻找着下一篇，找到之后，开始浏览。

“长官。”卡梅伦说，“你至少得听听我的话。”

长官把小指伸进耳朵里掏了掏，仿佛空气中有什么东西打扰了他。

“这是一个失误！至少我的过失和檀香山警方的一样严重！我当时在旧金山，我甚至都不在夏威夷！当客船抵达横滨的时候，船长马上发了电报给檀香山警局，可惜那时已经太迟了。他们把电报转寄给了我。那天上午九点的时候，两个警方的侦探和一个警察登上了那艘停在檀香山的船，去搜寻她。十五到二十分钟后，第二个警察出现了，好像是要加入他们的队伍。他没被叫停，也没被问询，他们觉得只是警务值班而已。当侦探们上岸后，船上还留着那个警察。这个警察在所有人的眼皮子底下巡逻。他太光明正大了，都没有人上前去查一下他的身份。没有人看到他离开，但船驶出港口后，他就消失在了甲板上，所以所有人都认为他已经离开了。”

长官一个词都没有听进去。他在签署着什么文件，把东西弄得有点脏。他越过卡梅伦看了看挂在墙上的钟，又低下了头。

“在檀香山的时候，他们新雇了一个服务员。我亲自到那里去查过，他的顶替是完全合理的。但——这就是问题所在了，长官——其他的一些船员在事后声称他后来的样子和他第一次登船的样子不太一样，就像两个不同的人似的。但是没有人去调查一下，什么都没有做。在名单上有个混血的夏威夷男孩，而正好有个混血的夏威夷服务员可以对得上号，所有他们觉得这样子就可以了。接着到达横滨后，他就下船了，再用那个名字调查就太迟了。长官，这艘船上发生了第二起谋杀案，就在檀香山和国际日期变更线之间，一套警服被扔下了船。我知道我说得有点混乱，但我能为自己所做的辩解就是——"

他绝望地把手撑在桌子上，"长官，请您说点什么吧，好吗？骂我一顿也行！但是别让我就像这样站在这里——"

"哈克尼斯！"长官厉声喊道。

值班警察探进脑袋来。

"哈克尼斯，你是怎么了！"长官大喊，"别让无关人士踏进这个地方！这是警局，不要让所有人都觉得可以随意在这里进进出出。陌生人不行，路人也不行！公众就不能随便进来，你知道的。你坐在大厅尽头的那张桌子前给我看仔细了。现在能请你帮我清清场吗？我还有很多文件要处理，我只想要相关人士在场。"

卡梅伦把头埋得低低的，就好像他以前从没看过自己的脚一样，现在想要分辨出它们是什么样子。

"你听到长官的话了。"哈克尼斯同情地说，好像他自己也不愿意干这个事一样。

"我还会回来的。"卡梅伦固执地说，然后转身离开。

“哈克尼斯，”长官说，“有句古话是这么说的，他们永远都不会回来。”

加里森写给卡梅伦的一封信，写了卡梅伦工作警局的地址，本来是寄到塔尔萨的，之后转到了旧金山，又转寄去了檀香山，最后又回到了旧金山，寄到了卡梅伦的警局，接着又被重新寄到卡梅伦的家，上面还有长官的手写提示“寄错地址了！”

……去年七月你来的时候没能提供什么帮助，尽管你已经在这逗留十来天了。呃，言归正传。昨天晚上，我和太太从剧院开车回家的时候，有个醉汉站在街角，直接冲我们扔了酒瓶。我来不及刹车，于是我们就猛地往前冲了一下。他也被我们搞得鸡飞狗跳，过了四十五分钟汽车维修队才赶来，我们才上路。

你应该想象得到，当时我们都筋疲力尽，我太太愤怒地喊道：“这也太危险了！要是从天上扔个酒瓶子呢？！肯定会砸到别人脑袋，害他们都丢了性命！”

我说：“我以前认识一个习惯把酒瓶子扔出飞机的人。”然后我给她讲斯特克利兰参加我们的垂钓活动时，曾经干过这么一回。然后就在我给她讲故事那一瞬间，我意识到那可能就是你上次来这儿想要知道的信息，只是我当时没办法告诉你。

你可能不再需要这个信息了。现在它未免太过老旧，又或者这不是你们最初想要的。不过自从那晚起，它就一直让我心绪不宁，为了将这想法从我大脑中赶走……

希望这封信可以寄到你那里……

电报一封。卡梅伦发，加里森收。

这则信息非常重要。所以请你尽快回答我几个问题，电报到付即可。第一，他扔酒瓶子的时候是哪一天？五月三十一号吗？第二，那次旅行的航线目的地是哪里？第三，飞机是什么时候飞离机场的？第四，记得瓶子是在几点的时候被扔下去的吗？第五，你能估算一下整条航线上飞机的平均速度是多少吗？

电报一封。加里森发，卡梅伦收（已付费用）

第一，我很确定那一天是阵亡将士纪念日。他在节日的时候总是喝得最多。第二，是森之星湖，靠近加拿大。第三，六点。之所以这么确定是因为我们会提前在机场碰面。第四，没办法准确地说是几点，只记得街上的路灯已经亮起，你还能看到一些日光，所以大概是黄昏之后。第五，那是架老式飞机了，大概每小时 100 公里，当然这完全是我的猜测。

卡梅伦休息了足足十分钟。可能不止。一张巨型的地图在他眼前徐徐展开，显示出了每一个街角，每一个路口，还有几乎所有的田地。接着，笔直的线条从机场画到森之星湖，直线旁边写着一共所需要的飞行距离。他拿出了那年，也就是 1941 年的年鉴，上边告诉他每天太阳准确落山的时间，还有那年那日黑夜降临的准确时间。

首先，起飞的时间被标记为下午六点。接着是在一百公里的间隔里刻下一连串的痕迹，好标出在接下来的七点、八点和九点时，飞机理论上的位置。每一间隔又被分为两小段，表示半个小时，再分两小段表示一刻钟，直到分割成以五分钟为单位的间隔。当然，这些数据都只在飞机维持每小时一百公里的速度之下才会有效。如果飞行员有些时候飞得快些，有些时候又飞得慢些，那么这组标识就没什么用场了。但那也是他必须得抓住的机会。

接着，在 7:50 和 7:55 之间有一道弧形的刻痕，用来表示日落。第二条刻痕表示黑夜降临的时间。而两道刻痕之间像括号一样的地方，是关键所在。

在这片区域里，地图上只有一个空心的圆圈，那是用来表示“城镇”的符号，旁边标注着它的名字。它附近什么都没有。

这就是“哪里”。现在他知道这个“哪里”在哪里了，他拍了一张照片。在最后一条生命也来不及拯救的时候，他终于找出了那个地方。

老婆婆坐在床边的摇摇椅上，定睛望着遥远的地方。一只手抓着蕾丝窗帘的边缘，这蕾丝窗帘也曾经出现在墙面一张泛黄的照片里，那是许多年前拍的了。

“她已经死了。”她说道，“是昨天吗？还是很多年以前？我不知道，也不确定。我的脑子已经记不大清时间了。我只知道我是一个人，只知道她不在这里了。

“是的，曾经有个男孩。她爱着的男孩。她一生里也就认识这么一个男孩。她也只想要认识这一个。是的，她要嫁给他了。我猜，不嫁给他，她就会死。”她突然一个停顿，好像猛地想起了什么，“她死了。”

她晃了晃椅子，继续望向远方。

“以前，她总是在晚上八点的时候见他，就在广场那边的杂货店。好吧，可以说他们每天晚上都要见面。曾经有天晚上下着大雨，我拦着她不让她出门。她是个好女孩，所以她听了我的话。我不让她出门的时候，他就过来，站在她的窗户底下吹口哨，然后她就会打开窗子，跟他聊天，无论怎样，他们还是碰面了。我就随他们去；我什么都听得到，不过还是随他们去了。

“他会吹很有趣的口哨，是专门为她准备的，尽管我也能听到。声音不太大，也不勇猛。反而很温柔，带着讨好的意味。像是——像是猫头鹰宝宝走丢了，‘吱呀——吱呀——’，就像那样子在叫。

“大概是一年前，发生了一件很有意思的事情。那天晚上，我确定我又听到了那个口哨声，就在她的窗户底下，原来声音传来的地方。那时夜已经深了，我正在床上躺着。口哨声一直不停地响着，如此地婉转，又是如此地叫人心碎。最后我还是起床，走去了她的房间。我去到窗户那里，打开它，而他就站在下边。我看到他沐浴在月光之下。他抬头看我，我低头迎上他的视线。他一直看着我，眼神充满了希望的光泽，闪闪发亮。接着，他摘下了帽子，他们年纪还小的时候他也会这么做，他说：‘多萝西可以出来吗？’一如往常，同多年前一模一样。

“我忘记她已经死了。

“我说：‘今晚不行，太晚了。明晚吧。’然后我冲他挥挥手，示意他走开。就是你对待爱慕小女孩的男孩的方式。你知道的，很慈祥，但又很坚定。

“我关上了窗，转身走开了。可当我走到半路的时候，突然一个踉跄，我想我会晕眩一会儿。我还能看到她空荡荡的床，所有的东西都被盖在一张大布下边，那是我多年以前盖上去的。我跑回窗户旁边，可是那里已经没有人了。我看不到他了，他已经离开了。

“我刚刚是在做梦吗？还是他真的出现在了那里？

“我不知道。”她继续说道，“我不知道这爱是什么。它已经超出了我的理解范围。有时候我觉得她，或者是他也无法理解。我不知道那份爱是怎么存活在他们心中的。一个像多萝西一样的普通女孩，另一个像约翰尼一样的普通男孩。”

那个男人，也就是警察，轻轻地站起来，没有去回应她的问题。他正在思考，一件如此美好的事情是怎样变得如此糟糕的？一件那么正确的事情是怎样变得错误百出的？

老婆婆坐在窗边的摇摇椅上，还是盯着窗外遥远的地方。

重　逢

这是典型的小镇旅馆里才有的简陋房间，复古得像是自一九一六年后就再没什么变化。所有的木工活，包括内部的窗套，都染上了一层难看的深色。墙纸上都是水泡，空气早就爬进了墙壁和塑料布之间，上面布满了褪了色的暗红花朵，它们像是沿着直线对称趴在墙上的甲虫。灯泡挂在天花板的中央，上边覆着铃铛形状的玻璃灯罩。

一个年轻女孩和一个年长的男人在房间里。他的头发有些花白，戴着一副厚厚的眼镜，衣服外边套着一件保护用的工作罩衫。而她则坐在一个自带光源的化妆镜前，光束射到她的脸上，就像被打上了聚光灯似的。她穿着一件围裙来保护自己的衣服，头发用毛巾固定住，完全隐藏了起来。化妆品在她四周散了一地，大概只有剧场专家才知道这些东西。不过不是她，而是他在摆弄这些化妆品。她只是坐在那里，手叠放在大腿上。地板上的小型平台上，放着一顶待用的假发。

在他们前方，有两样东西支在梳妆台上：一张已经泛黄的、有些褪色的，几乎要模糊不清的年轻女孩的照片，应该是很多年前拍摄的。照片里的女孩站在门廊的台阶处，一只脚抬起来踏在了身后高一级的阶梯上，在阳光里笑意盈盈。这是他们左边的东西。而他们的右边，是同一张照片的尺寸扩大版。不过图里只有女孩的脑袋，她的身体、门廊的台阶还有背景都被省略了。一个巨大的脑袋被巧妙地复原了，甚至比真实的尺寸还要大。照片的边缘处垂直用铅笔列着几行注意事项，像是一张指导表格：

头发向左分。14 英寸波波头。

眉毛深三个色。乔顿，三号色。

眼角外各有三四个浅色的雀斑。

睫毛，无妆。

脸颊，无妆。

嘴唇，无妆。

沙色大衣，黄铜纽扣。

浅蓝色围巾，敞开围。

一般不戴帽子。

低跟鞋。

男人正往她脸颊上抹着肉色的软泥，沿着下颌线，细细按摩，以改变她脸部的轮廓。他时不时在这里抹去多余的部分，又时不时在那里添上一些东西。

接着他拿出一个大得像薄饼的粉扑，仔细地在她的脸上扑起来，想要柔化软泥的光泽，好让脸部看上去更加自然。他后退几步，仔细瞧了瞧照片里的那个脑袋，看看图，又看看她，循环往复。

“稍微往这面转一点。

“再往那面转一点。

“朝下看。

“向上看。”

他点点头。两张脸一模一样。她正面对着一个复制出来的自己。照片先是复制了人，现在人又复制了照片。

他小心翼翼地解开她头发上的毛巾。那相似感被粉碎得彻底，五个小时的工作白干了。她的头发是深色的，几乎是黑色。

他拿起平台上的假发，拔出原本看不出来的某个东西。这是一顶假发的样品，从别人的头发上剪下来的。甚至有可能是从棺材里的脑袋上剪下来，为了葬礼使用，就当作最后的纪念。

他仔细地调试她脑袋上的假发，两个人又变得一模一样了。

她站起来，脱下围裙。他从盒子里拿出一条浅蓝色的围巾，非常小心却又随意地挂在她的脖子上。这一次又查询了一下那张原版的照片上的人，他从一个更大的盒子里又拿出一件沙色的大衣。这一次，他仍旧先拆下小小的锯齿状的样品布料，它可能是从别的大衣上剪下来的，已经挂在衣柜里很长时间了，而它的主人早已离开了这个世界。

她穿上它。

照片里，有一个黄铜扣子稍稍有些松动，沿着线头向下倾斜。复制品上，也有一个黄铜扣子稍稍松动，沿着线头向下倾斜。

“解开扣子。”他警告她，“永远别扣起来。一直敞着就行，就算大风吹得你肚子疼，也得敞着。”

他走到门边，敲了敲，好像他在屋外，而不是室内。

外边传来钥匙插入的声音，一位年长的女士冲了进来，有些踉跄，她后边跟着一个男人。

“准备好了吗？”后面的人问道。

“准备好了。”专家回答道，“我已经做完了所有我能做的事情。没什么别的可以帮你的了。”

女孩慢慢转身，面向他们。

女士嘴里发出一阵惊呼。她伸手掩住嘴。

“多萝西！”

她向后退了退，靠在她身后的男人上，想要把脸藏起来。

“那就是我的多萝西——！”她断断续续地抽泣着，“你们做了什么——？她怎么会在这里——？”

男人安慰地拍着她的头和肩膀。

“那就是我们想要知道的。”他轻柔地说，“我知道这听起来很残忍，但是我们没有其他办法了。如果她能骗得了你的眼睛，那她也能骗——”

卡梅伦。

他把她交给了等在门外的人，他们温柔地将她带走了。她一边呜咽，一边喃喃自语，想要回头看看她的人儿，那个早就已经逝去的人儿。

专家正在收拾东西，他脱下工作服，准备离开。

卡梅伦和他握握手，“你的工作非常出色。”

“我以前从不接警察的单的，不过我已经为电影和镁光灯化妆二十多年了，我觉得她会过关的。”

卡梅伦也是这么希望的，因为她出演的场景可没有再来一遍的机会。要么她一次成功，要么就再没机会。

门关上了，现在只剩他们自己。他，和这位演员，而她只为一个人表演。

他拿出一把 32 口径的左轮手枪，放在了梳妆台上。

她把手枪放进手包里，它被嵌在事先准备好的空间里，是可以直接开枪的位置。这样她就可以随时把手伸进包里开枪，而不用把它拔出来。

“你准备好了吗，实习警员——？”

“是的，警官。”

“你的任务现在开始。”

他关上灯。他们又在黑暗里徘徊了一会。

他拉开百叶窗。刚刚窗帘还是完全拉上的。

对面方向，穿过广场，广告牌闪闪夺目：“吉蒂”，下边是“杂货店”。

从现在开始的每天晚上，原本那个可怕牛仔男孩站着的地方，站了一个鬼魅般的女孩，正等着她的约会对象。一个被遗忘的女孩，等待着一个根本不会来的男孩。她的眼睛总是看着远方，四处游离，满是悲伤；一会屏息凝视，一会又全身紧绷，渴望着那个永远都不会来的人。她站在壁龛那充斥着香水的地方，耐心十足，又孤独异常。她的视线从不放在任何人的身上，而是放在那双她还没能找到的眼睛上。

路过的人群一如既往的匆匆，就算将来也只会是囫囵经过而已。他们嬉笑聊天，被欢乐推搡着，密密麻麻得像蚁群似的。灯管装饰着电影招牌，正有节奏地不停闪烁，向四周散发着光圈的涟漪。招牌的外沿亮起来，马上又消失不见。接着光圈停了下来，灯光熄灭，现在已经来不及观看最后一场的完整演出了。男人搬着梯子出来，攀上去，将“卡里·格兰特”换成了“贝蒂·戴维斯”，或者是把“贝蒂 · 戴维斯”换成了“卡里 · 格兰特”。可舞台之外的人生大戏却永远都在上演，而你的呼吸就是入场门票。

他们看向她，比从前看向他的人还要多，大概因为她是个女孩，而女孩总是更加引人注目。根据他们那时的情绪、年龄还有同伴，他们望向她的视线总是意味深长。跟着男孩一起来的女孩们总是心存比较，想知道相比而言自己看起来好不好看，然后根据他转头看她的时间来估测这其中的差距。而单独来的女孩们的目光中总是带着竞争的质疑，怀疑这就是她们今晚毫无运气的原因。跟着女孩一起的男孩看着她，偶尔希望自己的脚步不要如此匆忙。不过有时候，匆匆经过的人抓紧了他同伴的胳膊，想：“我很满足，我不会换女朋友的。”（他应该是个好丈夫。）年纪大一点的女士在人群里不满地皱皱鼻子，想：“在我那个年代，女孩们都在自己家里等着被呼唤，从来都不会出来在街角与她的情郎见面。这就是为什么她站在这里，毫不矜持！”而年纪大一点的男士则希望他们能重返青年。

不过年轻的，没有女孩跟着的男人就会停下来，试图做些什么。注视转为了一个微笑，笑意让动作减缓，最终他完全停了下来。她垂下眼。

她打开手提包，在缝线旁边，原本是装着镜子的地方，现在则放了一张男人的肖像画，那是一位颇有才干的画家通过想象画出来的。

画上的每一个线条都可能要人性命，也有可能叫人心碎。

“他有双迷人的眼睛，我只记得这些了。它们是淡褐色的，但并不奸诈，反而很大也很诚实。”绣红说道，她是莎伦的朋友，曾与他约会过一晚。

“他的嘴唇单薄，掩饰着几分苦意，总是紧紧地抿着。”比尔·莫里西说道，他曾在某天晚上打了他一拳。

“他的鼻子不大，鼻梁微挺。有次他感冒了，一直在擤鼻涕，我这才注意到的。”杰克 · 芒森的房东太太说道。

她垂下眼，似是柔情万种。她抬眼，又垂下。

看上去就像是什么调情的技巧一样。但它的受众对象却根本没机会去确认这到底是不是诱惑。

人群里的某个人在他身后碰了他一下，他浑身一抖，其实只不过伸手搭上了他的肩。“快走啊，伙计。”耳旁的声音含糊地说道，“你挡着路了。”可能他在他们完全分开之前，就瞥到了他掌心的警徽标志。这就足够了，他继续在人群里闲逛。

她轻轻地做了个手势，稍稍敞开了她的围巾。那意味着：不是。如果她做了同样的手势，又把围巾朝着喉咙系紧，那就意味着：是的。然后马上就会从四面八方涌来警察，快速地拔出手枪，残酷的搏斗之后，甚至会有人死去。细微的动作就会造成如此严重的后果。

夜深了，只剩下零星几盏灯，人群已然散去。人行道从镀金的颜色变成了铜绿色。她的身影在浓重的夜色里只消散成了一个轮廓。

广场远处，零星的火光转瞬即逝，大概是有人点燃香烟时随意划亮的火柴。但是，这火光宛若一个解散的信号，他鬼魅般的爱人转了身，渐行渐远，就像多年前的他自己一样。

她的双脚稳稳地扎在金色的行人道上，纹丝不动，小巧玲珑，还乖张地微微跷起。她面前的人群里，还有无数双脚慢吞吞地移动着。永无止境地，连续不断地，摩肩接踵。那些无名又冷漠的陌生人的脚。它们什么都没有告诉你，它们又告诉了你一切。

疲惫的、无精打采的双脚，拖拖沓沓地走；蹦蹦跳跳、跳着舞的双脚，合着轻快的调子抬着步；着着急急的双脚，匆忙地赶了过去；不情不愿的双脚，不在乎它们走到了哪里。男人们扁平而巨大的双脚。疼痛的双脚，指头刚刚碰到地面。这个小镇的脚啊，一直都在路上。人行道上的一连串脚印排成一行密密麻麻，几乎毫无空隙。

突然，一张褶皱的纸掉了下来，不知道被哪只看不出移动的手扔了出来。它并不是随意落下的，而是呈切线般的，直接落到了她那纹丝未动的脚边，静静地躺在那里。好像就是冲着她的双脚而去的。

有人扔掉了某样东西。是这样吗？为什么正好在她站着的地方呢？（除非他们扔东西的时候没注意，它是恰好落在那里的。）为什么没有扔在路上的其他地方？在走近她之前或是经过她之后再扔？毕竟那里没有人。

它躺在那里很久，就是一团小小的纸球，不比胡桃大。

她的脚稍稍伸出一点，谨慎地碰了碰纸团，又缩了回去。整个动作不过六英寸的距离，甚至都没有人看到她伸出了脚。

长久的犹豫不决。

有些事情实在奇怪——为什么正好在她站着的地方呢？

她的手突然向下伸去，手心一收，纸团消失不见。

她把手提包打开，在翻盖的掩护下打开了纸团。铅笔字跃然而出。字迹很潦草，像是匆忙衬着墙壁写下的。这是一封来自死亡的讯息，送给已经死去的人。

多萝西：

我在很远的地方就看到你了。昨天晚上如此，前天晚上也如此。我已经这么看着你三个晚上了。我讨厌让你一个人站在那里，但是我现在有点麻烦。有些情况告诉我，先不要去你在的地方，我也不知道为什么。我不能在那里和你说话，灯太多了，人也太多了。他们都在追我。我只能快速地经过一次，然后扔下这个。希望你能捡起来。如果你读到了这封信，请你慢慢离开那个地方。走去黑一点的，没有什么人的地方。只有那样我才能走向你。只要我看到你身边有人，不管是谁，我都不能过去。

约翰尼

她晃了晃身子，要不是近距离观察，你并不会注意到她的晃动。她将一只手伸向后方，撑在杂货店的玻璃上才让自己保持稳定。你同样也看不到这个动作。她的态度像是想要逃走一样，十分隐秘。

现在她鼓足勇气，手离开了身后的玻璃窗，再一次直起了身子。她抬起同一只手，伸到脖子那开始围围巾，好像她突然感受到了一阵寒意。不管是不是事先准备好的安排，那就是她此时此刻的感受。她围了一层又一层，直到围巾碰到了下巴。接着她的手松开来，像扔下一个铅球似的。这是她唯一可以寻求帮助的方式。

然后她转身，开始慢慢走远。行动非常缓慢，像在飘浮。她没有四处张望，尤其没有向身后看去。

有那么一会，她的周围仍然聚集着人群，她得奋力挤出条通道才行。一次有个男人不小心用胳膊肘碰到了她，他沉默地碰了碰帽子的边缘以表歉意。她对这短暂的接触毫无意识，只是紧了紧脖子上的围巾，继续向前走去。

人群渐渐散去，最后只剩一两个散步的人。她转过广场，从容不迫地踏上小路，灯光落在她身后，渐渐变暗。她经过的建筑物的墙面上开始出现裂缝，黑漆漆的小道可不是什么好走的路。

走着走着，没有路灯了，宽敞的街道变成了乡间的马路，连条人行道都没有。再走啊走，房子也没有了，她来到了一个开阔的空旷地带。

她仍然慢吞吞地迈着步子，等待被人赶超。可是那来自身后的脚步声和突然抓着她肩膀的手并没能如期而至。死一般的寂静中，她发出无声的尖叫。

阴影越来越厚，树木越来越密，夜越来越深。

她一直往前走着，没有回头。可能是害怕扭头之后会看到的东西。

路面开始向上倾斜，她颤抖了一下，发觉自己正走向通往墓地的路。

右边是一片草场。她停下，转身踏进了草地里。月光给土地铺上了一层银色，目之所及全部都是银色的，视野十分开阔。就好像处在一片开阔的草湖中央，唯一阻挡你视线的东西只有你的影子。

她越往前走，草长得越高。她得挑能走的地方下脚。草先是漫过小腿，后爬上了膝盖。她还是没有回头看一下。她不敢。可能这一次她也根本无法回头。恐惧叫人无法动弹。

此刻，她就要走到正中央了。她停下来，笔直地站在中间，像是一个记号。

她转身，脑子里是安静的思绪，接着面向她来时的路。

开阔地带，有团漆黑的东西向她袭来。小小的，黑黑的。它从周遭的一片黑暗中跃然而出，显得十分突兀。它跳脱出背景，径直朝她走过来。像她一样，跋涉过浸泡在月光里的草地。

想要逃跑的冲动席卷了她的全身，她努力克制着，颤栗着。

“我的天！”她一声惊叫。

没人能来得及救她。

他知道她只是一个复制品吗？只是他逝去爱人的一个活着的稻草人？他在那里就已经猜到了吗？所以连续三个晚上他都拒绝靠近她？诱饵现在变成了被诱捕的人吗？那里有埋伏的警察，这里可什么都没有。他把她带出来了，就在警察们的监视之下。他让她等在这个没有埋伏的地方，而这个地方，有他的埋伏。

她犯了错，她在战术上出现了失误，但后果是什么她仍然不清楚，她也不可能说得出。她只是做着她应该做的事情，不能就这么丢下他们数月以来精心布置的、只有一次机会的计划。或许，她根本没做什么错事。或许只是他的直觉太准了，指引着他没有落入圈套。在疯癫的状态下，直觉总是出奇的准确，它总是毫无理性和逻辑可言。

黑漆漆的影子变得越来越大。现在，可以看得到他的脑袋，他的肩膀，他因为走路而晃起的手臂。月光照亮了他的脸。虽然还是很小，远在几里之外。月光又照亮了他纤细的眼睛，小巧的鼻子，还有单薄的嘴巴。

是个男人。

不，是死神，看起来像个直立行走的男人。是那个莎伦和马德琳·德鲁错认为是个男人的死神。

好像是看着某个缩小版的恐怖身影，恐怖感加深是因为他还不是人的模样。月光照亮了她并不想看到的细节，照亮了一切：帽檐在脸上投下阴影，V 领衬衫的领口也看得一清二楚。

他现在离她只有最后几码的距离了。他看起来和她的身形差不多。现在的距离近到他们已经可以听到对方的讲话声了。他没说话，只是不断地靠近她，艰辛地穿过高高的草丛。

她也没有说话。她一出声只会背叛自己，毁掉自己而已。他还相信这个幻觉吗？这幻想已经被打碎了吗？或者她开口，那错误的声音才能打碎它？

她可以看到他脸上的表情。半是喜悦，半是痛苦，两种情绪交织在一起。但是绝对没有威胁，也不存在反常，而那才是终极的恐怖。直到现在这一刻，他的轮廓看起来还是没受什么影响，还是那么冷静。你只能猜，但你无法知道。比起他现在应该有的样子，他的脸看起来更年轻、更孩子气，或许这才是一切的线索。

她没办法轻易地对上他的视线。她只能迫使自己不要躲开。

“多萝西。”他轻轻地说。

“约翰尼。”她低语道。

他的嗓子里迸发出什么来，听起来像是他内心深处的哭泣声。痛苦不在他的脸上，而是他身体深处的某个地方，“他们的姑娘——总是等着他们。而我的姑娘——终于在等着我了。”

他的手臂贪婪地环住她，她惊得一动不敢动，甚至连血液好像都停止了流动。

他的声音响在她的耳边，温暖、低沉、愉悦。声音里什么意味都没有——只是一个年轻男人的声音而已。

“我拥有的太多了。我的女孩——她在等我。”

他一遍又一遍地重复着话，越来越低，越来越慢。

“她等着我。

“她等着——我。

“她——等着。

他的头突然落在她肩上，好像精疲力竭的他，再也没办法支起自己的脑袋。

“她等着我。”他叹气道，“感谢上帝，她还等着我。”

越过他的肩膀，她恐惧得看到不显眼的蛇穿越草地向他们挪动而来。她看到的只是蛇群挪动时泛起的涟漪，而不是蛇本身。涟漪一会泛起，一会又平静。反反复复。

像是车轮的轮辐向车轮中心聚拢一般，蛇群朝他们的方向聚拢。

他只是站在那里，寂静地，纹丝不动地。他的手臂环抱着她，头垂在她肩上。安稳地休息着。

实习警察的脑子里突然闪过一个奇怪的念头：“太残忍了，为什么一定要这么残忍呢？为什么不能有其他解决方式呢？”

她能感受到他跳动的心脏，像是鸟儿在扑腾着翅膀，它只能休息片刻，在第一声警报响起后，它就会立马飞走。

他的嘴唇凑过来，想要找到她的唇。

草丛四周传来吟吟低语，好像微风的手指触碰到哪里，又马上抚摸着另一个地方。

有东西发出沙沙的声音，像是丝绸在地上摩擦。然后有东西发出了响亮的噼啪声，可能是树枝。接着又恢复沉寂。寂静悬置在整个草地上空。太安静了。却不够安全，不是出于自然的安静。

直觉。

他打开手臂，在她的腰间聚拢，环住了她的腰。

突然，他的身体一个旋转，她跌落在一侧的草地上。他猛然朝另一头狂奔而去，身子压得低低的。一个黑色的身影在飞驰，像是一只人形的野兔。

四周站起了人，几分钟之前他们还藏在黑暗里，现在却像是白色布丁上的黑色葡萄干，突然间跳到了表面。

萤火虫开始在草丛上方呼啸掠过，以一种疯狂的方式，或者说根本没有什么方式。每一只都跳出独一无二的节奏，来来回回，前后往复。萤火虫群互相结成了霹雳的雷电，每次闪烁都激起一阵重击。

兔子的身影猛然停住了脚步，就在他停下的地方倒了下去。草丛上，在他消失的地方出现了一个洞，像是一枚小小的酒窝。

砰砰掉落的萤火虫们停下了扑腾的翅膀，一束青烟渐渐消散，好像它们已然烧尽了自己。

弯着腰的谨慎的男人们现在沉默着，他们向那个洞缓缓挪动，离得越来越近，但是要非常谨慎，非常有策略才行。

忽然之间，他发出了一声哀号：“多萝西！”

人群继续挪动，缓缓收紧他们的包围圈。

“多萝西！”喊声再次响起，声音却很虚弱，透露着极致的孤独，直指那天上闪耀的星星。那是对爱情的哭喊，也是对死亡的哭喊。

他们发现他独自躺在草丛里，脑袋扭曲着抬起，无助地望向他们，像是兔子看着捕猎的人那样。

他的双眼是失去了光芒的新月，抬头看向满天星群，好像试图去辨认，去看清一些别人看不到的缥缈的面容。爱情不也是那求而不得，但仍然苦苦哀求的幻觉吗？

他死了，嘴上仍挂着她的名字。

“多萝西，快点。”他低语道，“我们浪费了这么多的时间——所剩不多了——”

男人们围着他站成一个圈，低头看着。

“他死了。”有人轻柔地说。

卡梅伦点点头。他抬起手摸了摸帽檐，但他没真的摘下帽子，只是稍稍提起了片刻。

“他们现在应该在一起了——我猜。他们最终还是继续幽会了。”

图书在版编目（CIP）数据

黑色幽会 /（美）康奈尔·伍里奇著 ；张雅君译
. —— 上海 ：上海文艺出版社，2019（2021.3 重印）
（康奈尔·伍里奇黑色悬疑小说系列）
ISBN 978-7-5321-7280-1

Ⅰ. ①黑… Ⅱ. ①康… ②张… Ⅲ. ①长篇小说－美
国－现代 Ⅳ. ①I712.45

中国版本图书馆 CIP 数据核字（2019）第 135552 号

黑色幽会

著　　者：[美] 康奈尔·伍里奇
译　　者：张雅君
责任编辑：蔡美凤　高　健
装帧设计：周　睿
责任督印：张　凯

出　　版：上海文艺出版社
出　　品：上海故事会文化传媒有限公司
（200020　上海市绍兴路74号　www.storychina.cn）
发　　行：上海文艺出版社发行中心
（上海市绍兴路50号）
印　　刷：上海中华印刷有限公司
开　　本：889毫米x1194毫米　1/32　印张10
版　　次：2020年2月第1版　2021年3月第2次印刷
I S B N：978-7-5321-7280-1/I·5795
定　　价：35.00元